SUTTON KRIMI

Martin Sudermann

MORDS GESCHÄFTE

Ein Sauerlandkrimi

SUTTON KRiMI

Über den Autor

Der Journalist Martin Sudermann ist im Sauerland aufgewachsen. In seinem Krimidebut beweist der heute in Köln lebende Autor neben großer Sachkenntnis viel Gespür für die Sauerländer Mentalität, Spannung und Timing.

Hochheimer Straße 59
99094 Erfurt
www.suttonverlag.de
www.sutton-belletristik.de

Gestaltung und Satz: Sutton Verlag

ISBN: 978-3-95400-028-9

Druck: Aalexx Buchproduktion GmbH, Großburgwedel

Prolog

Hier scheint die Zeit still zu stehen, dachte er, als er aus der Regionalbahn stieg und sich umschaute. Unkraut überwucherte den Bahnsteig. Das Ortsschild war verwittert. Die Aufschrift »Grüneck« konnte er kaum entziffern. Er heftete seinen Blick auf das Bahnhofsgebäude gegenüber. Es schien seit langem leer zu stehen. Die Fenster im Erdgeschoss hatte man notdürftig mit Brettern vernagelt, im ersten Stock hing eins aus den Angeln. Die meisten Scheiben waren eingeworfen. Der Mann war Anfang sechzig, ergraut und hatte dunkle Schatten unter den Augen. Er war der einzige Fahrgast im Zug gewesen. Früher war die Strecke belebter. Vor allem Pendler hatten sie genutzt, um in die nahe gelegene Industriestadt zur Arbeit zu fahren. Ein schriller Piepton riss ihn aus seinen Gedanken. Hinter ihm fielen die Türen des Triebwagens ins Schloss. Der Zug setzte sich langsam wieder in Bewegung

Er stand allein auf dem Bahnsteig und sah auf die Uhr. Es war kurz nach acht. Kalter Wind frischte auf und blies ihm ins Gesicht, dunkle Wolken rasten über die Hügel oberhalb des Dorfes. Ein Regenschauer kündigte sich an. Er fror, schlug den Kragen seines Regenmantels hoch und ging Richtung Bahnhofsstraße. Er zog das rechte Bein etwas nach und hatte Mühe beim Laufen. Statt ins Dorf zu gehen, bog er an der Bahnhofstraße links ab, überquerte die Schienen und hielt sich Richtung Industriegebiet, das sich unterhalb von Grüneck am Bach ausbreitete. Weit und breit sah er keinen Menschen. Die Metallfirmen und Handwerksbetriebe rechts und links der Straße hatten längst Feierabend. Er passierte ein halb verfallenes Bruchsteingebäude und sah im dahinterliegenden stillgelegten Steinbruch eine

Reihe schwerer Lastkraftwagen parken. War das nicht der Ort, von dem Vater erzählt hatte, dass dort während des Krieges Zwangsarbeiter gefangen gehalten wurden? Einer der Häftlinge war im Sommer 1944 oberhalb des Steinbruchs auf der Flucht erschossen worden. Bei dem Gedanken an seinen verstorbenen Vater, der selbst in einem Lager gewesen war, wurde ihm schwer ums Herz. Heftige Sturmböen setzten jetzt ein. Der Himmel verfinsterte sich und fingerdicke Hagelkörner prasselten auf einmal nieder. Er wandte sich ab und beschleunigte seinen Schritt.

»Herbert Schürmann Präzisionstechnik GmbH & Co« – in blauer Leuchtschrift erstrahlte der Name am Verwaltungsgebäude der Firma. Im zweiten Stock wurde ein Fenster geschlossen. Ein Schauer lief ihm über den Rücken. Er hastete zum Eingang, um sich vor dem Hagel zu schützen, drückte zweimal die Klingel und vernahm ein leises Summen, mit dem die Tür aufsprang. Er zögerte, ging dann aber hinein und staunte nicht schlecht. Die Eingangshalle wirkte ausgesprochen repräsentativ. Die Treppenstufen zu den oberen Stockwerken waren aus weißem Marmor, die Handläufe des Treppengeländers aus Messing und an den Wänden hingen große Lampen im Stil der Sechzigerjahre. Der alte Schürmann hatte nicht nur Geld, sondern auch Geschmack.

Er quälte sich die Stufen hinauf in den zweiten Stock. Hinter einer Glastür erstreckte sich ein langer Flur, in dem er die Büros vermutete.

»Ist hier jemand?«, rief er. Als sich nichts rührte, betrat er den Gang. Hinter der letzten Tür vernahm er ein Geräusch. Sein Herz raste. Er horchte, klopfte an und hielt kurz inne, bevor er hineinging und sich im Vorzimmer des Firmenchefs wiederfand. Hinter einer geschwungenen Holztheke standen sich zwei schwere Schreibtische gegenüber. An der Wand erkannte er das Portrait des Firmengründers Herbert Schürmann. Er trat einen Schritt näher und betrachtete das Gemälde. Der Hass auf den Fabrikanten nahm ihn so gefangen, dass er das Geräusch hinter sich nicht wahrnahm. Er verspürte einen kurzen heftigen Schmerz am Hinterkopf und stöhnte laut auf. Das Schwein!, war sein letzter Gedanke, bevor ihn die Kräfte verließen und er zu Boden sank.

1

Ulrike Schrader zog sich die Decke über den Kopf, als der Anruf aus dem Präsidium sie aus dem Traum riss. Sie brauchte einen Moment, bis sie realisierte, dass sie nicht mehr mit »Kontakthof für Damen und Herren« auf der Bühne stand, sondern stattdessen das Telefon nach ihr verlangte. Am Vorabend war es spät geworden. Nach dem Stück der verstorbenen Ballettchoreografin Pina Bausch war sie mit einer Freundin tanzen gewesen. Nachdem sie das Gespräch beendet hatte, rieb sie sich die Augen und quälte sich pflichtbewusst aus dem Bett, um so schnell wie möglich zum Einsatzort zu kommen, den ihr der Kollege durchgegeben hatte. Es war nicht einmal halb fünf.

Ich sehe beschissen aus, auch die Stirnfalten werden immer tiefer, dachte sie, als sie im Bad in den Spiegel sah. Sie wischte sich mit dem Waschlappen durchs Gesicht, trug frischen Lidschatten auf, verwischte die Farbe etwas nach oben und nahm den Kajalstift aus dem giftgrünen Lederetui. Routiniert zog sie den Lidstrich dicht am oberen Wimpernkranz entlang und ließ ihn mit dem äußeren Augenwinkel enden. »Geht doch«, murmelte sie, während sie ihr Werk im Spiegel begutachtete und den roten Lippenstift auftrug. Anschließend schlüpfte sie in Jeans und Pullover, nahm das Halfter mit der Dienstpistole aus der Kommode, streifte es über ihren Gürtel, zog ihre schwarze Lederjacke über, kramte Handy und Autoschlüssel aus der Hose, die sie in der Nacht achtlos neben ihr Bett geworfen hatte, steckte alles in ihre Umhängetasche und verließ eilig die Wohnung. Draußen nieselte es und es war lausig kalt. »Was für ein Scheißtag!«, fluchte sie und fingerte ihre graue Wollmütze aus der Tasche. Sie streifte sie über ihre schwarzen Locken und eilte zu ihrem silbergrauen Golf, den sie am Straßenrand gegenüber abgestellt hatte. Bevor sie losfuhr, öffnete sie das Handschuhfach. Sie nahm das Headphone heraus, drückte es ins Ohr, steckte das Kabel ins Handy und wählte die Nummer der Einsatzleitstelle. Den Namen des Diensthabenden verstand sie nicht.

»Hier Schrader. Wenn ich Sie eben richtig verstanden habe, wurde in den Trümmern eines abgebrannten Bürogebäudes in Grüneck eine männliche Leiche entdeckt.«

»Ja genau und Sie leiten die Ermittlungen. Anweisung vom Chef. Die Adresse ist Am Kamp. Das ist in der Nähe des Bahnhofs. Die Spurensicherung ist bereits vor Ort.«

Die werden es nie lernen, dass eine Frau an der Spitze der Hagener Mordkommission steht, ärgerte sich die Kommissarin. Sie ließ den Motor an, legte den ersten Gang ein und lenkte den Golf auf die Brücke, die hinter dem Hauptbahnhof die Hagener Innenstadt zerschnitt. Sie fuhr auf der A 46 bis Iserlohn. Der Berufsverkehr hatte noch nicht eingesetzt. Erst auf der Landstraße kamen ihr die ersten Pendler entgegen, die zur Frühschicht unterwegs waren. Sie kannte die Strecke aus dem Effeff. Früher war sie oft durch Grüneck gefahren. Ihre Schwiegereltern lebten ganz in der Nähe auf einem Hof. Seit der Scheidung war sie nur noch einmal dort gewesen, um ihre Tochter bei der Großmutter abzuholen. Sie wählte die kürzere Strecke über den Berg nach Grüneck. »Verdammt, die Straße ist in genauso schlechtem Zustand wie damals«, schimpfte sie, als sie das zweite Mal aufsetzte und am Waldrand anhalten musste, um einem entgegenkommenden Fahrzeug auszuweichen. Die beiden jungen Männer, die mit einem tiefer gelegten Golf an ihr vorbeikrochen, trugen Baseballkappen und hatten die Anlage voll aufgedreht. Sie wippten im Takt der Musik. Ganz schön bescheuert die Jungs, fand Ulrike Schrader. Sie war nach der Realschule zur Polizei gegangen. Die Beamtenlaufbahn sei eine sichere Bank, hatten die Eltern gemeint. Später machte sie das Abitur nach, besuchte Lehrgänge und ging zur Kripo. Seit zwei Jahren leitete sie die zweite Ermittlungsgruppe der Mordkommission, die für Hagen und das angrenzende Sauerland zuständig war, doch ihr Traumberuf war das nicht. Sie wäre lieber Schauspielerin geworden.

In Grüneck kamen ihr zwei Löschfahrzeuge entgegen. Es herrschte ungewöhnlich viel Betrieb auf der Straße. Das halbe Dorf schien auf den Beinen zu sein. Am Ortsausgang blockierte ein Streifenwagen mit eingeschaltetem Blaulicht die Fahrbahn. Zahlreiche Schaulustige hatten sich an der Absperrung versammelt. Ein Polizist leitete den Verkehr um und schwenkte wild gestikulierend seine Kelle, als der silbergraue Golf der Kommissarin auf ihn zurollte.

»Hier können Sie nicht durch!«, brüllte er mit hochrotem Kopf. Ulrike ließ das Seitenfenster herunter, hielt ihm wortlos den Dienstausweis vor die Nase und sah ihn scharf an, als ob sie ihn mit ihren Augen erdolchen wollte.

»Oh, tut mir leid, Kollegin. Halten Sie sich hinter den Bahngleisen rechts«, meinte der Dorfpolizist kleinlaut und winkte sie mit rudernden Armbewegungen durch. Nach ein paar hundert Metern sah sie das ausgebrannte Gebäude. Der Brand war bereits gelöscht. Ein Streifenwagen versperrte die Zufahrt. Dahinter standen mehrere Löschfahrzeuge und Rettungswagen. Sie stellte ihren Golf ab und lief auf einen Uniformierten zu. Dabei musste sie höllisch aufpassen, nicht über die Feuerwehrschläuche zu stolpern, die kreuz und quer herumlagen.

»Guten Morgen, Schrader, Mordkommission. Wo finde ich den Einsatzleiter?«, fragte sie.

»Den Chef finden Sie dort drüben.« Der Polizist wies auf zwei Männer, die sich vor dem ausgebrannten Gebäude mit einer Frau unterhielten. »Die Dame ist von der Presse«, fügte er hinzu.

»Danke«, sagte die Kommissarin und stellte sich zu der Gruppe.

»Die Identität der tot aufgefundenen Person ließ sich bisher nicht feststellen«, hörte sie den Mittvierziger in Zivil sagen, der neben einem Feuerwehrmann stand.

»Guten Morgen, Ulrike Schrader, Mordkommission«, stellte sie sich vor.

»Ah, guten Morgen, Severin, Kripo Iserlohn. Das ist Frau Fabri von der Westfälischen und das Stadtbrandinspektor Levermann, der erste Mann an der Spritze sozusagen.« Severin lachte lauthals und taxierte die Kommissarin von oben bis unten. Ulrike verdrehte die Augen. Sie hasste solche Typen. Im Präsidium liefen sie zu Dutzenden herum, starrten den Kolleginnen auf den Hintern und rissen schlechte Witze.

»Entschuldigen Sie uns, Frau Fabri«, bedeutete Severin der Reporterin und nahm Ulrike und den Chef der Feuerwehr beiseite. »Bitte folgen Sie mir. Ich zeige Ihnen den Fundort der Leiche im zweiten Stock. Die Feuerwehr hat das Gebäude bereits gesichert.« Sie betraten das ausgebrannte Bürohaus. Es war schwer beschädigt, der Dachstuhl eingestürzt, die Fenster zerborsten, nur die Wände und das Treppenhaus standen noch. Die beiden Männer gingen voraus. Löschwasser rann die Treppe hinab, ein Deckenbalken lag quer über dem Aufgang. Wände und Decken waren pechschwarz. Intensiver Brandgeruch stieg der Kommissarin in die Nase.

»Die Halle nebenan ist fast vollständig runtergebrannt«, berichtete der Feuerwehrmann. Im zweiten Obergeschoss angekommen, sah Ulrike zwei Männer in weißen Overalls den Boden absuchen. Unter einer Rettungsdecke vermutete sie die Leiche.

»Die Kollegen Schubert und Krämer von der Spusi kennen Sie ja«, sagte Severin. Er griff nach der Alufolie und hob sie hoch. »Kein schöner Anblick«, grinste er.

Ulrike riskierte einen Blick auf den Toten. Ihr wurde kotzübel. Der Leichnam war bis zur Unkenntlichkeit verbrannt. Sie zog ein Tempo aus der Jackentasche, hielt es sich vor den Mund und drehte sich um.

»Alles okay?«, erkundigte sich Severin.

»Geht schon.« Die Kommissarin war kreidebleich geworden. »Haben Sie irgendwelche verwertbaren Spuren sicherstellen können?«, fragte sie nach einer Weile.

»Nein«, antwortete Krämer. »Das Feuer hat alle Hinweise auf etwaige weitere Personen am Tatort zerstört.« Er streifte die Kapuze seines Overalls vom Kopf. »Dort drüben im Büro des Firmenchefs könnte der Brand ausgebrochen sein.« Er deutete mit der Hand in den Flur. »Dieses Stockwerk haben wir besonders aufmerksam unter die Lupe genommen. Ein Papierkorb könnte der Brandherd gewesen sein. Hinweise auf Brandbeschleuniger gibt es aber bisher nicht.«

»Bei Ankunft der Feuerwehr war an der Rückseite des Gebäudes im Erdgeschoss ein Fenster beschädigt«, ergänzte Severin den Bericht des Kollegen. »Ob die Scheibe durch die Hitze geplatzt oder mutwillig eingeschlagen wurde, ist noch nicht geklärt. Scherben haben wir sowohl innen als auch außen sichergestellt. Das heißt, wir wissen nicht, ob der Tote ein Einbrecher war. Aber der Reihe nach. Herr Levermann, Sie waren als Erster vor Ort.«

Ulrike schätzte den Brandinspektor auf Anfang sechzig. Er war korpulent und trug eine Schirmmütze. Drei silberne Streifen zierten seinen rechten Uniformärmel.

»Der Notruf ging um ein Uhr fünfundzwanzig ein«, berichtete Levermann mit einem tiefen Bass. »Der Hausmeister wurde von lautem Klirren geweckt, wohl von berstenden Scheiben. Er schaute aus dem Fenster seines Hauses, das sich hinter dem Bürogebäude befindet, und nahm zuerst nur den Qualm wahr. Dann loderten plötzlich Flammen aus dem Bürotrakt. Er benachrichtigte zuerst die Feuerwehr, dann Herrn Schürmann. Als der erste Löschzug zehn Minuten später eintraf, brannte bereits das Dach des benachbarten Lagers. Es gelang uns nur mit Mühe, die angrenzende Produktionshalle zu retten. Die Vermutung, dass dort Gasflaschen lagern, erwies sich zum Glück als unbegründet, sonst wäre uns das ganze Gebäude um die Ohren geflogen. Insgesamt waren achtzig Feuerwehrmänner im Einsatz. Zeitweise haben wir vier bis fünf Kubikmeter Wasser pro Sekunde aus dem Bach gepumpt, der direkt hinter der Firma vorbeifließt. Wenn das Feuer die Fertigungshalle zerstört hätte, wäre der Betrieb weg gewesen.«

»Gibt es Zeugen, die etwas Ungewöhnliches beobachtet haben?«, fragte Ulrike in die Runde.

»In der unmittelbaren Nachbarschaft wohnt nur die Familie des Hausmeisters«, antwortete Severin. »Ihnen ist nichts Besonderes aufgefallen. Andere Zeugen haben wir bisher nicht ermitteln können.«

»Wenn Sie keine Fragen mehr haben, verabschiede ich mich jetzt«, meinte der Brandinspektor.

»Nein danke, im Moment nicht«, erwiderte Ulrike. Levermann deutete mit der Hand an der Mütze einen Gruß an und ging.

»Ich würde jetzt gern mit dem Firmenchef reden«, erklärte die Kommissarin.

»Ich gucke gleich, wo er steckt. Der war eben noch hier.« Severin machte sich auf die Socken und Ulrike folgte ihm nach draußen.

Es dauerte nur ein paar Minuten, bis er wieder vor ihr stand. Ulrike hielt den älteren Herrn in seiner Begleitung für Ende siebzig. Er war ein Kerl wie ein Kleiderschrank, hatte einen hochroten Kopf und atmete schwer. Schweißtropfen rannen ihm in den Kragen seines dunklen Lodenanzugs.

»Ulrike Schrader, Kripo Hagen. Sie sind der Chef des Unternehmens?«, sagte sie freundlich und streckte ihm ihre Hand hin. Er fasste energisch zu und schaute ihr direkt in die Augen.

»Ich bin Herbert Schürmann, der Seniorchef, wenn Sie so wollen. Mein Sohn leitet das Unternehmen. Er ist auf Dienstreise und kommt erst übermorgen zurück. Was kann ich für Sie tun?«

»Vielleicht berichten Sie erst einmal der Reihe nach.«

»Es war kurz vor halb zwei, als mich der Hausmeister geweckt hat«, begann Schürmann. »Ich bin sofort zur Firma gefahren. Vom Bahndamm aus war noch nichts zu sehen. Erst als ich in die Einfahrt zum Industriegebiet einbog, habe ich das Feuer bemerkt. Ich war noch nicht ganz aus dem Auto, als der erste Löschzug eintraf. Die Feuerwehr konnte das Büro und das Lager nicht mehr retten. Später haben sie die Leiche entdeckt.«

»Haben Sie eine Ahnung, wer die Person sein könnte?«

»Nein, überhaupt nicht, wahrscheinlich ein Einbrecher.«

»Wie kommen Sie da drauf?«

»Das ist doch nahe liegend!«

»Wieso? Bewahren Sie größere Summen in der Firma auf?«

»Nein, um Himmels Willen!«

»Gibt es Ärger, zum Beispiel mit ehemaligen Mitarbeitern, Kunden oder sonst jemandem?«

»Nein, überhaupt nicht!«

»Womit verdient die Firma ihr Geld?«

»Wir stellen feinmechanische Komponenten her, Einzelteile und ganze Baugruppen für den Maschinenbau sowie die Medizin- und Messgerätetechnik. Außerdem bieten wir verschiedene Dienstleistungen an«, spulte Schürmann die Angebotspalette des Unternehmens herunter.

»Darunter kann ich mir nichts vorstellen.«

»Wir arbeiten in der Präzisionstechnik und produzieren vor allem Komponenten im Millimeterbereich, zum Beispiel Bauteile aus besonders widerstandsfähigem Material. Außerdem beraten wir unsere Kunden bei der Entwicklung und Konstruktion von Bauteilen.«

»Hm. Und wie viele Mitarbeiter beschäftigen Sie?«, fragte Ulrike.

»Insgesamt neunzig, überwiegend Facharbeiter.«

»Ich hätte gern eine Liste der Beschäftigten.«

»Sie sehen ja, was hier los ist. Wahrscheinlich müssen wir auf die gesicherten Datenbestände zugreifen.«

»Tun Sie das. Wie hoch schätzen Sie den Schaden?«

»Der geht bestimmt in die Millionen. Was Genaues kann ich aber noch nicht sagen.«

»Rufen Sie mich bitte an, sobald Sie die Personalliste zusammengestellt haben.«

»Selbstverständlich«, versprach Schürmann. Die Kommissarin reichte ihm ihre Visitenkarte und verabschiedete sich.

»Was halten Sie von der Sache?«, wandte sich Klaus Severin an Ulrike, als Schürmann sich entfernt hatte.

»Schwer zu sagen«, meinte sie. »Warten wir die Autopsie und den Bericht der Spurensicherung ab. Kennen Sie den alten Schürmann?«

»Nur vom Sehen, er gilt als honoriger Bürger und erfolgreicher Geschäftsmann.«

»Das dachte ich mir. Bitte informieren Sie mich, sobald Sie etwas Neues in Erfahrung bringen, vielleicht meldet sich ja doch noch ein Zeuge. Übrigens, ich kümmere mich um die Presse. Schönen Tag noch.« Ulrike drehte sich auf dem Absatz um und lief zu ihrem Wagen. Unterwegs kam ihr ein Leichenwagen entgegen. Sie trat zu Seite und ließ den schwarzen Kombi vorbeifahren. Sie musste dringend etwas essen. Es war kurz vor sieben, zu früh, um hier in der Gegend irgendwo ein Frühstück zu bekommen. Auf die Kantine im Präsidium hatte sie keine Lust. Sie fuhr deshalb nach Hause, steuerte in Iserlohn noch eine Bäckerei an und kaufte ein paar Brötchen.

Während der Kaffee durchlief, ging sie ins Internet und rief die Website der Firma Schürmann auf. Das Unternehmen produzierte nicht nur Bauteile für die Medizintechnik und den Maschinenbau, sondern auch Komponenten für die Luft- und Raumfahrt und die Rüstungsindustrie. Letzteres hatte der Seniorchef ihr glatt unterschlagen. Das Angebot im Bereich Wehrtechnik war sogar äußerst vielseitig. Es reichte von Schlagbolzen für Faustfeuerwaffen bis zu Bauteilen für Lenkflugkörper und Wärmebildsysteme. Dieses Angebot illustrierte die Firma mit einem Schützenpanzer. Das ist es also, was Schürmann unter Präzisionstechnik versteht, stellte sie fest. Sie fuhr ihren PC herunter und widmete sich dem Frühstück.

2

Sabine saß am Rechner, als Thomas Krüdewagen in die Kölner Büroetage hereinschneite. Er nahm die Sonnenbrille ab und zwinkerte ihr zu.

»Du siehst blendend aus. Warst du in der Sommerfrische?«, scherzte sie.

»Schön wär's!« Er legte seinen Laptop auf ihrem Schreibtisch ab und umarmte sie.

»Aber jetzt erzähl, wie war dein Ausflug nach Graz?«

»Anstrengend, der Flieger hatte Verspätung und die Vernissage war bereits gelaufen.« Er zog den Drehstuhl unter seinem Schreibtisch hervor und setzte sich zu ihr.

»Bei der Eröffnung hast du sicher nichts verpasst. Es ist doch immer dasselbe Spiel, ein Stelldichein der Eitelkeiten. Der Direktor singt ein Loblied auf Künstler und Sponsoren, die Mitarbeiter, die die Arbeit machen, erwähnt er nicht.«

»Nun halt mal die Luft an! Arbeitest du gerade an einer Reportage über prekäre Arbeitsverhältnisse im Kunstbetrieb?«

Sabine lachte. »Nein, aber das wäre ein schönes Thema für dich«, zog sie ihn auf.

»Aber keins fürs Feuilleton. Frag mal beim Filmdienst an. Für ein gutes Zeilenhonorar liefere ich gern ein Stück zum Thema Armut und Kunst.«

»Wie war die Ausstellung überhaupt? Möchtest du einen Espresso?«

»Ja, gern.«

Sabine schob sich an ihm vorbei und ging in den Nebenraum. Thomas folgte ihr. Während sich Sabine an der Espressomaschine zu schaffen machte, berichtete er von dem missglückten Ausstellungskonzept.

»Und der Gipfel war so ein Möchtegernkünstler, der nach Sao Paulo jettet und in einer Favela einem Junkie ein paar Dollar zahlt, damit der sich vor laufender Kamera einen runterholt. Und mit diesem Machwerk macht er auf dem internationalen Kunstmarkt Kasse.«

»That's real life«, kommentierte Sabine trocken, holte zwei Espressotassen aus dem Schrank und goss den Kaffee ein.

»Nein, das ist widerwärtig und zynisch!«, widersprach Thomas. »Die beiden Kuratoren geben sich sonst immer progressiv und prahlen mit den Theorien der Postkolonial Studies.«

»Du bist ja richtig sauer. Da bin ich mal gespannt auf deine Kritik.« Sabine ging mit ihrer Tasse zu ihrem Schreibtisch. »Ich habe noch einiges zu tun«, sagte sie. Thomas rollte seinen Stuhl durch den Raum und setzt sich ebenfalls an seinen Arbeitsplatz.

Sabine Kollart war freischaffende Filmkritikerin, Anfang vierzig, fast zehn Jahre jünger und zwei Köpfe kleiner als er. Sie trug ihre schwarzen Haare kurz, war ständig unterwegs und erschien selten vor Mittag im Büro. Thomas teilte zwar nicht ihre Leidenschaft fürs Kino, sie schauten aber hin und wieder einen Thriller zusammen. Anschließend gingen sie dann in die »Sandbar« um die Ecke, tranken Caipirinha und versackten dort bis tief in die Nacht. Sabine kultivierte ihre Vorliebe für Telenovelas. Abends hing sie lieber in Clubs ab, als zu Hause herumzusitzen. Thomas hatte Sabine bei einer Weiterbildung kennen gelernt. Sie verstanden sich auf Anhieb und trafen sich danach gelegentlich auf ein paar Drinks. Sie arbeitete bei einer Stadtzeitung und wollte sich selbstständig machen. So kamen sie auf die Idee mit der Bürogemeinschaft. Die kleine Büroetage im Hinterhof eines Wohnhauses im Belgischen Viertel hatten sie vor anderthalb Jahren bezogen. In den etwas größeren Raum passten gerade mal die beiden Schreibtische und ein Regal, das inzwischen aus allen Nähten platzte, vor Büchern, DVDs, Broschüren, Ordnern und Büromaterial. In dem kleineren Raum hatten sie eine gemütliche Sitzecke eingerichtet, mit drei Sesseln und einem kleinen Tisch. Der ganze Stolz der

Bürogemeinschaft war die vollautomatische Espressomaschine, die Thomas günstig bei Ebay ersteigert hatte.

Thomas sah die Post durch, schaltete den Computer an und rief die eingegangenen Mails ab. Anschließend gab er der Ausstellungskritik den letzten Schliff und schickte sie an die Redaktion der Tageszeitung. Thomas Krüdewagen war fast fünfzig, freier Journalist, viel im Ausland unterwegs, aß gern und gut, was bei seiner Größe nicht weiter auffiel, bevorzugte trockenen Rotwein und war seit der Trennung von Julia vor zwei Jahren Single. Er kaufte seine Kleidung nie von der Stange, lief alle vier Wochen zum Friseur und besaß einen dunkelroten Daimler, einen 300er Diesel. Bevor er sich ganz der Kultur widmete, hatte er viele Jahre als politischer Reporter für verschiedene Medien gearbeitet. Er betrachtete das Feuilleton inzwischen als letzte Bastion kritischer Geister.

»Sehen wir uns morgen?«, fragte er, als er den Rechner wieder ausschaltete. Sabine hörte nichts. Sie trug dicke Kopfhörer und stierte auf ihren Bildschirm. Erst als Thomas aufstand und neben sie trat, schaute sie kurz auf und strich sich beiläufig durch die Haare. Auf dem Rechner sah er eine Soap-Opera flimmern. »Hast du gestern die Vorabendserie verpasst?«, fragte er mit breitem Grinsen.

»Davon verstehst du nichts! Ich komme morgen übrigens erst am Nachmittag«, antwortete sie und heftete ihren Blick wieder auf den Bildschirm.

Thomas lachte.

»Das ist ja ganz was Neues.«

Er verließ das Büro. Ein paar Straßenzüge weiter bog er um die Ecke. Dort stand sein Wagen. Er stieg ein, fuhr auf die Vogelsanger und zwängte sich anschließend auf die Innere Kanalstraße. Der Verkehr stockte. Thomas schaltete das Radio ein. Auf WDR 2 war von einem Großbrand bei einem Metallbetrieb in

Grüneck die Rede. Neugierig drehte er das Radio lauter. »In den Trümmern des ausgebrannten Verwaltungsgebäudes entdeckten Feuerwehrleute einen unbekannten Toten.« Der Satz ließ ihn aufhorchen. Dabei fiel Thomas wieder die Nachricht ein, die ihm seine Mutter auf dem Anrufbeantworter hinterlassen hatte. Er hatte sie vor seinem Abflug nach Graz kurz abgehört, seitdem aber nicht zurückgerufen. Er nahm sich fest vor, das heute Abend nachzuholen.

Vor dem Abzweig zur Aachener Straße staute sich der Verkehr noch stärker. Thomas hielt sich rechts, fuhr hinter dem italienischen Kulturinstitut auf die Dürener Straße und suchte einen Parkplatz, um einzukaufen. Hinter der Geibelstraße fand er endlich eine Parklücke. Der Bio-Supermarkt war brechend voll. Die Kunden drängten sich durch den Laden und belagerten die beiden Kassen. Es dauerte eine geschlagene Dreiviertelstunde, bis er endlich wieder auf die Straße trat.

Das Viertel nahe der Universität galt als besonders begehrte Wohnlage und war in den Zwanzigerjahren des letzten Jahrhunderts nach den Prinzipien der Gartenstadt errichtet worden, mit viel Grün, Parks, zahlreichen Stadtvillen und großen Wohnungen. Hier lebten überwiegend gut situierte Alteingesessene, junge Selbstständige, Beamte und Akademiker. Die Mieten waren exorbitant. Sabine hatte das Viertel kürzlich verächtlich als weißes Ghetto bezeichnet. Erst danach war Thomas aufgefallen, dass er auf der Straße kaum Migranten sah, außer wenn die Müllabfuhr anrückte. Nach dem Auszug aus der gemeinsamen Wohnung mit Julia hatte er Glück gehabt und innerhalb kürzester Zeit in einem Genossenschaftshaus in der Mommsenstraße eine günstige Mansardenwohnung ergattert, leider ohne Balkon. Dafür bot sie einige Vorteile. So konnte er im nahe gelegenen Stadtwald joggen und wenn er abends ausgehen wollte, verabredete er sich meistens in irgendeiner Kneipe in Ehrenfeld.

Zuhause warf er ein Fünfminutensteak in die Pfanne und war gerade dabei, den Salat anzurichten, als das Telefon klingelte. Es war seine Mutter.

»Ah, du bist es. Ich wollte dich auch noch anrufen. Wie geht's?«

»Gut, ich war heute auf dem Friedhof, habe die Gräber gepflegt und anschließend Eva besucht. Meine arme Schwester baut immer mehr ab.«

»Im Radio haben sie von einem Großbrand in Grüneck gesprochen.«

»Deswegen ruf ich ja an. Stell dir vor, Herberts Fabrik ist abgebrannt. Heute Nacht ist es passiert. Brandstiftung, sagen sie. In den Trümmern hat man die verkohlte Leiche des Einbrechers gefunden. Ist das nicht fürchterlich? Wagners Theo ist bei der Feuerwehr, er kam erst am Mittag wieder nach Hause. Der Schaden geht in die Millionen, sagt er. Hier ist vielleicht was los, das sag ich dir, sogar das Fernsehen war da.« Ihre Stimme überschlug sich fast.

Das Unternehmen war Mitte der Dreißigerjahre von ihrem Vater gegründet worden. Nach seinem Tod hatte Onkel Herbert die Firma übernommen. Mehr wusste Thomas über den Familienbetrieb nicht. Seine Mutter war gerade zweiundachtzig Jahre alt geworden. Seit dem Tod von Thomas' Vater lebte sie allein in dem Einfamilienhaus in Grüneck. Sie verbrachte die Tage im Garten, mit ausgedehnten Spaziergängen, regelmäßigen Besuchen bei ihren Nachbarinnen und hielt sich mit Gymnastik fit. Zu ihrer ältesten Schwester Eva pflegte sie ein besonders inniges Verhältnis.

»Weiß man etwas über den Toten und die Brandursache?«, wollte er wissen.

»Nein, das kann dauern, sagt Theo. Eine Kommissarin aus Hagen leitet die Ermittlungen. Du müsstest sie eigentlich von der Schule her kennen.« Thomas überlegte angestrengt. Na klar,

Ulrike Schrader war nach der Mittleren Reife zur Polizeischule gegangen! Sie musste es sein. Beim letzten Klassentreffen war sie nicht gewesen.

»Bist du noch dran?«, fragte seine Mutter.

»Ja, natürlich, die Kommissarin ist Ulrike, sie war bei mir in der Klasse und ist Polizistin geworden. Stimmt's? Ich habe lange nichts von ihr gehört.«

»Du hast recht. Wann kommst du mal wieder nach Grüneck?«, erkundigte sie sich. Er warf einen Blick in seinen Terminkalender, der neben dem Sofa auf dem Boden lag.

»Bist du übermorgen zu Hause? Dann komme ich vorbei«, sagte er.

»Ach, wie schön. Du weißt ja, ich freue mich immer, wenn du kommst.«

»Ich auch. Dann sehen wir uns Freitag. Mach's gut!«

Er legte auf und ließ sich in die Sofakissen sinken. Seine Familienbande waren nicht sehr eng. Außer zu seiner Mutter hielt er keinen Kontakt zu seiner weit verzweigten Verwandtschaft. Auf Einladungen zu Familientreffen reagierte er nie. Onkel Herbert, den Seniorchef der Firma Schürmann, hatte er zuletzt bei der Beerdigung seines Vaters gesehen und das war fast zehn Jahre her. Der Großvater war kurz nach dem Fall der Mauer mit über neunzig Jahren gestorben. Bei der Beerdigung war er nicht gewesen, warum auch.

3

Es war kurz vor acht, als Ulrike in die Stichstraße zum Hagener Polizeipräsidium einbog. Das achtstöckige Verwaltungsgebäude lag außerhalb des Stadtzentrums in der Nähe der Fernuniversität am Wald. Die Kommissarin parkte den Golf in der Tiefgarage, grüßte den Wachhabenden am Empfang und nahm den Aufzug in den sechsten Stock. Von den Kollegen war noch niemand da. Die Lagebesprechung war für halb zehn angesetzt. Sie setzte sich an ihren Schreibtisch, überflog ihre Notizen vom Vortag und suchte in ihrem Adressbuch die Rufnummer von Doktor Rossi beim Institut für Rechtsmedizin in Dortmund heraus. Sie mochte den Mann wegen seines Humors. Außerdem war er nicht so einsilbig wie andere Vertreter seiner Zunft. Sie hatte ihn sofort am Telefon.

»Guten Morgen Dottore. So früh schon auf den Beinen? Sind Sie aus dem Bett gefallen?«

»Ah, Bella! Ich wusste, dass Sie anrufen. Wie steht's?«

»Eigentlich wollte ich ein paar Tage ausspannen, aber jetzt habe ich den Todesfall in Grüneck am Hals. Die Leiche müsste bei Ihnen auf dem Tisch liegen.«

»Im Kühlschrank«, stellte er klar.

»Das heißt, Sie haben ihn bereits obduziert?«

»Ich sitze gerade an meinem Bericht.«

»Dann lassen Sie mal hören!«

»Der Leichnam des Mannes wies am gesamten Körper erhebliche Verbrennungen auf, fast durchgehend vierten Grades.«

»Das war nicht zu übersehen.«

»Als Todesursache ist mit an Sicherheit grenzender Wahrscheinlichkeit der Brand anzusehen. Im Blut gab es Spuren von Kohlenmonoxid. Sie wissen ja, was das bedeutet.«

»Der Mann lebte noch, als das Feuer ausbrach?«

»Richtig, achtzig Prozent aller Brandopfer sterben an Kohlenmonoxydvergiftung. Am Hinterkopf des Toten haben wir außerdem eine leichte Fraktur festgestellt. Diese Verletzung war aber nicht todesursächlich.«

»Das heißt, es könnte ihm jemand einen Schlag verpasst haben. Er wurde ohnmächtig und starb an der Rauchvergiftung. Wenn ich mich nicht täusche, lag der Tote auf dem Bauch.«

»Genau. Die Verletzung könnte ihm kurz vor Ausbruch des Brandes zugefügt worden sein. Zum Glück weist die linke Hand nur Verbrennungen zweiten und dritten Grades auf. Wahrscheinlich hat das Opfer draufgelegen.«

»Heißt das, Sie haben Fingerabdrücke nehmen können?«

»Darauf wollte ich gerade hinaus. Die Fingerkuppen waren zum Teil so gut erhalten, dass sie darstellbar sind. Die Scans schicke ich Ihnen samt dem Bericht per Mail. Alles Weitere ist Ihre Sache.«

»Danke Dottore! Wann kann ich mit Ihrem Bericht rechnen?«

»In einer Stunde etwa.«

»Gut, dann spare ich mir den Termin bei Ihnen heute.«

»Schade eigentlich.«

»Ich fürchte, das wird nicht die letzte Obduktion meiner Laufbahn gewesen sein.«

»Das will ich doch sehr hoffen.«

»Machen Sie es gut!«

»Ciao!«

Ulrike verließ vergnügt ihr Büro, holte sich am Automaten im Flur einen Kaffee und ging hinüber zu ihrem Assistenten Frank Schirmer.

»Du warst heute aber früh auf den Beinen«, begrüßte er sie. »Gibt es schon etwas Neues aus Grüneck?«

»Ja, das Ergebnis der Obduktion. Der Dottore hat eine Fraktur am Schädel festgestellt, die aber nicht tödlich gewesen ist.

Todesursächlich war der Brand. Trotzdem ist Fremdeinwirkung nicht auszuschließen.«

»Das heißt, er wurde niedergeschlagen bevor der Brand ausbrach?«, fragte Schirmer.

»Genau, und jetzt wartet eine Menge Arbeit auf uns. Du wirst die Fingerabdrücke mit den Daten des Erkennungsdienstes und des BKA abgleichen. Vielleicht ist das Brandopfer ein alter Bekannter. Ich kümmere mich um die Spusi und die Ermittler vor Ort.«

»Okay, Chef«, antwortete er. Ulrike verzog die Augenbrauen und überlegte, ob sie Schirmer für den »Chef« einen drüber geben sollte, ließ es aber.

Zurück in ihrem Büro wählte Ulrike die Nummer der Spurensicherung.

»Schubert?«

»Hallo, hier Schrader. Wie weit seid ihr mit eurem Bericht über den Brandfall in Grüneck?«

»Den wollte ich Ihnen gerade schicken.«

»DNA-Spuren habt ihr am Fundort der Leiche wahrscheinlich keine mehr gefunden.«

»Richtig, aber das war bei dem Brand zu befürchten.«

»Nach der Obduktion müssen wir davon ausgehen, dass der Tote niedergeschlagen wurde, bevor er verbrannt ist. Gibt es andere Spuren, die auf einen Kampf hinweisen oder habt ihr Gegenstände sichergestellt, die als Tatwerkzeug in Frage kommen?«

»Nein.«

»Dann werdet ihr noch einmal rausfahren und den Tatort ein zweites Mal untersuchen.«

»Das ist nicht Ihr Ernst!«

»Doch, das ist mein voller Ernst.«

»Moment, wir haben jede Menge Fotos gemacht. Ich werde mir erst einmal die anschauen.«

»Tun Sie das! Aber ich fürchte, ihr werdet trotzdem nach Grüneck fahren müssen.«

»Ich rufe Sie an, wenn wir mit den Fotos durch sind. Der Bericht und die Bilder sind schon unterwegs.«

»Okay, einverstanden.«

»Dann bis später.«

Die Mail mit dem Obduktionsbericht und den Fingerabdrücken lag wenig später in ihrem Postfach, auch der Bericht der Spurensicherung mit den Tatortfotos. Ulrike druckte alles aus und leitete die Mails an ihre Mitarbeiter weiter. Während sie den Obduktionsbericht studierte, kam Schirmer ins Büro.

»Ich habe das Brandopfer identifiziert«, verkündete er stolz.

»Und?«

»Der Tote ist für uns kein Unbekannter. Er heißt Michael Dransfeld, ist dreiundsechzig, zuletzt wohnhaft in Hagen-Haspe, arbeitslos und wegen Diebstahls, Nötigung und Widerstands gegen Vollstreckungsbeamte verurteilt. Außerdem sind da zwei Festnahmen wegen Verstoßes gegen das Versammlungsgesetz, ein linker Spinner, wenn du mich fragst.«

»Gut, Schirmer, und woher weißt du das?«

»INPOL, Gewalttäter-Links-Datei, wenn dir das was sagt.«

»Gibt es sonst noch etwas?« Sie überging seine Respektlosigkeit.

»Nein.«

»Dann frag bitte bei der Kripo in Iserlohn nach den Vernehmungsprotokollen. Severin scheint eine Schlaftablette zu sein. Wir werden ihm auf die Finger schauen müssen. Außerdem fehlt ihm die Distanz zum Milieu.«

»Wie meinst du das?«

»Der kennt da Hinz und Kunz. Wahrscheinlich ist er sogar mit dem einen oder anderen Verdächtigen verwandt oder verschwägert.«

»Das ist so auf'm Dorf.«

»Eben! Und vergiss bitte nicht, ich möchte die Protokolle so schnell wie möglich auf dem Tisch haben, nicht erst nächste Woche.«

»Okay, ich bin schon unterwegs.«

»Außerdem werden wir eine Hausdurchsuchung bei Michael Dransfeld machen. Ich kümmere mich um den Beschluss. Und du –«

Bevor sie weitersprechen konnte, kam die Chefin herein. Vera Brinkmann war achtundfünfzig. Sie blondierte sich ihre kurzen Haare, war ein Jeanstyp und trug meistens Joggingschuhe. Als Ulrike zum Team kam, leitete sie bereits seit etlichen Jahren die Mordkommission.

»Hallo, Vera. – Ich mache mich dann wieder an die Arbeit. Bis später«, sagte Schirmer und machte Anstalten, sich zu verdrücken.

»Halt, warte mal«, bestimmte Brinkmann. Er gehorchte und setzte sich wieder. »Wie weit seid ihr mit den Ermittlungen in Grüneck?« Ulrike erstattete Bericht und endete: »Wir müssen in alle Richtungen ermitteln. Ich brauche als Erstes einen Durchsuchungsbeschluss für Schürmanns Wohnung, eventuell auch für die Firma.«

»Das hat sich erledigt.«

»Bitte?«, entfuhr es Ulrike.

»Das LKA hat die Sache an sich gezogen. Ich bekomme abschließend einen kurzen Bericht.«

»Soll das heißen, wir sind draußen?« Ulrike war fassungslos.

»Ja, so ist es«, bemerkte die Chefin seelenruhig.

»Eine Begründung für diese Anweisung gibt es mal wieder keine, oder?«

»Sorry, aber mir sind die Hände gebunden. Die Anordnung kommt von ganz oben.«

»Okay, aber man wüsste schon gern, was da in den oberen Etagen gespielt wird. Vielleicht war das Brandopfer ja ein V-Mann. Es wäre nicht das erste Mal, dass uns das LKA einen

Fall aus der Hand nimmt und die Ermittlungen anschließend im Sand verlaufen.«

»Deine Fantasie geht mit dir durch. Reg dich wieder ab und schick mir bitte so schnell wie möglich den Bericht.«

»Okay, ein Fall für den Staatsschutz, kein Fall für Schrader.«

Brinkmann lachte und verließ das Büro.

»Ich platze gleich!«, meinte die Kommissarin, als sie wieder unter sich waren.

»Das war nicht zu übersehen.« Schirmer grinste.

»Vergiss trotzdem nicht, Severin anzurufen. Die Vernehmungsprotokolle brauche ich dringend für den Bericht«, sagte sie.

»Alles klar, mache ich.«

Am Freitagmorgen machte sich Thomas Krüdewagen sehr früh auf den Weg nach Grüneck. Auf der Autobahn setzte starker Regen ein. Als er die Sauerlandlinie verließ und auf die Landstraße kam, riss der Himmel plötzlich auf. Er kannte die Strecke in- und auswendig. Sie führte ihn über den Höhenweg, an Wiesen und Feldern vorbei, hinab ins Lennetal mit den Drahtfabriken aus dem vorletzten Jahrhundert. Von dort ging es über den Berg nach Grüneck. Das Wetter schien sich zu halten. Auf der Anhöhe oberhalb von Grüneck hielt er an und genoss die Aussicht auf die Hügellandschaft und das Dorf, das unterhalb des Segelflugplatzes im Tal lag. In dem Kaff war er aufgewachsen, mit achtzehn von zu Hause ausgezogen und in die Stadt gegangen. Grüneck hatte sich seitdem stark verändert. Die Bevölkerung war von zwei- auf knapp dreitausend Seelen gewachsen. Die neuen Mitbürger, überwiegend Pendler aus dem südlichen Ruhrgebiet, lebten in den Neubaugebieten am Dorfrand. Früher bestimmten Familienbande das Leben im Dorf, Zugezogene fanden kaum Anschluss und wurden von den Alteingesessenen über Generationen argwöhnisch als Fremde beäugt. Heute galten die meisten von ihnen als integriert, hatte Thomas bei den seltenen

Gesprächen mit der Familie herausgehört. Doch Akzeptanz und Zugehörigkeit mussten sich die Zugezogenen durch Engagement in Vereinen hart erarbeiten und sich den lieb gewordenen Gewohnheiten im Dorf anpassen. Ihre Häuser waren genauso herausgeputzt wie die der Alteingesessenen, die Rasenflächen kurz geschoren, die Blumenrabatten gepflegt und die Bürgersteige stets sauber.

Er parkte den Daimler vor der Garage seines Elternhauses, ging in den Garten und klopfte an die Küchentür. Seine Mutter kam heraus, wischte ihre Hände an der Schürze ab und umarmte ihn herzlich.

»Das Essen ist gleich fertig.« Gemeinsam betraten sie die Küche. Es roch nach Gebratenem. Der Tisch war bereits gedeckt und auf der Anrichte stand ein selbstgebackener Marmorkuchen. Thomas lief das Wasser im Mund zusammen.

»Ich bringe einen Riesenhunger mit!«, verkündete er. »Wie geht es dir?«

»Danke, ich kann nicht klagen. Setz dich!« Beim Essen erzählte er von Österreich.

»Du wirst es nicht glauben, aber der Einbrecher, der unter den Trümmern von Herberts Fabrik gefunden wurde, war ein entfernter Verwandter«, unterbrach sie seinen Reisebericht. »Ist das nicht furchtbar?«

»Ein entfernter Verwandter?«

»Ich glaube nicht, dass du Dransfelds Michael gekannt hast. Der alte Dransfeld war ein Vetter von Vater. Er ist früh gestorben. Nach dem Krieg ist die Familie weggezogen, nach Haspe.«

»Weiß man, was der Mann in der Fabrik zu suchen hatte?«

»Nein, da bin ich überfragt.«

»Kanntest du die Familie des Toten?«

»Kaum, das waren nur entfernte Verwandte. Während des Krieges hat Michaels Vater in unserer Fabrik gearbeitet.«

»Hm, musste der damals nicht zur Wehrmacht?«

»Ich weiß nur, dass er Hilfsarbeiter in der Schmiede war. Während des Krieges arbeiteten in der Fabrik sonst nur junge Frauen und Ostarbeiter.«

Thomas stutzte. »Was heißt hier Ostarbeiter?«

»Die wurden uns zugewiesen und kamen aus der Ukraine.«

»Moment mal! Ihr hattet Zwangsarbeiter?« Thomas fiel aus allen Wolken. »Das höre ich ja jetzt zum ersten Mal!«

»Die sind bei uns immer gut behandelt worden«, beteuerte sie. »Wir haben ihre Wäsche gewaschen und unsere Mutter backte auch mal Kuchen für die.«

»Wie viele Zwangsarbeiter waren in der Fabrik deines Vaters?«

»Das weiß ich nicht. Ich war ja noch ein Kind.«

»Weißt du, was aus denen geworden ist? Haben sie überlebt?«

»Dazu kann ich nichts sagen. Willst du noch etwas essen?«

»Nein, danke!« Das Gespräch nahm einen merkwürdigen Verlauf und erinnerte ihn an frühere Familienstreits über die Nazizeit. »Wir haben von all dem nichts gewusst!« lautete der Standardspruch, über den sich Thomas am meisten aufgeregt hatte. Ihm kam die Galle hoch, doch er biss die Zähne zusammen. Seine Mutter räumte inzwischen ab und stellte den Marmorkuchen auf den Tisch.

»Hier, den habe ich extra für dich gebacken«, sagte sie und reichte ihm ein Stück.

»Danke!« Er langte nach dem Kuchen, doch der Appetit war ihm vergangen. Er überlegte, ob er noch etwas fragen sollte, ließ es aber. Er hatte keine Lust, mit ihr aneinanderzugeraten, schob einen dringenden Arbeitstermin vor und brach bald darauf auf.

Im benachbarten Altena machte er Halt und ging ins »San Remo«. In dem kleinen Eiscafé war er der einzige Gast. Der Eismann saß mit zwei Frauen an einem Tisch und las Zeitung. Sie unterhielten sich auf Italienisch. Thomas verstand kein Wort und bestellte einen Espresso. Wie war es möglich, dass er erst jetzt – bald siebzig Jahre nach Kriegsende – erfuhr, dass bei seinem

Großvater sowjetische Zwangsarbeiter geschuftet hatten?, fragte er sich. Plötzlich kam ihm eine Geschichte in den Sinn, die ihm sein Vater während seiner Grundschulzeit bei einem Spaziergang am Heppinger Weg anvertraut hatte. Im Frühjahr 1945, unmittelbar vor Kriegsende, seien in Grüneck »die Russen« gehängt worden, im Eichenwald am Dorfrand. Man habe sie für den Mord an Elisabeth Vielhaber verantwortlich gemacht, die kurz zuvor am Heppinger Weg ermordet aufgefunden worden war. Etwas Genaueres hatte Thomas' Vater darüber nicht gewusst. Er war zu der Zeit in sowjetischer Kriegsgefangenschaft gewesen. Thomas hatte diese schauderhafte Geschichte, die einige Zeit seine kindliche Fantasie beflügelt hatte, vergessen. Erst Anfang der Neunzigerjahre hatte er sich erstmals wieder daran erinnert. Damals war er bei einer Recherche für einen Hörfunkbeitrag über das Müllverbrennungsverfahren eines Essener Energiekonzerns zufällig auf ein »Arbeitserziehungslager« bei Grüneck gestoßen. Unter Aufsicht der SS hatten Häftlinge dort eine unterirdische Treibstofffabrik errichten müssen. Viele waren in den Stollen gestorben. Diese Geschichte hatte ihn damals veranlasst, dem vergessenen Lynchmord im Eichenwald nachzugehen. Doch seine Nachforschungen waren im Sande verlaufen. Die entsprechenden Gestapoakten seien nach dem Krieg vernichtet worden, hatte ihm das Staatsarchiv mitgeteilt. Am Ende war er nicht mehr sicher gewesen, ob die Geschichte wirklich passiert oder lediglich seiner Fantasie entsprungen war und so hatte er die Nachforschungen aufgegeben und die spärlichen Unterlagen in eine Aktenmappe gesteckt.

Nun beschlich ihn die bange Frage, ob die »Russen«, die kurz vor Kriegende in Grüneck gehängt worden sein sollen, Zwangsarbeiter in der Fabrik seines Großvaters gewesen waren. Es gab nur eins, er musste sich Gewissheit verschaffen und der Sache endlich auf den Grund gehen.

Er kramte kurzerhand sein Handy aus der Tasche, rief die Auskunft an, verlangte die Rufnummer der Hagener Polizei und ließ sich mit der Mordkommission verbinden. Es dauerte einen Moment, bis er Ulrike am Telefon hatte.

»Das ist aber eine Überraschung. Von dir habe ich ja ewig nichts gehört. Was verschafft mir die Ehre?«, fragte sie.

»Wie ich höre, ermittelst du in Grüneck. Ich bin gerade in der Nähe und würde dich gern treffen. Was meinst du? Hast du Zeit?«

»Warum nicht. Es gibt hier in der City ein gemütliches Café, das ›Extrablatt‹ am Ebertplatz. Da können wir uns treffen. Das ist ganz in der Nähe des Rathauses. Wann kannst du hier sein?«

»In einer Dreiviertelstunde.«

»Schön, weißt du, wie du hier zum Rathaus kommst?«

»Ja, ich kenne mich in Hagen etwas aus.«

»Okay, dann bis gleich. Ich freue mich!«

Thomas bezahlte den Espresso und brauchte nur eine knappe halbe Stunde bis in die nahe gelegene Industriestadt. Er stellte den Daimler im Parkhaus am Rathaus ab und fand das Café am Rande der Fußgängerzone auf Anhieb. Das »Extrablatt« war französischen Bistros nachempfunden. In der Mitte stand eine große Theke und in einem Halbkreis darum herum Lederstühle an kleinen Tischen. An den Wänden hingen Spiegel mit Whisky- und Zigarettenwerbung, außerdem alte Schwarzweißansichten von New York. Der Laden war proppevoll, aber er hatte Glück und fand in der hinteren Ecke einen freien Tisch. Er erkannte Ulrike, die kurz darauf das Café betrat, sofort. Sie trug eine schwarze Lederjacke und kam strahlend auf ihn zu.

»Fast hätte ich dich nicht wieder erkannt«, flachste sie und setzte sich zu ihm an den Tisch. »Als wir uns das letzte Mal gesehen haben, warst du ein Hippie und hattest zottelige Haare, Rauschebart und Jesuslatschen.«

Thomas grinste. »Und du standest auf dem Schmachtlappen Michael Holm.«

»Unsinn! Ich liebte Udo Jürgens«, erwiderte sie lachend. Die Jungs auf der Schule hatten ihr zu Füßen gelegen, erinnerte sich

Thomas. Nur er hatte keine Augen für sie gehabt, sie für arrogant und unnahbar gehalten. Doch nun fand er sie ausgesprochen attraktiv und starrte immerzu auf ihre knallroten Lippen, die ihre scharf geschnittenen Gesichtszüge betonten.

»Du siehst verdammt gut aus!«, bemerkte er.

»Oh, du bist ja ein Charmeur! Abgesehen von ein paar grauen Haaren, hast dich auch ganz gut gehalten. Aber mal im Ernst, was führt dich in die Provinz? Bist du noch beim Radio?«

»Ich arbeite nur noch selten für den Sender, heutzutage meistens fürs Feuilleton großer Zeitungen.«

»Das stelle ich mir stressig vor.«

»Die Mordkommission ist vermutlich auch keine Sommerfrische.«

»Da hast du recht, manchmal steht es mir bis hier«, sagte sie und zeichnete mit ihrer Hand eine imaginäre Linie über ihrem Kopf. »Trotzdem bereue ich es nicht, Polizistin geworden zu sein. Du bewegst dich immer nah am Abgrund.«

»Du suchst den Thrill?«

»Quatsch! Du liest zu viele Kriminalromane. Kriminalistik ist harte Arbeit. Ich spreche über die Abgründe der menschlichen Seele.«

»An dir ist ja eine Philosophin verloren gegangen.«

»Ach was!«

»Was darf ich Ihnen bringen?«, unterbrach eine Kellnerin ihr Geplauder.

»Einen Cappuccino bitte«, antwortete Ulrike. Thomas bestellte einen Apfelsaft.

»Und wie geht es dir?«, nahm sie das Gespräch wieder auf.

»Bestens. Ich reise in der Weltgeschichte herum und erfreue mich des Lebens.«

»Du bist zu beneiden.«

»Wohl kaum, in Wirklichkeit ist das Leben eines Freelancers ein Knochenjob. Du musst mit Redakteuren flirten, sie bei Laune halten und immer wieder neue, ganz tolle, spannende

Geschichten anbieten. Einfluss auf Redaktionsentscheidungen hast du praktisch keine und die Bezahlung wird auch nicht besser.«

»Das nenne ich Jammern auf hohem Niveau. Du bist wenigstens dein eigener Herr!«

»Das stimmt nur bedingt. Ich empfinde das eher als eine Form moderner Sklaverei. Freiheit ist etwas anderes.« Die Kellnerin brachte die Getränke.

»Und wie läuft es privat?«, fragte Ulrike.

»Ich bin solo und komme gerade aus Grüneck von meiner Mutter.«

»Und wie geht es ihr? Die müsste doch schon an die achtzig sein.«

»Stimmt, sie ist zweiundachtzig, aber ziemlich rüstig, beschäftigt sich im Garten und geht viel spazieren. Und was macht deine Familie?«

»Tanja ist fünfundzwanzig, für ein Jahr in Australien und weiß gerade nicht so recht, was sie will.«

»Das ist normal in dem Alter.«

»Oh, du kennst dich aus! Trotzdem macht man sich Gedanken.«

»Hast du noch Kontakt nach Balve?«, erkundigte er sich.

»Praktisch nicht mehr seit meiner Scheidung.«

»Meine Mutter hat mir erzählt, du ermittelst wegen des Brandes in der Firma Schürmann. Habt ihr das Brandopfer bereits identifiziert?«

»Ja, der Tote war ein dreiundsechzigjähriger Arbeitsloser aus Haspe, polizeilich kein unbeschriebenes Blatt.«

»Was heißt das?«

»Ist das hier jetzt ein Verhör?«

Thomas schnalzte mit der Zunge. »Wo denkst du hin?«

»Ich kann dir nur soviel verraten, er war mehrfach vorbestraft«

Thomas lachte. »Wegen Ladendiebstahl? Oder war er wirklich ein schwerer Junge?«

»Nein, der Staatsschutz hatte ihn im Visier, aber das ist lange her. Er galt als Linksextremist.«

»Lass mich raten. Er ist bei Protesten gegen die rechte Szene in Hagen aufgefallen und das verleitet euch zu dem Schluss, dass er die Firma abgefackelt hat. Richtig?«, spottete er.

»Ein bisschen mehr Respekt vor der Obrigkeit, wenn ich bitten darf. Wir stehen erst am Anfang unserer Ermittlungen. Warum interessiert dich die Geschichte überhaupt?«

»Es ist ein rein persönliches Interesse. Immerhin hat mein Großvater die Firma gegründet. Nun wird sie angesteckt und in den Trümmern findet man eine Leiche. Das ist doch merkwürdig.«

»Nein, das passiert jeden Tag irgendwo. Das ist Polizeialltag.«

»Stimmt es eigentlich, was man sich in Grüneck erzählt, dass das Brandopfer in die Firma eingestiegen ist?«, insistierte Thomas.

»Dafür gibt es keine Anhaltspunkte.«

»Und die Todesursache?«

»Der Mann wurde ein Opfer der Flammen, Fremdverschulden nicht ausgeschlossen.«

»Was heißt das?«

»Mehr kann ich dir dazu wirklich nicht sagen.«

»Habt ihr in der Wohnung des Toten irgendetwas gefunden?«

»Ich sagte doch. Ende der Durchsage!«

»Okay, sorry, das ist eine Berufsmacke von mir. Aber das dürfte dir eigentlich nicht fremd sein.«

Sie lachte. »Ich gelte im Kollegenkreis als Trüffelschwein.«

»Du hast einen seltsamen Humor.«

»Ohne den kommst du bei der Kripo nicht weit. – Schade, ich muss jetzt los.«

»So Knall auf Fall?«

»Ja, leider. Ich bin verabredet.«

»Halt mich doch bitte auf dem Laufenden, soweit du kannst. Schön, dass du so spontan Zeit für mich hattest. Ich lade dich ein.«

»Danke.« Sie stand auf.

»Es hat mich sehr gefreut, dich zu sehen«, meinte er.

»Mich auch.« Sie gab ihm einen Kuss auf die Wange.

»Na dann, tschüs!«, sagte er etwas verlegen und sah ihr versonnen nach. Eine merkwürdige Geschichte, dachte er. Fremdverschulden bedeutet wahrscheinlich, dass Michael Dransfeld ermordet worden ist.

4

Nach der Rückkehr aus Hagen suchte Thomas in seiner Wohnung nach der Mappe, die er Anfang der Neunzigerjahre bei seiner Recherche zum Lynchmord in Grüneck angelegt und seitdem nicht mehr angerührt hatte. Zwischen Stapeln von Fotos, Briefen und Dokumenten fand er sie schließlich. Sie enthielt nur einen Artikel über ein sogenanntes Arbeitserziehungslager Sanssouci bei Balve, den er in der Chronik von Beckum, einem Nachbardorf von Grüneck, entdeckt hatte, und ein paar handschriftliche Notizen. Er hatte damals nicht den geringsten Hinweis auf einen Lynchmord an Russen gefunden, auch nicht auf den Mord an der Bauerntochter im Frühjahr 1945 in Grüneck. Vielleicht hatte er etwas übersehen. Es blieb ihm nichts anderes übrig, als die Recherche noch einmal ganz von vorn zu beginnen.

Er legte die Unterlagen beiseite und zog die Chronik der Pfarrgemeinde Grüneck aus dem Bücherregal, die ihm seine Mutter vor ein paar Jahren geschenkt hatte, und setzte sich damit aufs Sofa. Er hatte sich den Band bisher nie angeschaut. Beim Durchblättern stachen ihm sofort die Fotos aus der Nazizeit ins Auge. »Eine neue, im nachhinein schlimme Zeit tut sich auf«, las er unter dem Bild »Erntedank 1937«. Es zeigte ein mit Hakenkreuzen geschmücktes Pferdegespann. »Selbst die nicht Schulpflichtigen wurden politisiert«, lautete die Bildunterschrift unter einem anderen Foto, auf dem Kinder Nazifähnchen schwenkten. Auf den nächsten Seiten fand er Fotos von der Grünecker Hitler-Jugend, von »gefallenen Kameraden« und einem »Heldenfriedhof in Litauen an Kriegsweihnachten 1939« samt Hitler-Portrait. »Eine unglaubliche Pervertierung der Weihnachtsbotschaft«, lautete der Kommentar des Chronisten. Neben einem Foto vom Kalksteinbruch entdeckte Thomas einen Hinweis auf die Zwangsarbeiter im Dorf: »In der Baracke waren während des Krieges Kriegsgefangene untergebracht. Einige wurden auf dem

Friedhof beerdigt, ebenso ein auf der Flucht erschossener Russe.« Auf einer der letzten Seiten des Bandes bemerkte er schließlich ein Bild von einem Gedenkstein, der an den Tod von Elisabeth Vielhaber am Heppinger Weg erinnerte. »Ermordet 1945« stand darunter.

Der Verfasser der Gemeindechronik war Heinrich Wiedemeier, der ehemalige Grünecker Bürgermeister. Thomas hatte kein klares Bild von ihm vor Augen. Vielleicht wusste er etwas über das Verbrechen. Mit etwas Glück redete er sogar darüber. Er sollte ihn einfach anrufen, am besten auch den Beckumer Dorfchronisten Reinhold Gerhard, in dessen Denkschrift er vor Jahren den Hinweis auf das Arbeitslager gefunden hatte. Thomas rief kurz entschlossen die Auskunft an und ließ sich die Telefonnummern der beiden Heimatforscher geben.

Es war erst kurz vor neun, nicht zu spät, um Wiedemeier und Gerhard anzurufen, hoffte er und wählte zuerst die Nummer in Grüneck. Am anderen Ende der Leitung hörte er eine alte Dame.

»Wiedemeier.«

»Guten Abend, hier ist Thomas Krüdewagen, ich würde gern Ihren Mann sprechen.«

»Einen Moment bitte, ich sehe nach. Wie ist nochmal Ihr Name?«

»Thomas Krüdewagen.« Er bemerkte, wie der Hörer hingelegt wurde und eine Tür ins Schloss fiel. Nach ein paar Minuten meldete sich der ehemalige Bürgermeister am Telefon.

»Wiedemeier. Mit wem spreche ich?«, fragte er.

»Guten Abend, entschuldigen Sie, dass ich Sie so spät störe. Ich bin Thomas Krüdewagen, Journalist und in Grüneck aufgewachsen. Ich recherchiere zum Thema Zwangsarbeit und habe in Ihrer Gemeindechronik einen Hinweis auf das Thema gefunden. Ich würde mich gern mit Ihnen darüber unterhalten.«

»Was sagten Sie, wie ist Ihr Name?«

»Thomas Krüdewagen.«

»Ah, dann war Krüdewagens Jupp Ihr Vater.«

»Ja, genau. Was meinen Sie, haben Sie morgen Zeit?«

»Ja, aber ich weiß nicht, ob ich Ihnen weiterhelfen kann. Aber Sie können trotzdem gerne vorbeikommen.«

»Wäre es Ihnen am Nachmittag recht?«

»Gegen zwei bin ich immer zu Hause. Wir wohnen in der Fichtenstraße, Nummer zwei. Das ist im Neubauviertel bei Ihrer Mutter um die Ecke.«

»Ja, ich weiß, wo das ist.« Nachdem er aufgelegt hatte, versuchte es Thomas bei Reinhold Gerhard, doch in Beckum meldete sich niemand. Er setzte sich an den Rechner und entdeckte im Internet unzählige Einträge über den Grünecker Heimatforscher Heinrich Wiedemeier. Er war Teilhaber eines mittelständischen Unternehmens und viele Jahre Kommunalpolitiker der CDU gewesen. Über Reinhold Gerhard fand er nichts, außer dass er in Beckum ein Raumausstattergeschäft führte.

In der Hoffnung, Reinhold Gerhard in seinem Laden anzutreffen, fuhr Thomas am nächsten Morgen zuerst nach Beckum. Es waren mindestens dreißig Jahre her, dass er zuletzt dort gewesen war. Seine erste Liebe stammte aus dem Dorf. Sie leitete inzwischen einen Supermarkt in Nachbarort, wusste er von seiner Mutter. Weil die Dorfstraße gerade erneuert wurde und für den Verkehr komplett gesperrt war, musste er einen Umweg machen. Sonst hat sich hier überhaupt nichts verändert, dachte er, als er die schmucken Einfamilienhäuser und renovierten Bauernhöfen mit ihren gepflegten Vorgärten, Zierrasen und Jägerzäunen sah. Er parkte den Daimler neben der Dorfschänke, lief zu Fuß über die Baustelle zum Geschäft des Raumausstatters und betrat den Laden.

»Guten Tag, kann ich Herrn Gerhard sprechen?«, fragte Thomas die alte Dame hinter der schweren Eichentheke.

»Reinhold, kommst du mal?«, rief sie nach hinten. Als ihr Mann nicht sofort erschien, verschwand sie im Nebenraum.

Thomas schaute sich in der Zwischenzeit um. Zwischen Regalen mit Dekostoffen standen mehrere schwere Schränke. Gerhard schien nebenbei mit Antiquitäten zu handeln.

»Möbel sind meine eigentliche Leidenschaft«, sagte der alte Herr, der plötzlich neben Thomas stand und ihn mit wachen Augen musterte.

»Guten Tag. Sie haben ein paar ausgesprochen schöne Stücke gesammelt, für Normalsterbliche wahrscheinlich unerschwinglich«, sagte Thomas.

»Ach, was!«, entgegnete Gerhard lachend. »Aber Sie sind sicherlich nicht wegen der Schränke hier. Was kann ich für Sie tun?«

»Ich bin Journalist und recherchiere über ein Kriegsverbrechen im Frühjahr 1945 in Grüneck.«

»Wie war Ihr Name?«

»Thomas Krüdewagen. Ich bin in Grüneck geboren. Mein Vater war Josef Krüdewagen.« Der Raumausstatter überlegte. Er ging bereits auf die Achtzig zu, war nur ein Strich in der Landschaft, blass und hatte tiefe dunkle Ringe unter den Augen.

»Josef Krüdewagen sagt mir nichts«, äußerte er schließlich.

»Sie haben Mitte der Achtzigerjahre eine Dorfchronik herausgegeben, die sich auch mit der Nazizeit in Beckum beschäftigt. Das ist sehr ungewöhnlich für diese Gegend.«

»Ja, das stimmt!«, antwortete Gerhard bedächtig. »Mein Vater war gegen die Braunen. Ich war 1945 erst fünfzehn und kann mich an die Zeit selbst kaum entsinnen.« Dann war er damals genauso alt wie seine Mutter, erfasste Thomas. »Das einzige Bild, was bei mir hängengeblieben ist, sind die Fremdarbeiter, die im Frühjahr 1945 zu Hunderten durchs Dorf getrieben wurden. Sie waren völlig am Ende und halb verhungert. Das Kommando führten Parteileute aus der Gegend. Die Bauern hier hatten alle sogenannte Ostarbeiter.«

»Ja, im Betrieb meines Großvaters arbeiteten damals auch ukrainische Zwangsarbeiter.«

»Und wie hieß Ihr Großvater?«

»Herbert Schürmann. Er besaß eine Metallklitsche in Grüneck.«

»Hm.« Gerhard verzog seinen Mund.

»Kannten Sie den alten Schürmann?«, fragte Thomas, der Gerhards Minenspiel bemerkt hatte.

»Nein, nicht persönlich. Viele Grünecker waren stramme Nazis, die meisten Bauern bei der SA, einige Männer sogar bei der SS. Grüneck galt hier in der Gegend als braunes Nest.«

Thomas war platt. »Das höre ich zum ersten Mal«, meinte er.

»Sagen Sie bloß, das wussten Sie nicht?«

»Nein, meine Eltern behaupteten immer das Gegenteil. Die Leute in Grüneck seien fromme Katholiken und bis zuletzt treue Zentrumswähler gewesen.«

Gerhard lachte. »Schön wär's. Die meisten haben ihr Fähnchen nach dem Wind gehängt. In Sanssouci gab es ein Straflager, Arbeitserziehungslager sagte man damals beschönigend. Es war von Hunswinkel hierher verlegt worden. Die Gefangenen waren entlaufene Ostarbeiter, die meisten Russen. Über die Zustände dort kursierten nur Gerüchte. Viele Insassen kamen ums Leben, einige von ihnen liegen hier auf dem Friedhof begraben. Ein Lehrer hat darüber für unsere Festschrift einen Artikel geschrieben. Warten Sie, ich hole das Buch.« Gerhard ging in den Hinterraum und kam nach einigen Minuten mit seiner Frau zurück. Er reichte Thomas die Dorfchronik.

»700 Jahre Beckum in einem Band«, sagte er stolz. Thomas warf einen Blick in das Buch und entdeckte auf Anhieb mehrere Artikel über die Nazizeit, darunter den Aufsatz über Sanssouci.

»Ich habe den Artikel schon einmal in der Hand gehabt. Wie reagierten die Beckumer damals auf diese Veröffentlichung?«

Gerhard lachte rau auf. »Die meisten wollten davon nichts wissen. Für sie bin ich ein Nestbeschmutzer. Aber ich habe ein dickes Fell.«

»In Grüneck sollen im Frühjahr 1945 mehrere sowjetische Kriegsgefangene in einem Eichenwald gehängt worden sein, erzählt man sich im Dorf hinter vorgehaltener Hand. Ich versuche herauszufinden, was damals wirklich passiert ist. Vielleicht können Sie mir dabei helfen?«

»Tut mir leid, aber davon habe ich nie etwas gehört. Grüneck ist zwar nicht weit, aber eine Welt für sich. Vielleicht kann Ihnen Heinrich Wiedemeier etwas dazu sagen.«

»Das hoffe ich. Ich bin auf dem Weg zu ihm.«

»Dann grüßen Sie ihn von mir.«

»Das mache ich gern. Sie haben mir sehr geholfen.« Thomas legte die Dorfchronik zurück auf den Tresen.

»Ich habe leider nur noch dieses eine Exemplar, sonst hätte ich es Ihnen überlassen«, meinte Gerhard.

»Vielen Dank! Aber man kann das Buch bestimmt in der Stadtbibliothek ausleihen.«

»Ja, bestimmt.« Gerhard und reichte ihm die Hand, wünschte ihm viel Erfolg bei seinen Nachforschungen und begleitete ihn zur Tür. »Die werden hier nie fertig«, sagte er mit Blick auf die Baustelle vor dem Laden.

»Was machen die hier überhaupt?«

»Zuerst haben sie Telefonleitungen verlegt, dann alles wieder zugeschüttet. Dann war ein Jahr Ruhe, bis sie wieder alles aufgerissen haben, wegen defekter Abflüsse. Und jetzt kriegen wir einen Bürgersteig.«

»Verstehe«, meinte Thomas.

Wahrscheinlich weiß Gerhard tatsächlich nichts über das Verbrechen im Nachbardorf, dachte er, während er über die aufgerissene Dorfstraße zum Auto ging. Gerhards Bemerkung, Grüneck sei eine andere Welt, leuchtete ihm ein. Kontakte in die Nachbardörfer gab es früher kaum. Erst seit seiner Schulzeit gab es in Balve überhaupt eine Realschule für die Kinder aus der ganzen Gegend. Sein Vater hatte erst in der Lehre Jugendliche aus den umliegenden Dörfern kennen gelernt. Kein Wunder, dass der Lynchmord am Waldrand in Grüneck ein wohl gehütetes Dorfgeheimnis geblieben war. Thomas erschrak, als plötzlich hinter ihm eine Lkw-Sirene ertönte, trat ein paar Schritte zur Seite und ließ den schweren, mit Kies beladenen Lastwagen vorbeifahren. Eine Staubwolke hüllte ihn ein. Er fluchte.

Auf dem Weg nach Grüneck kam er durch Sanssouci. Außer dem Bahnhof und einer Gaststätte an der Hönnebrücke gab es in dem Ort nur ein paar Häuser an der Straße nach Balve. Das ehemalige Arbeitslager vermutete Thomas im Steinbruch hinter dem Bahnhof. Er stellte den Daimler vor dem leer stehenden Bahnhofsgebäude ab und holte seine Kamera aus dem Kofferraum. Ein massives Metalltor mit einer Warnleuchte oben drauf versperrte die Durchfahrt zum Steinbruch. »Chemiewerk – Durchgang verboten!« las er auf dem Schild. Auch das verlassene Bahnhofsgebäude war eingezäunt. Es gehörte anscheinend zum Firmengelände. Die Bahnstrecke war noch in Betrieb. Die Züge verkehrten im Stundentakt, entnahm er dem verblichenen Fahrplan. Mit der Bahn war er jahrelang zur Schule gefahren. Er schlenderte auf dem verwaisten Bahnsteig entlang und sah hinüber zum Steinbruch. Die Abbruchkante war mit Büschen zugewachsen. Nichts deutete mehr daraufhin, dass dort ein Straflager gewesen war, in dem zahlreiche Häftlinge zu Tode gekommen waren. Er machte ein paar Fotos und fuhr weiter nach Grüneck.

Thomas musste Wiedemeiers Adresse in dem Neubauviertel erst suchen. Die Einfamilienhäuser glichen sich wie ein Ei dem anderen. Trotzdem stand er um Punkt zwei bei dem ehemaligen Grünecker Bürgermeister vor der Tür. Der Vorgarten wirkte äußert gepflegt. Kein einziger Grashalm störte das Arrangement aus sorgfältig gestutzten Sträuchern und fein abgestimmten Blütenfolgen. Er drückte die Schelle. Wenig später erschien eine ganz in Schwarz gekleidete alte Frau in der Haustür.

»Sie sind sicher Herr Krüdewagen. Kommen Sie herein. Mein Mann erwartet Sie schon.« Sie ging voraus ins Wohnzimmer.

Wiedemeier saß im Sofa und las Zeitung. Er sah auf, legte die Westfälische zur Seite und reichte ihm zur Begrüßung die Hand.

»Hatten Sie eine gute Fahrt?«

»Ja, bis auf den üblichen Stau auf der A 1 bin ich ganz gut durchgekommen.«

»Sie sind nicht oft in Grüneck«, sagte der ehemalige Bürgermeister halb fragend halb feststellend.

»Das kann man so nicht sagen«, erwiderte Thomas. »In den letzten Jahren bin ich öfter hier als früher.« Wiedemeier bot ihm einen Polstersessel gegenüber dem Sofa an und musterte ihn aufmerksam. Er trug eine ausgewaschene dunkelgrüne Cordhose, ein graues Hemd und darüber eine leichte Weste. Thomas setzte sich und sah sich um. An den Wänden hingen ein paar verblichene Familienfotos, ein Wandteller, ein Kupferstich und eine Zeichnung von der Grünecker Dorfkirche.

»Was führt Sie zu mir?«, fragte Wiedemeier.

»Ich beschäftige mich mit dem Lynchmord im Eichenwald, bei dem im Frühjahr 1945 mehrere sowjetische Zwangsarbeiter ums Leben kamen«, erklärte Thomas ohne Umschweife. »Kann ich unser Gespräch mitschneiden?«

»Nein, lieber nicht.«

»Kein Problem, dann mache ich mir Notizen«, meinte er und verstaute Aufnahmegerät und Mikrofon wieder in der Tasche. »Ich soll Sie übrigens von Reinhold Gerhard grüßen. Ich komme gerade aus Beckum.«

»Vielen Dank! Woher wissen Sie eigentlich von der Sache im Eichenwald?«

»Mein Vater hat mir davon erzählt.«

»Mit Jupp war ich gut bekannt. Wir waren zusammen in der katholischen Jugend. Als ich bei Brünning in die Lehre kam, war er schon Geselle. Ich bin drei Jahre jünger als er.«

»Wann haben Sie dort angefangen?«

»Im Sommer 1940. Mein Vater war auch Maschinist bei Brünning. Es war damals so üblich, dass die Väter versuchten, ihre Söhne in der Fabrik unterzubringen, in der sie arbeiteten. Ihr Großvater, Alfons Krüdewagen, arbeitete ja da auch.«

»Ach, das wusste ich gar nicht.«

»Ihr Vater wurde nach der Lehre sofort zur Wehrmacht eingezogen. Ich bin Jahrgang sechsundzwanzig und musste kurz vor Kriegsende noch ein paar Wochen zum Volkssturm, geriet aber bald in englische Gefangenschaft. Das war mein Glück und so war ich im Juni fünfundvierzig bereits wieder zu Hause. Die Sache mit Vielhabers Elsbeth und den beiden erschossenen Russen kenne ich deshalb nur vom Hörensagen. Nach dem Mord an der Elsbeth hat man mit den beiden, die das getan haben, nicht lange gefackelt. Der eine war bei Vielhabers und sein Freund bei Schreiners auf dem Hof.«

»Was heißt, da wurde nicht lange gefackelt?«

»Die Ostarbeiter wurden standrechtlich erschossen, weil sie die junge Frau auf dem Kirchweg vergewaltigt und ermordet haben sollen.«

»Und wer führte das Kommando?«

»Das weiß ich nicht. Man erzählte sich, dass die beiden unter Begleitung zahlreicher Grünecker durchs Dorf zur Hinrichtungsstelle geführt wurden, zum Bahndamm, direkt neben der Hönnebrücke auf dem Weg nach Holzen. Sie wurden an Ort und Stelle verscharrt und später in einer Nacht- und Nebelaktion auf dem Friedhof begraben.«

»Das ist ja fürchterlich. Aber Moment mal, wenn ich mich richtig erinnere, hat mein Vater gesagt, die Russen seien im Eichwald aufgehängt worden«, wandte Thomas ein.

»Das stimmt! Aber das ist eine andere Geschichte.«

»Was heißt, das ist eine andere Geschichte?«

»Auch diese Sache kenne ich nur aus zweiter Hand und möchte deshalb nicht darüber reden.«

Thomas überlegte, ob er noch einmal nachfragen sollte, ließ es aber. Schließlich wollte er dem alten Bürgermeister nicht zu nahe treten.

»Meinen Sie, es gibt im Dorf jemanden, der darüber sprechen würde? Schließlich muss es hier doch auch einige Nazigegner gegeben haben.«

»Klar gab es die. Mein Vater war kein Nazi und Ihr Großvater, Alfons Krüdewagen, auch nicht. Sie äußerten ihre Meinung aber nur im engsten Familienkreis.«

»Aha?«

»Beide standen der katholischen Gewerkschaftsbewegung nahe. Sie waren zwar keine Widerständler, verabscheuten die Nazis aber und verteilten unter der Hand Lebensmittel an die Ostarbeiterinnen in der Fabrik.«

»Woher wissen Sie das?«

»Das habe ich eher zufällig mitbekommen, als ich ein paar Wochen bei Brünning war. Sie haben täglich ein doppeltes Frühstück mit zur Arbeit genommen und es den Ostarbeiterinnen heimlich zugesteckt. Darauf stand seinerzeit die Todesstrafe. Zu Hause haben sie darüber nie ein Wort verloren, auch nach dem Krieg nicht.« Thomas war sprachlos. Sein Opa väterlicherseits war früh gestorben. »Hat Ihr Vater Ihnen später nie davon erzählt?«

»Nein, nie«, meinte Thomas verlegen.

»Zwanzig junge Ukrainerinnen arbeiteten damals bei Brünning«, erzählte Wiedemeier weiter. »Sie waren in unserem Alter und in einem Barackenlager in der Nähe des Bahnhofs untergebracht. Ich kann mich so gut daran entsinnen, weil wir von dort denselben Fußweg zur Fabrik hatten. Die Ostarbeiterinnen stanken entsetzlich und wir hielten uns deshalb von ihnen fern. Als Pater Karl eines Tages in der Sakristei hörte, dass wir über sie herzogen, wusch er uns gehörig den Kopf. Der Pater war ein erklärter Nazigegner und leitete die Jugendgruppe, zu der auch Ihr Vater und ich gehörten.«

Thomas war platt.

»Ich dachte immer, mein Vater war im Sauerländischen Gebirgsverein«, meinte er.

»Ja, das stimmt auch, aber das war nach dem Krieg. Seit Ende der Dreißigerjahre hatte die katholische Jugend im Grünecker Wald eine Hütte, die zum Treffpunkt der bündischen Jugend wurde. In der Pfarrchronik gibt es ein Foto, das Pater Karl dort inmitten unserer Gruppe zeigt. Ich hole es mal eben.«

»Das ist nicht nötig. Ich habe die Pfarrchronik zu Hause. Von der Hütte hat mein Vater oft erzählt.«

»Sie ist kurz nach dem Krieg abgebrannt, anscheinend Brandstiftung. Jupp vermutete alte Kameraden dahinter.«

»Alte Kameraden?«

»Die Nazis! Sie tummelten sich bei den Heimkehrern. Ihr Vater erstattete Anzeige, aber aufgeklärt wurde die Sache nie. Übrigens gibt es in der Chronik noch ein anderes Foto, das Sie interessieren dürfte. Ich hole es mal gerade. Möchten Sie etwas trinken?«

»Ja, gerne, ein Glas Wasser bitte.« Wiedemeier verließ den Raum. Es ist kaum zu fassen, dachte Thomas. Sein Alter, dieser erzkonservative, autoritäre Knochen, ein Nazigegner? Er war völlig aufgewühlt. Denn das stellte das Bild, das er von seinem Vater hatte, völlig auf den Kopf. Wiedemeier kehrte mit der Pfarrchronik und einem Glas Wasser zurück.

»Schauen Sie, hier ist es!« Wiedemeier schlug das Buch auf und deutete auf ein Foto. »Christus herrscht, Christus regiert, Christus siegt«, zitierte er den Spruch über dem Tabernakel. Davor war ein Geistlicher im Messgewand zu sehen, der eine Monstranz in den Händen hielt. »Das ist Pater Karl. Trotz ausdrücklichen Verbotes durch die Behörden, zog er Fronleichnam 1940 mit Messdienern und Gläubigen um die Kirche. Die katholische Jugend hatte vor der Volksschule den Altar aufgebaut, ihn mit Birkensträuchern geschmückt und diesen Sinnspruch angebracht. Den Pater hätte das Kopf und Kragen kosten können. Ihr Vater war natürlich auch dabei. Die Nazis verstanden die Botschaft und schäumten. Sie waren aber klug genug, sich nicht mit dem Klerus anzulegen. Das hätte die schweigende Mehrheit im Dorf gegen sie aufgebracht.«

Von wegen schweigende Mehrheit, dachte Thomas. Aber er fand es irgendwie anmaßend, ihm Gerhards Bild von Grüneck vorzuhalten.

»Wurde in Ihrer Familie damals überhaupt über Politik gesprochen?«, fragte er stattdessen.

»Nein, eigentlich nie. Nur eine Geschichte werde ich nie vergessen. Im Herbst 1944 gab es hier eine groß angelegte Suchaktion des Volksturms. Im Grünecker Wald vermutete man entflohene Kriegsgefangene. Wir, die Jungen unseres Jahrgangs, waren bei der Fahndungsaktion mit dabei. Als ich am darauf folgenden Wochenende im Familienkreis stolz davon erzählte, musste ich mir von meinem Vater die Standpauke meines Lebens anhören.«

Thomas wunderte sich über die Offenheit des ehemaligen CDU-Kommunalpolitikers.

»Gab es solche Razzien öfter?«

»Ja, in den letzten Monaten des Krieges häuften sich Einbrüche, Überfälle auf Bauernhöfe und Diebstähle auf Feldern. Dafür waren russische Banden verantwortlich.«

»Was verstehen Sie unter russischen Banden?«

»Gegen Kriegsende hielten sich zahlreiche entflohene Zwangsarbeiter in den umliegenden Wäldern versteckt und machten die Gegend unsicher, deshalb die Suchaktion. Außer verlassenen Unterschlüpfen fanden wir aber nichts.«

»Das klingt nach einer Treibjagd!« Thomas konnte seine Empörung kaum verbergen.

»Damals galten andere Maßstäbe. Vagabundierende Russen hielt man für gefährliche Banditen«, entgegnete Wiedemeier. Es entstand eine kurze Pause. Thomas überlegte.

»In der Pfarrchronik erwähnen Sie einen Russen, der auf der Flucht erschossen wurde.«

»Ja, der gehörte zum Arbeitskommando im Kalksteinbruch. Die Kriegsgefangenen dort waren in dem Backsteinbau in der

Nähe der Firma Schürmann untergebracht. Sie kennen das Gebäude an der Straße nach Balve sicher.« Thomas nickte. »Der Russe war abgehauen, wurde aber gefasst und auf der Stelle erschossen.«

»Wann war das?«

»1942 oder 43.«

»Und wer trug die Verantwortung dafür?«

»Das weiß ich nicht.«

»Gibt es im Dorf Zeitzeugen, die darüber etwas wissen könnten?«

»Fragen Sie Bruno Meier, der kann bestimmt etwas dazu sagen. Er wohnt in der Dorfstraße oberhalb der Kirche. Ich gebe Ihnen nachher die Telefonnummer. Vielleicht weiß er auch etwas über die Sache im Eichenwald.« Wiedemeier überlegte. »Es gibt da noch ein Tagebuch. Eine Frau aus dem Dorf berichtet darin unter anderem über die Hinrichtung der beiden Russen.«

»Können Sie mir die Aufzeichnungen zeigen?«

»Gern, aber ich muss das erst mit der Familie der Verstorbenen abklären. Im Nachlass meines Vaters gibt es außerdem einen Bericht des Gemeindepfarrers über polnische Landarbeiter. Den überlasse ich Ihnen gern.«

»Das ist sehr nett. Kannten Sie eigentlich den Vater von Michael Dransfeld, der kürzlich beim Brand in der Firma Schürmann ums Leben kam?«, fragte Thomas.

»Klar, Konrad Dransfeld war mein Cousin. Er war Hilfsarbeiter bei Herbert Schürmann und wurde eines Tages von der Gestapo verhaftet.«

»Wissen Sie, wann das war?«

»Im Sommer 1943. Der alte Dransfeld nahm nie ein Blatt vor den Mund und schimpfte sogar in der Wirtschaft über die Nazis.«

»Wurde er denunziert?«

»Das haben wir nie herausgekriegt. Seine Mutter war eine sehr couragierte Frau und setzte seinerzeit Himmel und Hölle in

Bewegung, damit er freikam. Sie sprach sogar bei der Dortmunder Gestapo vor, leider ohne Erfolg.«

»Wissen Sie, ob mein Großvater Herbert Schürmann sich für ihn eingesetzt hat?«

»Wohl kaum«, antwortete Wiedemeier. »Herbert Schürmann und der Grünecker Volksturm lieferten sich am dreizehnten April 1945, unmittelbar vor Ende des Krieges, noch eine Schießerei mit den Amerikanern.«

»Das ist nicht wahr!«

»Doch, im Kreisarchiv gibt es einen offenen Brief Ihres Großvaters vom Frühjahr 1945, in dem er über den bevorstehenden Endsieg schwadronierte. Der Aufruf erschien im ›Völkischen Beobachter‹.«

»Soll das heißen, mein Opa war ein Nazi?«

»Nach Kriegsende hat man in seinem Haus ein Waffendepot ausgehoben. Er saß deshalb in Arnsberg im Gefängnis. Im Kreisarchiv habe ich einen Brief Ihres Großvaters an den damaligen Bürgermeister gelesen, in dem er sich bitter darüber beklagt, dass die Grünecker Parteigrößen ihn im Stich gelassen hätten.«

»Sie meinen, Herbert Schürmann war Mitglied der NSDAP?« Thomas war erschüttert.

»Das wissen Sie nicht? Die beiden Briefe finden Sie im Kreisarchiv, im Nachlass des damaligen Bürgermeisters Schilling.«

»Ich werde da mal nachfragen.« Thomas schämte sich, wegen seines Großvaters und wegen seiner Unwissenheit, auch wenn er so etwas wie Stolz auf seinen Großvater väterlicherseits spürte. »Die Familie Dransfeld ist nach dem Krieg nach Haspe gezogen. Wissen Sie, warum?«

»Damals wurden dort händeringend Metallarbeiter gesucht. Außerdem konnte mein Cousin die alten Nazis hier nicht mehr sehen. Er ist früh gestorben. Seine Frau trennte sich von ihm und er litt unter Depressionen, vermutlich Spätfolgen der KZ-Haft. Sein Sohn Michael musste ins Heim.«

»Ist die Familie jemals entschädigt worden?«

»Nein, die Witwe hat sich zwar darum bemüht, ihre Anträge sind aber, soviel ich weiß, abgelehnt worden.«

»Halten Sie es für möglich, dass Michael Dransfeld den Brand bei Schürmann gelegt hat?«

»Darüber habe ich auch nachgedacht. Ehrlich gesagt, ich weiß es nicht. Ich kannte ihn kaum.« Thomas notierte sich noch die Fundstelle der Briefe seines Großvaters im Kreisarchiv und schrieb sich die Adresse und Telefonnummer von Bruno Meier auf.

»Ich muss zugeben, dass ich von dem, was Sie mir erzählt haben, bisher keinen blassen Schimmer hatte. Vielen Dank für Ihre Offenheit. Können Sie mir den Bericht des Pfarrers über die polnischen Zwangsarbeiter mitgeben?«

»Nein, den muss ich erst suchen. Ich schicke Ihnen den Bericht und die Tagebuchaufzeichnungen mit der Post, sobald ich mit der Familie gesprochen habe.«

»Das ist nett. Hier ist meine Adresse.« Thomas gab ihm seine Visitenkarte. »Ich danke Ihnen sehr. Auf Wiedersehen!«

»Keine Ursache«, sagte Wiedemeier.

Was wusste er eigentlich von seinem Vater?, fragte sich Thomas auf der Rückfahrt. Die Geschichte mit der Hütte hatte er noch im Ohr. Davon hatte sein Vater oft gesprochen, aber nur anekdotenhaft. Dass die Jugendgruppe in Opposition zu den Nazis gestanden hatte, war ihm neu. Vielleicht hatte sein Vater es nicht für wichtig gehalten, ihm davon zu erzählen. Als Teenager hatte Thomas gegen ihn aufbegehrt und ihm seine Beteiligung am Vernichtungskrieg der Wehrmacht vorgeworfen. »Die hätten uns an die Wand gestellt«, hatte sein Vater sich damals gerechtfertigt. Wahrscheinlich hatte er gespürt, dass sein Sohn ihn für einen Opportunisten hielt, auch wenn Thomas das nie ausgesprochen hatte. Als Jugendlicher hatte er seine Brücken nach Grüneck abgebrochen und besuchte seine Familie nur alle Jubeljahre.

Sein Vater hatte dann den ersten Schritt getan. Thomas hatte die Situation noch gut in Erinnerung, wie er eines Tages unangemeldet vor der Tür stand. Thomas lebte damals in einem besetzten Haus. Sein Vater machte nicht viele Worte, war einfach da und half, einen kaputten Bulli zu reparieren. Vielleicht wollte er ihm mit dieser unbeholfenen Geste signalisieren, dass er ihn akzeptierte, dachte Thomas. Er hätte ihn ansprechen müssen, schließlich war er es, der in Wohngemeinschaften gelernt hatte, persönliche Konflikte auszutragen. Doch zu einer Aussprache war es nie gekommen. Vielleicht hätte er dann auch von der Geschichte seines Großvaters erfahren, der den Mut gehabt hatte, sich gegenüber Zwangsarbeitern menschlich zu verhalten, ohne darüber viele Worte zu verlieren. Und das war im Land der Täter viel. Thomas dämmerte langsam, warum sein Vater Zeit seines Lebens Distanz zu seinem Schwiegervater, Herbert Schürmann, gewahrt hatte. Schließlich hatte der damals auf der anderen Seite der Barrikade gestanden.

5

Die Telefonnummer des Kreisarchivs Altena war nicht mehr aktuell, merkte Thomas am nächsten Morgen. Die neue Rufnummer fand er im Internet, außerdem einen Hinweis auf eine Studie zur Zwangsarbeit in der Region. Er wählte die Nummer des Archivs.

»Die Dokumentation ist 2001 bei der Vorbereitung der Ausstellung zur Geschichte der Zwangsarbeit während des Nationalsozialismus erschienen«, eröffnete ihm eine Archivmitarbeiterin am Telefon. »Es gibt auch eine interessante Quelle über Zwangsarbeiter im Raum Grüneck und den Mordfall Vielhaber. Den Bestand können Sie gern einsehen.«

Thomas war bass erstaunt, erkundigte sich nach den Öffnungszeiten und überlegte.

»Okay, dann werde ich morgen Vormittag kommen«, sagte er nach einer Weile.

Das Archiv war im ehemaligen Kreishaus am Hang oberhalb des Flusses untergebracht. Als er am nächsten Tag dort ankam, erblickte er auf dem gegenüberliegenden Hügel die Burg. Sie erinnerte ihn an einen Schulausflug und eine Nacht in der Jugendherberge, die in dem historischen Gemäuer untergebracht war. Die Ritterrüstungen hatten es ihm besonders angetan. Das Kreishaus wirkte wie ausgestorben und einen Hinweis auf das Archiv fand er zunächst nirgends. Im ersten Stock entdeckte er schließlich einen Büchertisch zur Heimatgeschichte und eine Tür mit der Aufschrift »Kreisarchiv Frau Henrichs«. Er klopfte an und öffnete die Tür.

»Sie wünschen?«, fragte die Archivarin, die ihn über den Schreibtisch hinweg beäugte. Sie war keine vierzig, blond, hatte einen Pagenschnitt und trug ein altmodisches blaues Kostüm. Als sie aufstand, wirkte sie, als hätte sie einen Besen verschluckt.

»Guten Tag, ich bin Thomas Krüdewagen. Wir haben gestern telefoniert.«

»Ich erinnere mich. Sie arbeiten zur Zwangsarbeit und interessieren sich für den Mordfall Vielhaber in Grüneck.«

»Genau. Sie erwähnten gestern eine Ausstellung zu dem Thema. Gibt es dazu einen Katalog?«

»Ja sicher, ich hole Ihnen gleich ein Exemplar.« Sie ging in einen Nebenraum, kam wenig später zurück und reichte ihm die Publikation. »Das Projekt hat hier übrigens viel Staub aufgewirbelt«, sagte sie beiläufig, während er sich den Katalog ansah. Thomas wurde hellhörig.

»Wie meinen Sie das?«, fragte er.

»Es soll wegen des Projekts von allen Seiten Druck gegeben haben, vor allem aus Grüneck. Ich bin aber erst seit der Pensionierung des Archivleiters vor zwei Jahren hier und kenne die Geschichte nicht so genau. Sie wissen ja, auf dem Land ticken die Uhren anders.«

»Wer hat das Ausstellungsprojekt geleitet?«

»Herr Linne. Er musste anschließend in eine andere Verwaltungsabteilung wechseln.«

»Heißt das, er hat deshalb seinen Job verloren?«

»Heute ist er im Personalamt des Kreises tätig«, antwortete sie ausweichend. »Kommen Sie«, sagte sie, führte ihn in den Lesesaal und zeigte ihm die Akte, die auf dem Arbeitstisch bereitlag. Thomas war der einzige Nutzer im Raum. »Amt Balve – Polizei, 1938 bis 1948« stand auf den vier abgegriffenen Ordnern.

»Eins verstehe ich nicht«, meinte Thomas. »Anfang der Neunzigerjahre hat mir das Staatsarchiv mitgeteilt, dass bei Kriegsende alle Polizei- und Gestapoakten aus der Region vernichtet worden seien und nun finde ich sie hier.«

»Die Akte befindet sich erst seit einigen Jahren in unserem Archivbestand. Das Amt Balve unterhielt früher ein eigenes Archiv. Dort nahm man es mit der Ablieferungspflicht ans Staatsarchiv offenbar nicht sehr genau«, erklärte die Archivarin.

»Wollen Sie damit sagen, die Polizeiakte wurde in Balve unter Verschluss gehalten?«

»Dazu kann ich nichts sagen, aber Sie können sich gern persönlich an Herrn Linne wenden. Er hat die Akte verzeichnet.«

»Haben Sie seine Telefonnummer?«

»Sicher. Ich suche sie Ihnen gleich heraus.«

»Vielen Dank! Ich habe aber noch eine Frage. Im Nachlass Schilling soll es zwei Briefe meines Großvaters, Herbert Schürmann, geben. Er hat sie aus der Haft in Arnsberg geschrieben. Außerdem soll es dort einen Beitrag von ihm aus dem ›Völkischen Beobachter‹ geben. Die Dokumente würde ich mir gerne mal ansehen.«

»Ich kümmere mich darum. Sie haben mit diesen Akten ja erst einmal genug zu tun«, antwortete Henrichs und verließ den Lesesaal. Damit er ihn später nicht vergaß, notierte sich Thomas zuerst den Namen des geschassten Archivars.

Bereits beim ersten flüchtigen Durchblättern entdeckte Thomas zwischen Berichten, Vermerken, Anzeigen und Verhörprotokollen etliche Dokumente des Gendarmeriepostens Grüneck über den Mord an der jungen Bauerntochter Elisabeth Vielhaber und die anschließende Erschießung der beiden sowjetischen Zwangsarbeiter. Ein Schriftstück ließ ihm das Blut in den Adern gefrieren. Sein Großvater, las er in einem Polizeiprotokoll, hatte sich zwei Tage nach dem Mord an Elisabeth Vielhaber im März 1945 an einer Jagd auf entflohene Zwangsarbeiter beteiligt und dabei auf einen Flüchtenden geschossen. Er konnte es kaum glauben, aber das Dokument mit dem Titel »Suchaktion und Auffindung der russischen Banditen« trug eindeutig die Unterschrift seines Großvaters, des damals achtundvierzigjährigen Fabrikanten Herbert Schürmann.

»Am Samstag, dem 24. März 1945, wurde von Volkssturm und Wehrmacht eine Suchaktion im Gelände zwischen Grüneck und Höhenhausen durchgeführt, an der ich mich auch beteiligte. An der Kreisgrenze beging ich den Weg zum Ehrenmal und sicherte an einem dichten Tannengelände die linke Flanke, damit keiner entweichen konnte. Nachdem ich ungefähr 50 Meter oberhalb einer Wegkreuzung Aufstellung genommen hatte, fiel von dem Dickicht ein Schuss. Ich hörte, dass auf Friebe geschossen worden war, und nahm darauf sofort mein Gewehr in Anschlag. Nach wenigen Minuten sprang etwa 40 bis 50 Meter seitlich von mir ein Mann aus dem Dickicht auf den Weg. Ich rief denselben kurz an mit den Worten: Halt! Stój! Im gleichen Augenblick wandte sich der Mann zur Flucht und sprang wieder in das Dickicht zurück. In der nächsten Tannenreihe kam ich dann zum Schuss und ich hörte, dass der Mann einen kurzen Schrei von sich gab. Ich schätze den Mann auf nur 20 bis 25 Jahre, da er äußerst wendig war. Bekleidet war die Person mit einem braunen Oberkleid und ohne Kopfbedeckung. Vermutlich hatte er dunkles Haar. Besondere Merkmale sind mir nicht aufgefallen. Der Schuss war eine Schrotladung aus meinem Jagdgewehr. Das Gelände wurde daraufhin abgesucht und es fand sich nur der Koffer des Entflohenen. Inzwischen brachte man dann noch die zwei Russinnen aus dem Waldstück hervor.«

Er starrte entsetzt auf den Durchschlag des Vernehmungsprotokolls vom 29. März 1945 und las den ungelenkten Text wieder und wieder. Wiedemeier hatte recht. Sein Opa war ein gewissenloser Nazi gewesen. Er musste sich zusammenreißen, um weiter in der Akte lesen zu können. Bei der gleichen Razzia war eine neunzehnjährige Zwangsarbeiterin durch einen Schuss schwer verletzt und eine zweite Frau unverletzt festgenommen worden. Der Grünecker Volkssturm hatte die Gefangenen der Gendarmerie übergeben und der Dorfpolizist die »Erfolgsmeldung« an die Gestapo gesandt. Thomas war fassungslos. Bloß weg hier!, dachte er, kopierte etliche Dokumente, verstaute sie in seiner Tasche, bezahlte schnell den Katalog und verließ Hals über Kopf das Archiv. Er fuhr ins Stadtzentrum und setzte sich in der Einkaufsstraße in ein Café. Er sah seinen Großvater mit dem Gewehr im Anschlag vor sich. Es war ein Alptraum. Sein Opa war ein richtiger Nazionalsozialist. Dabei hatte seine Mutter stets behauptet, ihre Eltern seien keine Nazis, sondern brave Katholiken gewesen. Das war eine glatte Lüge! Er war völlig außer sich. Doch den Gedanken, seine Mutter auf der Stelle zur Rede stellen, verwarf er. Er fühlte sich dem Streit nicht gewachsen, fürchtete, völlig die Kontrolle über seine Gefühle zu verlieren und sich mit ihr zu überwerfen. Er kehrte deshalb auf dem direkten Weg nach Hause zurück und ging abends früh zu Bett.

Mitten in der Nacht wachte er schweißgebadet auf. Albträume hatten ihm den Schlaf geraubt. Doch am nächsten Morgen konnte er sich nicht mehr an sie erinnern. Nach dem Frühstück nahm er die Kopien der Polizeiakte zur Hand und stieß dabei auf einen Vermerk über Pater Karl, von dem Heinrich Wiedemeier bereits erzählt hatte. Der Geistliche war 1944 bei der Gestapo denunziert worden, weil er das »Kind des Ostarbeiters Iwan Balkow und seiner Frau getauft hat, der bei dem Bauern Ernst Kluthe in Grüneck tätig ist«, entnahm er der Akte. Es war unfassbar, die Nazis im Dorf hatten irgendwann selbst vor der katholischen Geistlichkeit keinen Respekt mehr gehabt. Vielleicht konnte ihm der Grünecker Pfarrer weiterhelfen. Ohne lange zu überlegen, rief er die Auskunft an, ließ sich die Nummer des Pastors geben und versuchte es. Pfarrer Schulte befand sich jedoch auf einer Jugendfreizeit. Die Haushälterin erwartete ihn erst in der kommenden Woche zurück. Sie gab ihm aber seine Mailadresse und Thomas schrieb dem Pfarrer eine Nachricht. Er berichtete von seinen Nachforschungen, von der Denunziation des Paters, wies auf die Gefahren und Gewissensnöte hin, denen der Seelsorger der Grünecker Gemeinde während der Nazizeit ausgesetzt gewesen war, und fragte nach Briefen und Dokumenten, die Aufschluss über sein Wirken geben könnten. Er bat den Pfarrer außerdem um Einsicht in die Gräberlisten und um weitere Unterlagen über Kriegsgefangene und Zwangsarbeiter, die auf dem Friedhof begraben worden waren. Zwei Stunden später erhielt er eine Antwort des Pastors. Er sei mit den Messdienern unterwegs. Die Beantwortung seiner Fragen könne etwas dauern und er werde seine Anfrage an den Kirchenvorstand weiterleiten, schrieb Schulte. Die Nachricht würde sich wie ein Lauffeuer im Dorf herumsprechen, wusste Thomas und lachte sich eins ins Fäustchen.

6

»Hast du etwas Neues über den Großbrand in Grüneck gehört?«, fragte Sabine Kollart, als sie am darauf folgenden Abend in ihrem Kölner Büro beim Kaffee zusammensaßen.

»Ja, der Tote, den man in der Brandruine gefunden hat, war ein entfernter Verwandter, Sohn eines KZ-Häftlings und ein Linker. Es ist keineswegs gesagt, dass er der Brandstifter war. Aber noch viel schlimmer, ich bin bei der Gelegenheit auf ein fürchterliches Familiengeheimnis gestoßen«, berichtete Thomas. »Mein Opa war ein strammer Nazi. Im Frühjahr 1945 hat er sich sogar an einer Treibjagd auf entflohene Zwangsarbeiter beteiligt und dabei auf einen Flüchtenden geschossen. Zwei junge Frauen wurden festgenommen und an die Gestapo ausgeliefert.«

»Das ist ja entsetzlich!«

»Ja, das kannst du wohl sagen. Ich habe im Kreisarchiv ein Protokoll entdeckt, das die Unterschrift meines Großvaters trägt. Er war anscheinend Hilfspolizist und hat die Situation detailliert zu Protokoll gegeben.«

»Lebt er noch?«

»Nein, er ist 1989, mit dreiundneunzig Jahren, gestorben.«

»Was war dein Opa für ein Mensch?«

»Ich habe nur wenige Erinnerungen an ihn. Er war ein Patriarch alter Schule, autoritär und unnahbar. Er war Chef einer Metallklitsche in Grüneck und besaß als Erster im Dorf ein Auto, einen schwarzen DKW, mit einer Ausbuchtung für sein Holzbein. Er war eine eindrucksvolle Erscheinung, Kriegsinvalide und hat neun Kinder in die Welt gesetzt. Nachdem meine Oma gestorben war, hat er wieder geheiratet und ist mit seiner zweiten Frau in eine stattliche Villa gezogen. Die ungeliebte Stiefmutter galt in der Familie als Schreckschraube. Sie machte einen auf große Dame, während Opa weiterhin im Arbeitskittel herumlief und in einem Drahtkäfig hinter der Fabrik Eichhörnchen hielt.«

Wider Willen musste Thomas schmunzeln, als er daran dachte. »Von seiner Naziverstrickung hatte ich absolut keine Ahnung.«

»Hast du mit deiner Mutter darüber gesprochen?«

»Nein, bisher nicht. Ich musste das selbst erst verdauen. Spontan wollte ich zwar zu ihr zu fahren und sie zur Rede stellen, aber dann hatte ich Angst, völlig auszurasten.«

»Wieso?«

»Die Auseinandersetzungen über die Nazizeit liefen in unserer Familie immer nach dem gleichen Muster ab. Die Nazis wurden verharmlost, ihre Verbrechen geleugnet und der Autobahnbau als zivilisatorische Meisterleistung herausgestellt. Fragte man nach der Einstellung der Großeltern, hieß es, sie seien fromme Katholiken, die Nazis im Dorf eine verschwindende Minderheit und der Krieg weit weg gewesen. Tatsächlich war Grüneck ein tiefbraunes Nest.«

»Die meisten Leute haben sich diese Zeit schöngeredet.«

»Schon möglich, aber ich hätte mir im Traum nicht vorstellen können, dass sich mein Großvater an einer Menschenjagd beteiligt.«

»Hat diese Geschichte irgendetwas mit dem Lynchmord zu tun, von dem du erzählt hast?«

»Das weiß ich nicht. Jedenfalls stimmt die Darstellung meines Vaters nicht mit den Quellen im Kreisarchiv überein. Dort ist von zwei sowjetischen Zwangsarbeitern die Rede, denen der Mord an einer Bauerntochter angelastet wurde. Sie wurden deshalb von der Wehrmacht standrechtlich erschossen.«

»Aber es ist doch denkbar, dass sie die junge Frau tatsächlich auf dem Gewissen hatten.«

»Theoretisch ja, aber die Polizeiakte gibt dafür nichts her. Die Hingerichteten haben den Vorwurf bis zuletzt entschieden bestritten, obwohl sie bei der Vernehmung schwer misshandelt wurden. Spuren konnte man ihnen überhaupt nicht zuordnen. Einer der beiden Erschossenen soll zur Tatzeit weitab vom Tatort entfernt gearbeitet haben. Als Ausländer waren sie offensichtlich per se verdächtig. Einheimische kamen dagegen als Täter gar nicht erst in Frage. Womöglich hat jemand aus dem Dorf den Mord begangen, ein Nachbar oder ein Familienmitglied.«

»Nehmen wir mal an, du hast recht. Was willst du nach über sechzig Jahren damit beweisen? Die Täter sind doch längst tot.«

»In der letzten Kriegsphase wurden überall in Deutschland Verbrechen an Zwangsarbeitern, KZ-Häftlingen und Regimegegnern begangen. Die meisten dieser so genannten Kriegsendzeitverbrechen wurden vertuscht, die Opfer vergessen. Das kann man doch nicht so stehen lassen!«

»Aber Belege für einen Lynchmord hast du keine gefunden?«

»Nein, aber es sieht so aus, dass außer den beiden noch weitere Zwangsarbeiter in Grüneck ermordet wurden. Der ehemalige Bürgermeister hat so etwas angedeutet. Weil er die Geschichte selbst nur vom Hörensagen kennt, will er aber nicht darüber reden.«

»Wirst du mit deiner Mutter sprechen?«

»Ja sicher, aber wohl ist mir bei der Vorstellung nicht.«

»Und willst du dich weiter mit der Geschichte beschäftigen?«

»Auf jeden Fall. Ich möchte Zeugen befragen, Archive aufsuchen, Dokumente sichten, die ganze Palette. Aber zuerst werde ich die Archivalien auswerten. Vielleicht gibt es Überlebende. Eine befreundete Historikerin hat mir Zugang zu einer Internetplattform verschafft, einem globalen Netzwerk von Wissenschaftlern, die zum Thema Zwangsarbeit forschen. Dort habe ich nach ehemaligen Zwangsarbeitern aus Grüneck gefragt.«

»Das ist ja spannend. Du musst mich unbedingt auf dem Laufenden halten.«

»Ja, gern, aber jetzt muss ich ins Bett. Ich bin hundemüde.«

»Dann lass uns gehen. Mir fallen auch gleich die Augen zu.« Wenig später verließen sie gemeinsam das Büro.

Am nächsten Tag versuchte Thomas, den ehemaligen Archivar des Kreises anzurufen. Am Telefon meldete sich Linnes Frau.

»Mein Mann ist leider nicht zu Hause«, sagte sie. »Aber vielleicht kann ich Ihnen weiterhelfen.«

Thomas stellte sich vor und erzählte von seiner Recherche.

»Das ist interessant, aber mein Mann ist nicht mehr im Kreisarchiv. Die Ausstellung zur Zwangsarbeit war sein letztes Projekt. Wir haben damals ein Besuchsprogramm für ehemalige Zwangsarbeiter geplant. Das war im Kreis politisch aber leider nicht durchsetzbar. Mein Mann hat danach seine Stellung im Archiv verloren.«

»Kann ich ihn persönlich sprechen?«, fragte er.

»Ja, mein Mann ruft Sie an«, versprach sie, ließ sich seine Nummer geben und legte auf. Wieso erzählt sie mir das?, wunderte sich Thomas. Tatsächlich dauerte es nicht lange, bis Linne zurückrief.

»Ich höre, Sie arbeiten zum Thema Zwangsarbeit in Grüneck«, meinte er.

»Ja, das stimmt. Ich interessiere mich vor allem für einen Lynchmord an Zwangsarbeitern im Frühjahr 1945«, erklärte Thomas.

»Die Polizeiakte über den Mord an Elisabeth Vielhaber und die Hinrichtung der beiden Ukrainer kenne ich gut«, unterbrach Linne ihn. »Von weiteren Erschießungen habe ich aber nie etwas gehört. Wir haben uns bei der Darstellung der Zwangsarbeit auf die Industriestädte im Kreis konzentriert. Das Amt Balve spielte in der Ausstellung nur im Hinblick auf die Zeit nach der Befreiung eine Rolle. In der Polizeiakte sind nämlich zahlreiche Überfälle durch befreite Ausländer, so genannte Displaced Persons, im Frühjahr und Sommer 1945 überliefert.«

»Wie sind Sie überhaupt an die Akte gekommen?«

»Das ist eine merkwürdige Geschichte. Während der Ausstellungsvorbereitung ist ein Mitarbeiter der Stadtverwaltung mit einem Stapel Akten zu uns ins Archiv gekommen. ›Ich weiß, die sind bei Ihnen in guten Händen‹, hat er gesagt. Es handelte sich um vier Mappen der Grünecker Polizei, ein

Strafanzeigenbuch und die vollständige Mitgliederkartei der NSDAP-Ortsgruppe.«

Thomas stutzte. »Von einer NSDAP-Mitgliedsliste hat mir Frau Henrichs gar nichts gesagt.«

»Sprechen Sie die Archivleiterin noch einmal darauf an«, meinte Linne.

»Wer war der Mann, der Ihnen die Akte übergeben hat?«

»Der Mann hat die Unterlagen offenbar die ganzen Jahre unter Verschluss gehalten. Seinen Namen möchte ich nicht nennen«, sagte Linne nur und beendete das Gespräch.

Thomas rief sofort im Kreisarchiv an und fragte die Archivarin zunächst nach den Gefängnisbriefen seines Großvaters.

»Und ich würde gern die NSDAP-Mitgliederkartei von Grüneck einsehen«, fügte er hinzu und versuchte, dies so beiläufig wie möglich klingen zu lassen.

»Es tut mir leid, das kann ich Ihnen nicht erlauben«, widersprach Frau Henrichs entschieden. »Die Dokumente aus dem Nachlass Schilling sind gesperrt.«

»Das verstehe ich nicht. Für Wiedemeier galt diese Regelung nicht«, erwiderte er, ohne sich seinen Ärger anmerken zu lassen.

»Herr Wiedemeier verfügte über eine Erlaubnis der Familie des Nachlassgebers. Es steht Ihnen frei, sich ebenfalls darum zu bemühen.«

»Danke, aber ich habe ein berechtigtes Interesse an den Dokumenten, schließlich bereite ich eine Veröffentlichung vor.«

»Ich habe keinen Spielraum, anders zu verfahren«, beschied Henrichs ihm. »Bei der NSDAP-Kartei handelt es sich um einen Bestand, der dem Persönlichkeitsschutz unterliegt. Viele der darin verzeichneten Personen sind noch keine zehn Jahre tot.«

»Das kann ich nicht nachvollziehen«, entgegnete er erbost. »Dann geben Sie mir wenigstens Auskunft, ob mein Großvater Herbert Schürmann NSDAP-Mitglied gewesen ist.«

»Das ist kein Problem«, erwiderte sie betont freundlich. »Dafür benötige ich seine Personalien und einen schriftlichen Antrag zur Einsicht in das Archivgut.«

»Die Begründung und die persönlichen Daten von Herrn Schürmann schicke ich Ihnen gleich per Mail«, sagte er und legte auf. Thomas war wütend. Henrichs hatte kalte Füße bekommen, vermutete er. Jetzt kam er nicht mehr darum herum, mit seiner Mutter zu sprechen. Aber zuerst wollte er mit Bruno Meier reden, vielleicht würde er von ihm etwas Neues erfahren. Er rief ihn an und sie verabredeten sich für den kommenden Samstag in Grüneck. Weil er den Abend bei seiner Mutter verbringen wollte, rief er sie kurz an.

7

Am Samstag fuhr er nach Grüneck. Bruno Meier erwartete ihn im Wohnzimmer. Er saß in einem abgewetzten Fernsehsessel mit Blick auf die Dorfstraße und stand auf, um ihn zu begrüßen. Meier maß sicher eins neunzig, hatte weit abstehende Ohren, große klobige Hände und einen beeindruckenden Bauch. An ihn konnte sich Thomas gut entsinnen. Er war im Musikverein gewesen und hatte bei Dorffesten und an kirchlichen Feiertagen Trompete gespielt.

»Ich bin etwas spät dran«, entschuldigte er sich. »Hoffentlich haben Sie nicht zu lange auf mich warten müssen. Ich habe im Stau gestanden. Darf ich unser Gespräch aufzeichnen?«

»Warum nicht?« Neugierig beobachtete Meier, wie Thomas Aufnahmegerät und Mikrofon vor ihm auf dem Tisch aufbaute. Er hatte ihm bereits am Telefon erklärt, worum es ging. Meier schien gut vorbereitet zu sein und sprudelte los.

»Die Zwangsarbeiter sind kurz nach Beginn des Krieges gekommen, zuerst Polen, dann Ukrainer, Russen, Weißrussen, Litauer, Letten, Esten. Sie waren hauptsächlich bei den Bauern beschäftigt. Man hat sie einfach als Russen bezeichnet. Es waren auch Frauen und Mädchen darunter. Die Männer aus dem Dorf waren eingezogen worden und nun fehlten überall Leute, in der Landwirtschaft, in den Fabriken, auch bei Schürmann und im Steinbruch. Anfangs wurden die Zwangsarbeiter in Grüneck von der Mühle verpflegt, bis Schürmann neben der Fabrik selbst eine Baracke gebaut hatte. Meine Schwester hat dann da gearbeitet und für die Russen gekocht. Vorne war die Küche und hinten ein Schlafsaal mit Doppelstockbetten.«

»Bekam man die Zwangsarbeiter im Dorf überhaupt zu Gesicht?«, fragte Thomas.

»Die Polen sind anfangs sonntags zur Kirche gegangen. Als Messdiener habe ich das aber selbst nie miterlebt.«

»Was wissen Sie über die Hinrichtung der beiden sowjetischen Zwangsarbeiter an der Hönnebrücke?«

»Ich habe hinterher mit jemandem gesprochen, der bei der Suche nach Vielhabers Elsbeth dabei war. In einer schmalen Tannenschonung haben sie die Tote gefunden. Es war unbeschreiblich, wie sie zugerichtet war. Vielhabers Russe, Alex hat der geheißen, muss unterhalb davon auf dem Feld gearbeitet haben, der andere irgendwo im Wald. Vielhabers Russe wusste, dass die Bauerntochter nach Grüneck gegangen war, und hat Schreiners Russen aufgestachelt. So wird das gewesen sein. Die Elsbeth haben sie erst einen Tag später gefunden. Der Russe, der auf dem Hof beschäftigt war, hat sich zusammen mit Elsbeths Vater sogar an der Suche nach ihr beteiligt. Als die Soldaten sie fanden, ist er getürmt, aber sie haben ihn gekriegt. Schreiners Russen haben sie nach der Vernehmung von Alex geschnappt. Der hat seinen Freund beschuldigt. Ich weiß noch genau, wie die Soldaten mit ihm den Ehrenmalsweg herunterkamen. Sie hatten ihm die Hände auf dem Rücken gefesselt und er trug einen bläulichen Drillingsanzug. Ich glaube, ein Standgericht hat die beiden verurteilt. Ich meine, es hat in der Dorfschänke getagt. Die Russen waren im alten Spritzenhaus bei der Post eingesperrt worden. Einer hat versucht, zu türmen, aber sie haben ihn wieder gekriegt und anschließend in der Garage der Dorfkneipe eingeschlossen. Da wurde nicht lange verhandelt. Das war drei Wochen bevor der Amerikaner hier einrückte«, erklärte Meier mit ernster Miene.

»Haben Sie selbst gesehen, wie die beiden erschossen wurden?«

»An dem Abend bin ich auf dem Pferdewagen vom Feld gekommen. Neben mir auf dem Bock hat Schultheiß sein Russe gesessen. Mein Vater hat bei dem auf dem Hof gearbeitet. Obwohl es ein bisschen diesig war, haben wir auf den Schienen zwei Soldaten hin und her laufen sehen, als wir über die Hönnebrücke kamen. Vielhabers Russe hat auf dem Boden gelegen. Der konnte keine Hacke mehr hochheben. Schreiners Russe musste das Grab ausheben, unten in der Ecke, wo der Bach unter der Bahn hindurchfließt.«

»Wer war alles dabei?«

»Soldaten und die Parteigrößen von Grüneck, zum Beispiel der alte Friebe. Als wir über die Schienen gefahren kamen, brüllten die beiden Posten ›Weiterfahren, Weiterfahren!‹ Die Grünecker, die sich das Spektakel nicht entgehen lassen wollten, standen auf der anderen Seite des Bahndamms auf einer Kuhweide und gafften.«

»Warum lag der Gefangene auf dem Boden?«

»Die haben die beiden schwer misshandelt. Gendarmeriemeister Gercken war dafür bekannt, dass er nicht zimperlich war. Ende Januar 1944 hat es hier zwei Flugzeugabstürze gegeben. Ein Flieger ist direkt hinter einem Bauernhof heruntergekommen, der andere bei der Mühle. Ein Pilot ist aus der Maschine geschleudert worden und hat überlebt. Gercken wollte kurzen Prozess machen und ihn erschießen, doch der Ortsgruppenleiter hat ihn davon abgehalten. ›Du wirst düen nix totschoaten!‹, hat er gebrüllt. Der verletzte Amerikaner wurde daraufhin mit dem Schneeschlitten nach Balve ins Krankenhaus geschafft. Er war der einzige Überlebende. Die anderen wurden hier beerdigt und in der Karwoche 1946 exhumiert und nach Amerika überführt.«

»Was können Sie mir über den Lynchmord im Eichenwald berichten?«

»Das muss in den letzten Tagen des Krieges gewesen sein. Am Samstag vor Weißen Sonntag ist Friebes Anton in mein Elternhaus gekommen. Den haben Sie nicht gekannt. Friebe war ein hundertfünfzigprozentiger Nazi, ein Parteigenosse der ersten Stunde. Wenn man dem eine Flinte gegeben hat, war er richtig obenauf. ›Hermann‹, hat er zu meinem Vater gesagt, ›wir müssen ein paar Russen abholen. Gehst du mit?‹ ›Nee, mach es alleine!‹ Genau so hat Vater geantwortet. Ab Ende März 45 sind hier ja viele Trecks mit Russen zu Fuß durchgekommen. Die Zwangsarbeiter haben erbärmlich ausgesehen und halb verhungert die Runkelmieten auf den Feldern gestürmt. Die hatten ja nix zu essen. Am dem Nachmittag hat Vater meiner Mutter irgendwann gesagt, dass Anton die Russen abgeholt hat. Ich habe die Situation jetzt noch vor Augen, wie die bei uns hinterm Haus an der Wand standen, vier oder fünf Personen. Es war auch eine Frau dabei und ein ganz junger Bursche. Ich schätze, der war noch keine achtzehn.«

»Wo waren sie verhaftet worden?«

»Auf der Hohen Acht. Da war ein Bauer überfallen und im Bett erschossen worden. Das sollen diese Ostarbeiter gewesen sein. Sie hatten sich im Wald Erdlöcher gegraben. Was Genaues fragen Sie mich besser nicht. Ich weiß nur, dass er sie da abgeholt hat.«

»Kann es sein, dass die Gefangenen anschließend im Eichenwald am Dorfrand ermordet wurden?«

»Ja, so habe ich das auch gehört. Sie sollen dort direkt vergraben worden sein, am siebten April, Samstag vor Weißen Sonntag. Vier Tage später ist der Ami hier eingerückt. Mehr kann ich dazu nicht sagen.«

»In der Nähe des Steinbruchs soll ein weiterer sowjetischer Kriegsgefangener erschossen worden sein, schreibt Heinrich Wiedemeier in der Pfarrchronik. Haben Sie davon auch etwas mitbekommen?«

»Im Kalkwerk waren damals Kriegsgefangene beschäftigt und wurden dort von der Wehrmacht bewacht. Das kriegte man im Dorf nicht so mit. Wie der Amerikaner hier einrückte, haben sie die alle schnell abgeschoben. Viele Ostarbeiter haben nach Kriegsende in der Gegend als marodierende Banden ihr Unwesen getrieben. Die Russen, die im Dorf beschäftigt gewesen waren, haben sich aber an und für sich loyal verhalten. Nur einmal ist es passiert, dass sie randaliert haben. Ich meine die Sache mit Vielhabers Elsbeth.«

»Wie alt waren Sie damals überhaupt?«

»Vierzehn. In dem Alter kriegte man ja schon einiges mit, zumindest was hier im engeren Raum passierte.«

»Ja, das kann ich mir vorstellen«, meinte Thomas, bedankte sich und verließ den Bauunternehmer.

Er war nicht in der Lage, direkt zu seiner Mutter zu gehen, und fuhr deshalb nach Balve, setzte sich in ein Café und dachte über das Gespräch mit Bruno Meier nach. Er hatte den ersten konkreten Hinweis auf den Lynchmord im Eichenwald erhalten. Es war bereits später Nachmittag, als er nach Grüneck zurückkehrte und den Daimler vor der Garage seines Elternhauses abstellte. Die Begegnung mit seiner Mutter würde schwierig werden, aber sie war unvermeidlich. Die alte Dame freute sich sehr über seinen Besuch.

»Ich gehe schnell in den Keller. Ich habe einen Kuchen gebacken«, sagte sie und kam nach ein paar Minuten mit einem Kirschkuchen zurück, den sie auf den Tisch stellte.

»Hmm, der sieht aber gut aus«, bemerkte er.

»So ein Boden ist schnell gemacht.« Sie kochte Kaffee und deckte den Tisch. Während sie Kaffee tranken und Kuchen aßen, erzählte Thomas von seiner Recherche, auch von der Menschenjagd und ihrem Vater.

»Ist er Parteimitglied gewesen?«, fragte er schließlich.

»Er musste ja in die Partei eintreten, sonst hätte er keine Aufträge mehr gekriegt und die Fabrik schließen müssen.« Sie wand sich sichtlich bei diesem Thema.

»Er war aber nicht nur Parteimitglied, sondern Hilfspolizist und trug eine Waffe«, widersprach er. »Ich habe gehört, dass die Briten nach der Befreiung eine Razzia in eurem Elternhaus gemacht und dabei ein ganzes Waffenarsenal beschlagnahmt haben. Dein Vater hat deshalb im Gefängnis gesessen«, sagte er herausfordernd.

Sie starrte ihn entsetzt an. »Woher weißt du das?«

»Von Heinrich Wiedemeier, dem ehemaligen Bürgermeister.«

Sie schüttelte fassungslos den Kopf. »Das wird sich wie ein Lauffeuer im Dorf herumsprechen.«

»Ich will niemanden an den Pranger stellen, aber es wird Zeit, das Schweigen zu brechen und die Verbrechen beim Namen zu nennen. Kannst du mir mehr über diese Waffengeschichte erzählen?«

»Nein, ich weiß nur, dass Mutter und meine älteste Schwester immer nach Arnsberg fahren mussten, um ihn dort zu besuchen. Ich war damals ja noch ein Kind.«

»Du warst immerhin schon fünfzehn und wirst einiges mitbekommen haben«, widersprach er. Sie stand wortlos auf, räumte den Tisch ab und machte sich in der Küche zu schaffen. Thomas hatte das sichere Gefühl, dass sie nicht weiter darüber reden wollte.

»Bleibst du über Nacht?«, fragte sie nach einer Weile, während sie am Türrahmen lehnte und sich mit einem Geschirrtuch die Hände abtrocknete.

»Ja, aber ich muss morgen früh raus.«

»Ich habe einen Kartoffelsalat vorbereitet, nichts Aufwendiges, und das Bett im Gästezimmer frisch bezogen. In einer Stunde gibt es Abendessen.«

»Gut, ich bringe meine Sachen nach oben und lege mich etwas hin.«

Thomas verließ das Esszimmer und zog sich in den Spitzboden zurück. Er fühlte sich nicht wohl in seiner Haut. Es war ihm unangenehm, ihr wegen der Naziverstrickung ihres Vaters Vorwürfe zu machen. Aber er hatte es satt, dass er mit ihr kein offenes Wort reden konnte, vor allem ärgerten ihn ihre Ausflüchte. Es war zwecklos, an etwas anderes zu denken, und so legte er die Tageszeitung schnell wieder beiseite und wählte kurz entschlossen Ulrikes Nummer.

»Na, was gibt's so Dringendes, dass du mich am Samstagabend anrufst?«, fragte sie.

»Störe ich?« Thomas war verwirrt.

»Nein, ganz und gar nicht. Mit dir hätte ich aber jetzt als Letztes gerechnet.«

»Ich bin in Grüneck und habe an unser Gespräch neulich gedacht. Wusstest du eigentlich, dass der Vater von Michael Dransfeld im KZ war und bis zu seiner Verhaftung durch die Gestapo bei meinem Großvater in der Fabrik gearbeitet hat?«

»Nein, das ist mir neu, aber woher kennst du den Namen des Brandopfers?«

»Du weißt, so etwas spricht sich im Dorf schnell rum. Meine Mutter hat es mir erzählt.«

»Glaubst du, Dransfelds Tod steht im Zusammenhang mit seiner Familiengeschichte?«

»Warum nicht? Der Tote kam aus einer antifaschistischen Familie und war ein Linker. Vielleicht hat ihn das Schicksal seines Vaters nicht mehr losgelassen und er wollte Schürmann deshalb zur Rechenschaft ziehen.«

»Eine gewagte Theorie.« Aber Thomas entging nicht, dass sie ernsthaft darüber nachdachte. »Und was sagt deine Mutter dazu?«, fragte Ulrike weiter.

»Nichts. Jemand anderes aus dem Dorf hat mir erzählt, dass Dransfelds Vater von den Nazis verhaftet und ins KZ verschleppt wurde. Warum, wusste er nicht.«

»Hast du deine Mutter danach gefragt?«

»Nein, ich habe mit ihr über ihren Vater gesprochen, weiter bin ich nicht gekommen.«

»Wie alt war deine Mutter damals?«

»1945 war sie fünfzehn. Ich weiß nicht, wann Dransfeld genau verhaftet wurde. Aber ihre Eltern haben bei Tisch bestimmt über solche Dinge gesprochen.«

»Es gibt Familien, in denen die Väter überhaupt nicht über ihre Arbeit reden«, wandte sie ein.

»Das kann sein, aber meine Mutter weiß mehr, als sie zugibt. Neulich erwähnte sie beiläufig, dass im Betrieb ihres Vaters sowjetische Zwangsarbeiter geschuftet haben. Ich wollte es natürlich genau wissen, aber sie hat gemauert, vielleicht aus Angst, ein Familiengeheimnis gelüftet zu haben. Wenn das so weitergeht, platzt mir noch so richtig der Kragen.« Er merkte selbst, dass er lauter geworden war.

»Kein Wunder, dass sie nichts erzählt, wenn du dich ihr gegenüber ereiferst. Du bist ganz schön selbstgerecht!«

»Hört, hört!« Er riss sich zusammen. »Für mich ist es tatsächlich schwer erträglich, wie sie mit der Nazivergangenheit ihres Vaters umgeht. Das hat mich an zahlreiche Zusammenstöße mit meinem Vater erinnert. Er ist 1941 zur Wehrmacht eingezogen worden, in Polen und der Sowjetunion gewesen und hat Stalingrad überlebt. Unsere endlosen Streitereien führten zur Sprachlosigkeit und schließlich zum völligen Bruch.«

»Und deine Mutter?«

»Sie hielt sich da raus. Wenn es Stress mit ihr gegeben hat, wurde ich von meinen Vater verprügelt, sobald er abends nach Hause kam.«

»Das war in vielen Familien so.«

»Das mag sein. Aber es war trotzdem verletzend.«

»Thomas, es tut mir leid, aber ich muss unser Gespräch jetzt beenden. Ich habe noch eine Verabredung.«

»Okay, wir bleiben in Kontakt«, meinte er cool.

»Das hoffe ich«, erwiderte sie und legte auf.

Beim Abendessen schnitt Thomas das Thema nicht mehr an und ging bald zu Bett. Er war fix und fertig und schlief gleich ein. Als er am nächsten Morgen in die Küche kam, war der Frühstückstisch bereits gedeckt.

»Guten Morgen. Hast du gut geschlafen?«, fragte er. Seine Mutter machte sich in der Küche zu schaffen und murmelte irgendetwas vor sich hin. Ihre Laune schien auf dem Nullpunkt angelangt zu sein. Bei Tisch herrschte eisiges Schweigen.

»Lass die Geschichte endlich ruhen!«, brach es plötzlich aus ihr heraus. Thomas erstarrte. »Und eins kannst du dir hinter die Ohren schreiben. Wenn du das Andenken an meinen Vater in den Dreck ziehst, wirst du mich kennen lernen! Du weißt gar nicht, wie gut ihr es hattet!«

Thomas verschlug es die Sprache. »Was sagst du da?«, stammelte er.

Sie sah nur durch ihn hindurch und schwieg. Thomas trank den Kaffee aus, stand ohne noch etwas zu sagen auf, lief nach oben, packte seine Sachen zusammen, verließ Hals über Kopf das Haus und machte sich auf den Weg nach Köln.

Ihr Wutanfall hatte ihn völlig unvorbereitet getroffen. Er wusste nicht, wann er seine Mutter zuletzt so erlebt hatte. Die Landschaft rauschte nur so an ihm vorbei. Irgendwann schäumte er vor Wut. Mitgefühl für die Nazi-Opfer kannte sie wohl nicht, nur die bedingungslose Loyalität zu ihrem Vater! Sie war eine typische Vertreterin der Hitler-Jugend-Generation und vertraute der Nazipropaganda bis zuletzt blind, dachte er. Es war zum Kotzen. Ihre Ergebenheit den Nazi-Verbrechern im Dorf gegenüber zwang sie zu schweigen. Weil er nun am Denkmal ihres geliebten Vaters gekratzt hatte, verlor sie völlig die Nerven. Zu Hause angekommen, konnte er sich an die Rückfahrt nicht mehr erinnern. Er hatte einen totalen Filmriss, versuchte sich abzulenken, verbrachte den halben Tag im Café und ging am Abend ins Kino.

Am nächsten Tag erhielt Thomas einen unerwarteten Anruf aus Grüneck.

»Hier Ludger Schäfer. Vielleicht erinnerst du dich, wir sind gemeinsam zur Volksschule gegangen. Pastor Schulte hat deine Frage nach den Friedhofsunterlagen an mich weitergeleitet. Ich bin im Kirchenvorstand dafür zuständig.« Thomas überlegte einen Moment. Der Name sagte ihm nichts. »Wir wohnten in der Brunnenstraße«, erklärte Schäfer, der sein Zögern bemerkt hatte. Nun klingelte es endlich bei ihm.

»Klar, du warst auch auf der Realschule«, sagte er.

»Genau. Ich bin nach der Mittleren Reife zur Sparkasse gegangen und seit einigen Jahren in der Hauptverwaltung der Bank. Und was machst du?«

»Ich bin Journalist und arbeite für verschiedene Medien.«

»Und wieso interessierst du dich für unseren Friedhof?«

»Im Frühjahr 1945 wurden in Grüneck mehrere Zwangsarbeiter ermordet und anschließend auf dem Friedhof begraben. Ich war im Kreisarchiv, habe mit Zeitzeugen gesprochen und suche jetzt nach den Friedhofsunterlagen. Ausländer, die während des Kriegs in Grüneck gestorben sind, müssten eigentlich im Friedhofsbuch verzeichnet sein.«

»Ja, das stimmt. Auf dem Friedhof liegen tatsächlich mehrere Kriegsgefangene begraben.«

»Kannst du mir die Personalien weitergeben?«

»Ja sicher, aber es gibt da ein paar Ungereimtheiten.«

»Was soll das heißen?«

»Die Anzahl der Gräber stimmt nicht mit den Einträgen in der Friedhofschronik überein.«

»Wie bitte?«

»Am besten, wir treffen uns. Dann zeige ich dir die Unterlagen. Wann bist du das nächste Mal hier?«

»Ich würde mich ganz nach dir richten.«

»Diese Woche klappt es nicht mehr«, meinte Schäfer. »Aber wie wäre es am nächsten Donnerstag?«

»Moment, da muss ich erst nachsehen.« Thomas griff nach seinem Terminkalender, der neben dem Laptop auf dem Schreibtisch lag. »Ja, Donnerstag wäre mir recht. Wann soll ich da sein?«

»Um achtzehn Uhr?«

»Ja, das ist kein Problem.«

»Du kommst am besten zu mir nach Hause. Ich wohne in meinem Elternhaus, Brunnenstraße 4.«

»Ist das hinter der Post?«

»Genau, aber die Post, die gibt es nicht mehr.«

»Ja, ich weiß. Dann bis Donnerstagabend um sechs bei dir.« Endlich ein Ansatzpunkt, dachte Thomas, nachdem er aufgelegt hatte. Am besten, er würde gleich im Kreisarchiv anrufen und auch da nach den entsprechenden Dokumenten fragen. Er wählte die Nummer von Frau Henrichs und kam gleich zur Sache.

»Hallo, hier Thomas Krüdewagen. Sind bei Ihnen die so genannten 46er-Listen überliefert?«

»Entschuldigen Sie, aber was meinen Sie damit?«

»1946 mussten die Gemeinden auf Anordnung der britischen Militärverwaltung alle alliierten Staatsbürger, die während des Zweiten Weltkriegs in der Kommune verstorben waren, auflisten«, erläuterte er sein Anliegen.

»Hm, ich werde unsere Bestände daraufhin durchsehen.«

»Schön, können Sie mir Ihre Nachricht per Mail schicken?«

»Selbstverständlich, ich melde mich in den nächsten Tagen«, versicherte sie und notierte seine Mailadresse.

Anschließend rief er Sabine an und erkundigte sich nach Anrufen und der Post.

»Ich will mich heute mit der Grüneckrecherche beschäftigen, Unterlagen sichten und Telefonate führen«, erklärte er.

»Bist du weitergekommen?«

»Ja, und ob! Es gibt eine heiße Spur zu dem Lynchmord im Eichenwald. Außerdem habe ich einen viel versprechenden Kontakt zum Kirchenvorstand.«

»Das hört sich gut an. Hast du mit deiner Mutter gesprochen?«

»Ja, sie war völlig außer sich, hat mich angegiftet und verlangt, dass ich die Finger von der Sache lasse.«

»Im Ernst?«

»Ja, auf ihren Vater lässt sie nichts kommen.«

»Du bist ja immer noch ganz aufgebracht«, meinte Sabine, die seinen Gemütszustand richtig erfasste. »Bist du verletzt?«

»Na klar, was denkst du denn?« Er spürte die ohnmächtige Wut wieder in sich aufsteigen.

»Und wie hast du reagiert?«

»Ich bin gegangen. Was sollte ich sonst tun?«

»Das kann ich dir nicht sagen. Pass auf dich auf!«

»Das mach ich. Ich weiß nicht, ob ich in den nächsten Tagen ins Büro komme.«

»Okay, wir telefonieren!«

»Bis die Tage.«

Es wird Zeit, Onkel Herbert nach den Personalunterlagen aus der Nazi-Zeit zu fragen, überlegte Thomas. Im Internet fand er die Kontaktdaten der Firma Schürmann, atmete tief durch und wählte die Rufnummer.

»Guten Tag, Thomas Krüdewagen hier, ist der Senior-Chef im Hause?«, fragte er freundlich.

»Ja, ich verbinde.« Es dauerte einen Moment, bis sein Onkel am Apparat war.

»Hallo, von dir habe ich aber lange nichts gehört. Was kann ich für dich tun?« Obwohl Thomas ihn seit Jahren nicht gesehen hatte, war ihm sein jovialer Ton noch vertraut. Thomas mochte ihn nicht. Nach der Beerdigung seines Vaters war er einer der letzten Trauergäste gewesen und hatte die Kneipenrunde mit Türkenwitzen unterhalten. Thomas hatte die Gastwirtschaft daraufhin angewidert verlassen. Von seiner Mutter wusste er, dass Onkel Herbert regelmäßig auf Geschäftsreisen im Ausland war und außer Englisch fließend Spanisch sprach. Herbert Schürmann war ein paar Jahre jünger als seine Mutter.

»Ich habe eine Frage zur Firmengeschichte. Mutter hat mir erzählt, dass ihr während des Krieges ukrainische Zwangsarbeiter beschäftigt habt«, sagte Thomas.

»Ja, das stimmt. Ich glaube, wir hatten insgesamt sieben oder acht Ostarbeiter – äh – Gastarbeiter aus der Ukraine. Damals sagte man ja Ostarbeiter. Die wurden uns zugeteilt.«

»Was heißt das?«

»Wir haben im Auftrag der Wehrmacht Kufen für die Winteroffensive hergestellt. Deshalb hat uns das Arbeitsamt die Ostarbeiter zugeteilt.«

Thomas musste erst einmal tief Luft holen. »Gibt es noch Personalunterlagen aus der Zeit, Lohnabrechnungen, Schriftverkehr mit dem Arbeitsamt, dem Finanzamt oder der Rentenversicherung?«, fragte er.

»Wohl kaum. Aber Tante Eva arbeitete damals im Büro. Warum interessiert dich das überhaupt?«

»Ich beschäftige mich seit langem mit der Nazi-Geschichte, habe aber nie daran gedacht, dass im Betrieb meines eigenen Großvaters Zwangsarbeiter eingesetzt waren. Jetzt interessiert mich natürlich, unter welchen Bedingungen sie dort waren und was aus ihnen geworden ist.«

»Dazu kann ich dir nichts sagen. Ich war damals erst dreizehn und ging noch zur Schule. Ich werde aber meine älteste Schwester danach fragen. Sie ist die einzige, die darüber Bescheid wissen könnte. Personalunterlagen aus der Zeit sind, wie gesagt, nicht erhalten.«

»Ich habe noch eine andere Frage«, setzte Thomas nach.

»Ja, bitte!«

»Der Vater von Michael Dransfeld, der kürzlich bei dem Brand ums Leben gekommen ist, hat während des Krieges bei euch gearbeitet und wurde von der Gestapo verhaftet.«

»Ach, das weiß ich ja gar nicht«, antwortete Herbert Schürmann. »Und ich muss jetzt auch Schluss machen. Wie gesagt, ich melde mich.«

Er lügt wie gedruckt, dachte Thomas. Er gab ihm seine Adresse und Telefonnummer und bedankte sich. Das Gespräch schien ihm unangenehm gewesen zu sein, überlegte er, während er sich in der Küche einen Espresso aufsetzte. Warum sollte sein Onkel sonst so kurz angebunden gewesen sein? Thomas befremdete vor allem, dass er konsequent von »Ostarbeitern«

gesprochen hatte. Ihr Schicksal schien ihn völlig kalt zu lassen. Wahrscheinlich hatte er zu den Pimpfen gehört, die ihre Sommerferien in militärischen Trainingslagern der Hitler-Jugend verbracht hatten und dort für die Zeit nach der unvermeidlichen Niederlage als Wehrwölfe ausgebildet wurden. Der Waffenfund in seinem Elternhaus würde jedenfalls dazu passen. Thomas erschrak selbst bei diesem Gedanken. Verschwörungstheorien waren ihm eigentlich fremd. Er wollte jetzt alles über Schürmann wissen. Als er die Website des Unternehmens aufrief, stellte er erstaunt fest, dass die Firma eine Rüstungsschmiede war. Womöglich hat das LKA deshalb seine Finger im Spiel und Ulrike den Fall aus der Hand genommen, überlegte er. Er würde sie darauf ansprechen müssen.

Als der Espresso durchgelaufen war, setzte er sich mit dem Kaffee an den Schreibtisch und sah die Unterlagen, die er im Kreisarchiv kopiert hatte, sorgfältig durch, zuerst die Dokumente zum Tod von Elisabeth Vielhaber und die Hinrichtung von Alexej Kovalev und Nikolai Subarew. Die Tochter des Bauern Vielhaber war am 21. März 1945 im Wald zwischen Heppingen und Grüneck tot aufgefunden worden. Zeugen hatten die Tote am Vortag zuletzt in der Frühmesse gesehen. Weil sie danach nicht nach Hause zurückgekehrt war, hatte ihr Vater sie als vermisst gemeldet. Am nächsten Morgen hatte der Grünecker Gendarmeriemeister Gercken einen Suchtrupp aufgestellt und am Nachmittag entdeckten zwei Soldaten der Wehrmacht die Fünfundzwanzigjährige erschlagen in einer Fichtenschonung am Heppinger Weg. Die Tatwaffe, laut Obduktionsbericht ein »harter, stumpfer Gegenstand«, wurde nicht gefunden. In den Dokumenten war von Schlag- und Schnittverletzungen am Kopf und am Hals die Rede, Spuren eines sexuellen Missbrauchs waren nicht festgestellt worden. Trotzdem hatte Gercken behauptet, die Ermordete sei »mit an Sicherheit grenzender Wahrscheinlichkeit« vergewaltigt worden. Die Kratzspuren im Gesicht und an den Händen der Leiche hätten darauf schließen lassen, dass zwischen »dem Täter und der Ermordeten« ein Kampf stattgefunden hätte, hieß es in dem Vermerk des Polizisten. Gleich am nächsten Tag wurden die beiden Ukrainer am Mühlenweg, nordwestlich der Straße nach Holzen auf Höhe der Eisenbahnüberführung, standrechtlich erschossen, auf »mündlich-persönlichen Befehl« von Generalleutnant Bergen, dem Kommandeur der 476. Division der Wehrmacht. Doch der Mordverdacht gegen die beiden Zwangsarbeiter war offensichtlich völlig aus der Luft gegriffen, konstatierte Thomas. Alexej Kovalew war in Verdacht geraten, weil er zur Tatzeit in der Nähe des Fundorts der Leiche mit Rodungsarbeiten beschäftigt gewesen war. Der Mitbeschuldigte Nikolai Subarew hatte zur Tatzeit einige Kilometer vom Tatort entfernt im Wald gearbeitet. Sein Versuch, in der Nacht vom 21. auf den 22. März aus dem Spritzenhaus zu entkommen, scheiterte. Dieser Vorfall schien den Verdacht gegen die Ukrainer nur bestätigt zu haben. »Deshalb ist mit Bestimmtheit anzunehmen, dass Kovalew gemeinsam mit Subarew den Mord ausgeführt hat«, schloss Gercken messerscharf daraus. Doch warum sind sie dann nicht sofort nach der Tat in die umliegenden Wälder geflüchtet?, fragte sich Thomas. Schließlich hielten sich dort in den letzten Kriegswochen zahlreiche Zwangsarbeiter und Kriegsgefangene versteckt. Kovalew hatte sich sogar an der Suchaktion nach der Vermissten beteiligt. Stutzig machte Thomas außerdem, dass der Dorfpolizist die ermordete Elisabeth Vielhaber ausdrücklich als »gute Deutsche« charakterisiert hatte. Sie »stand in einem sehr guten Ruf«, schrieb er. »In geschlechtlicher Hinsicht war sie unnahbar. Sie war im Allgemeinen sehr beliebt, hatte ein heiteres und frohes Wesen, war in der Arbeit äußerst tüchtig und die führende Kraft im elterlichen Hause. Feinde hat sie nicht gehabt. Lediglich mit dem Ostarbeiter Alexej Kovalew bestanden öfter Meinungsverschiedenheiten.« Welche Konflikte das waren, ließ er in seinem Bericht offen.

Mit den beiden Zwangsarbeitern wurde kurzer Prozess gemacht. Deutsche waren als Täter von vornherein ausgeschieden. Bezeichnend erschien Thomas die Aussage des Bauern Schreiner über den hingerichteten Nikolai Subarew. Der Ukrainer war seit Oktober 1944 bei ihm als Landarbeiter gewesen. Der Bauer hatte zunächst seine »gute Arbeitsleistung« gelobt, dann aber hinzugefügt, er habe »einen sehr finstern Gesichtsausdruck« gehabt, so dass er »mit diesem Mann vorsichtig sein musste«. Im Dezember habe er erfahren, dass er früher in einem Straflager gewesen war. »Im Lauf der Zeit habe ich bei dem Subarew Eigenschaften bemerkt, die auf geistige Minderwertigkeit schließen lassen. Zeitweise habe ich ein unsicheres und sonderbares Benehmen an ihm bemerkt. Seine Kameraden haben ihn wegen dieser Eigenschaft als Zirkusmann bezeichnet«, behauptete der Bauer.

Während der Mord an Elisabeth Vielhaber ganz Grüneck in Aufruhr versetzte, hatte der Tod einer sowjetischen Zwangsarbeiterin sechs Monate zuvor die Dorfbewohner völlig kalt gelassen. Thomas standen die Haare zu Berge, als er in der Akte die Geschichte von Sabina Ridzelskaja nachlas. Im Morgengrauen des 5. Oktober 1944 hatte die Tochter des Bauern Alfons Presser auf seiner Weide eine schwer verletzte junge Frau entdeckt und ihren Vater gerufen, der die Verletzte kurz ansprach. Weil sie »nur unverständliche Laute« von sich gegeben habe und er sie für eine »Herumtreiberin«, eine »Ausländerin«, hielt, war er – statt einen Arzt zu holen – weiter seiner Arbeit nachgegangen. Es war ihm offensichtlich »wichtiger, die Kühe zum Melken zu bringen, damit er die Milch früh genug abliefern konnte«. Auch seine Tochter Wilhelmine, die Sabina Ridzelskaja gefunden hatte, rührte keinen Finger, um der Unbekannten zu helfen. Erst am Mittagstisch erinnerte sie ihren Vater wieder an die »Russin«. Am Nachmittag informierte er schließlich die Gendarmerie. Statt sie unverzüglich ins Krankenhaus einzuliefern, ließen die Polizisten die Schwerverletzte ins Polizeigefängnis schaffen. Dort erlag sie wenig später ihren Verletzungen. Der Arzt, der den Totenschein ausstellte, stellte fest, dass die junge Frau »in der brutalsten Art und Weise vergewaltigt worden war und innere Verletzungen und Erschöpfung zum Tode geführt haben«. Doch Gendarmeriemeister Gercken ignorierte dies und behauptete in seinem Abschlussbericht: »Mit größter Wahrscheinlichkeit ist anzunehmen, dass der Tod der Ridzelskaja durch den Genuss von giftigen Beeren bzw. Pilzen herbeigeführt worden ist.« Er beschuldigte einen unbekannten Gefährten, mit dem sie auf der Flucht gewesen sein soll.

Thomas legte die Polizeiakte angewidert beiseite. Er musste dringend an die frische Luft und ging auf den Spielplatz um die Ecke, ließ sich auf einer freien Bank nieder und sah den Kindern beim Spielen im Sandkasten zu. Doch der Gedanke an Alfons Presser ließ ihn nicht mehr los. Es war nicht zu glauben, aber der Bauer hatte sich vermutlich so erfolgreich im Wegsehen und Weghören geübt, dass ihm sein Verhalten nicht einmal peinlich war. Er empfand offensichtlich keinerlei Mitgefühl mit der jungen Ausländerin, die einfach nicht zum exklusiven Kreis der Volksgenossen zählte.

Zwei Stunden später saß Thomas wieder am Schreibtisch, um die restlichen Unterlagen durchzusehen. Dabei entdeckte er einen Vermerk über die Verhaftung eines polnischen Landarbeiters, dem der »Geschlechtsverkehr mit einer Deutschen« zum Verhängnis geworden war. Der Delinquent, Adam Jeziorowski, war bei Bauer Vielhaber beschäftigt gewesen, ausgerechnet bei Vielhaber, dessen Tochter Elisabeth ein halbes Jahr später ermordet wurde, dachte er. Adam Jeziorowski war ins Grünecker Polizeigefängnis gesperrt und von dort in die Steinwache, das Dortmunder Gestapo-Gefängnis, überstellt worden. Hinweise auf sein weiteres Schicksal und auf seine deutsche Freundin fand Thomas nicht. »Wer mit einer deutschen Frau oder einem deutschen Mann geschlechtlich verkehrt, oder sich sonst unsittlich nähert, wird mit dem Tode bestraft«, entnahm er einem Dokument über »Pflichten der Zivilarbeiter polnischen Volkstums«. Wer den Polen denunziert hatte, ging aus der Akte nicht hervor.

Doch nicht alle Leute in der Gegend hatten sich derartig unmenschlich und herzlos gegenüber den Zwangsarbeitern verhalten. Die Ortspolizei wachte zwar mit Argusaugen darüber, dass die »Volksgenossen« den gebotenen Abstand zu den »Ostarbeitern« wahrten. Manche Grünecker ignorierten die »Rasseverordnungen« jedoch einfach. Ein Soldat des Kriegsgefangenen-Arbeitskommandos hatte im August 1944 eine junge Verkäuferin angezeigt, weil sie gemeinsam mit einer Kollegin und zwei französischen Zwangsarbeitern in einem Stauteich gebadet hatte. Der Polizist, der die Anzeige aufgenommen hatte, war entsetzt, dass eine der jungen Frauen BDM-Führerin war. Der Soldat war seinem Zwangsarbeitertrupp zur Badestelle voraus gegangen. »Ich tat dieses, weil ich meine Kriegsgefangenen baden lassen wollte und Russen bekanntlich nicht mit anderen Personen zusammenkommen dürfen«, hatte er zu Protokoll gegeben. »Am Teich sah ich mehrere Personen, darunter drei Frauen. Ein Franzose war dabei, der Akkordeon spielte. Ich habe den Personen zugerufen, sie könnten jetzt nach Hause gehen. Es machte aber niemand Anstalten, sich zu erheben. Als meine russischen Gefangenen dort ankamen, ging der Akkordeonspieler mit einem Mädchen fort. Ich gab den Befehl zum Ausziehen. Anschließend gingen die Russen ins Wasser. Weil ich den Verdacht hatte, dass es sich um zwei deutsche Mädchen handelte, schnitt ich ihnen mit dem Grundstücksbesitzer, der inzwischen gekommen war, den Weg ab. Ich fragte sie nun, ob ihnen das Verbot über den Verkehr mit Ausländern bekannt sei. Eine bejahte dies. Ich stellte daraufhin die Personalien der Mädchen fest. Ich habe mich daran gestoßen, dass deutsche Mädel, darunter die Frau eines Soldaten, sich ganz ungezwungen mit den Ausländern unterhielten und mit ihnen lagerten. Es sah aus, als wenn Vater und Mutter mit ihren Kindern einen Sonntagsausflug machen.« Welche Konsequenzen die Anzeige für die Frauen hatte, war nicht dokumentiert.

Ein anderer Grünecker Bauer war wegen seines unbefangenen Kontakts zu dem polnischen Landarbeiter Theophil Rozycki in Konflikt mit der Polizei geraten. »Die Einstellung des Bauern zu seinem Polen ist durchaus familiär. Sie leben in völliger Gemeinschaft«, hatte sich Gendarmeriemeister Gercken in einem Schreiben an die Gestapo ereifert und deshalb vorgeschlagen, »dass der Pole umvermittelt wird«. Der Landwirt hatte eine Erklärung unterschreiben müssen, in der es hieß: »Mir ist eröffnet worden, das ich staatspolizeiliche Maßnahmen, insbesondere Schutzhaft und Einweisung in ein Konzentrationslager zu gewärtigen habe, falls ich gegenüber polnischen Staatsangehörigen den nötigen Abstand nicht halte und sonst verbotenen Umgang pflege. Ich bin über den privaten Umgang mit Polen belehrt worden.« Theophil Rozycki wurde dennoch einem anderen Grünecker Bauern zugewiesen, der den Behörden zuverlässiger erschien.

Die meisten Anzeigen, die während des Krieges in Grüneck aktenkundig wurden, betrafen Lebensmitteldiebstähle. Im Februar 1945 stellte ein Jagdaufseher den italienischen »Zivilarbeiter« Johann Bonnate, als er mit einem Kaninchen unterm Arm den Grünecker Wald verließ. »Die Kaninchen oder anderes Wild, dass sich in den Schlingen befunden hätte, wäre mit ins Lager gegangen«, hatte der Italiener ausgesagt. »Wir haben eine Kochgrube im Freien. Befragt, ob Kameraden von mir dort schon mal Wild zubereitet haben, will ich nur sagen, dass ich dieses nicht weiß, und wenn ich es gesehen hätte, dann würde ich es nicht sagen«, hatte der Dorfpolizist die Aussage des Italieners wiedergegeben. Diebstähle wurden stets Kriegsgefangenen und Zwangsarbeitern in die Schuhe geschoben. Besonders die »Russen« standen unter Generalverdacht. So wurden nach einem Einbruch beim Grünecker Ortsgruppenleiter sämtliche Zwangsarbeiterlager der Umgebung durchsucht und alle Kleidungsstücke und Schuhe, die »sehr wenig getragen und fast neu wirkten«, beschlagnahmt.

Die Polizisten betrachteten sie als »Hehlerware«. Nach einem Honigdiebstahl bei einem Bauern im Nachbardorf hatte die Polizei mit zwanzig bewaffneten Männern die umliegenden Wälder durchkämmt und Nachtwachen aufgestellt, »da nach der Arbeitsweise zu urteilen nur flüchtige Ostarbeiter oder Kriegsgefangene in Frage kommen konnten«. Diese Formulierung fand Thomas in zahlreichen Aktennotizen.

Diebstähle, Einbrüche und Plünderungen stellten für viele Grünecker offenbar die Erfüllung all jener rassistischen Vorbehalte dar, die sie seit Beginn des Krieges gegenüber »ihren Ostarbeitern« hegten. Die vermeintlichen Taten kamen ihnen vielleicht auch wie eine Erlösung vor, überlegte Thomas. Denn nun schien eingetreten zu sein, was man immer schon zu wissen glaubte. Der »Russe« war ein plündernder und mordender Bandit. Um ihr schlechtes Gewissen wegen der schlechten Behandlung und Versorgung der sowjetischen Zwangsarbeiter auf den Höfen, in den Lagern und Fabriken zu beruhigen, zeigten die Leute im Dorf mit den Fingern auf die »Ausländerbanden«. So konnten sich die Grünecker Nazis der schweigenden Mehrheit sicher sein, als sie mit den beiden Zwangsarbeitern kurzen Prozess machten. Vielleicht ließen manche, die sich in den letzten Kriegsmonaten an der Jagd auf »Ostarbeiter« beteiligt hatten, auch ihrer Wut über die bevorstehende Niederlage freien Lauf. Doch nicht alle Grünecker waren verbohrte Nazis. Die Akten vermittelte Thomas ein viel widersprüchlicheres Bild vom Alltag unterm Hakenkreuz, als er erwartet hatte.

8

Ein paar Tage später öffnete Thomas in seiner Mailbox eine unverhoffte Nachricht: »Von den fünf bei uns registrierten Zwangsarbeitern sind drei noch am Leben. Man kann versuchen, sie zu befragen.« Absenderin der Mail war Nusia Babanko, eine Mitarbeiterin der Ukrainischen Nationalstiftung in Kiew. Thomas antwortete sofort und bat um weitere Einzelheiten. Er hatte nicht im Traum erwartet, dass sich auf seine Mail an die Historikerplattform tatsächlich jemand melden würde. Eine Stunde später präzisierte Babanko ihre Auskunft: »Alle fünf Personen stammen aus dem selben Kreis in der Region Shytomir. Bei zwei Herren, die schon verstorben sind, steht der Name Albert Scholl, Grüneck, als Arbeitgeber, bei einem steht Fabrik Homert, bei zwei Männern ist das Werk Herbert Schürmann angegeben. Verfassen Sie ein Schreiben an die Herren mit Ihren Fragen. Ich übersetze sie und leite sie gern weiter.«

Thomas traute seinen Augen nicht und las die Nachricht noch einmal. Sein Herz raste. In der Mail stand schwarz auf weiß, dass in der Ukraine noch drei Zeitzeugen lebten, die als Zwangsarbeiter in Grüneck gewesen waren, zwei davon bei seinem Großvater. Das gibt es nicht!, dachte er und lief aufgeregt in der Wohnung auf und ab. Am liebsten wäre er auf der Stelle in die Ukraine gereist. Nachdem er sich ein wenig beruhigt hatte, entwarf er einen Brief an die ehemaligen Zwangsarbeiter mit Fragen zu ihrem Aufenthalt in Grüneck, dem Lynchmord im Eichenwald und ihrem Leben nach der Befreiung.

»Ich bin Journalist, in Grüneck aufgewachsen, erst kürzlich auf ihr Schicksal aufmerksam geworden und würde sie gern kennen lernen«, schrieb er abschließend. Die Tatsache, dass Herbert Schürmann sein Großvater gewesen war, erwähnte er nicht. Nusia Babanko reagierte prompt. »Ich werde Anfang nächster Woche Kontakt mit unserem Büro in Shytomir aufnehmen.

Vielleicht können Sie die Überlebenden nach Grüneck einladen. Die alten Leute würden sich darüber sehr freuen. Eine Einladung wäre eine Geste der Anerkennung des Unrechts, das ihnen in Deutschland widerfahren ist.« Stimmt, aber wie sollte er ein Besuchsprogramm für ehemalige ukrainische Zwangsarbeiter in Grüneck organisieren, ohne Unterstützung aus dem Dorf? Aber vielleicht würde sich ja eine Lösung dafür finden. Thomas suchte im Internet nach dem Grünecker Unternehmen Homert, bei dem einer der ukrainischen Zwangsarbeiter gearbeitet hatte, sowie nach Albert Scholl und sandte seine Erkenntnisse anschließend nach Kiew: »Die Firma Herbert Schürmann, bei der die zwei Männer beschäftigt waren, existiert noch. Auf der Website der Stiftungsinitiative der deutschen Wirtschaft taucht sie nicht auf. Das andere Unternehmen scheint nicht mehr zu existieren, eine Familie Scholl gibt es auch nicht mehr im Ort. Wegen der Einladung der alten Herren nach Grüneck werde ich mich melden.« Er fügte die Internetseite Schürmanns sowie die Adresse des Kreisarchivs an.

Zwei Tage später fand er in seiner Post einen Brief der Firma Herbert Schürmann mit einem Schwarzweißfoto von einer Holzbaracke mit dem Aufdruck »Unterkunft der Ostarbeiter« und einer Notiz seines Onkels:

»Hallo Thomas, in dieser Angelegenheit nehme ich Bezug auf unser Telefonat kürzlich.

In unserer Firmenchronik gibt es Fotos von der Unterkunft (Holzbaracke), in der die Ostarbeiter einquartiert waren und verpflegt wurden. Unsere Ostarbeiter waren zunächst in der benachbarten Mühle in einem Hühnerstall untergebracht. Bei einer Besichtigung hat mein Vater festgestellt, dass die Unterkunft ›menschenunwürdig‹ und die Verpflegung ›miserabel und unzumutbar‹ (Weißkohl, Rotkohl und dergleichen, nur mit Wasser abgekocht) war. Er hat sich deshalb spontan entschlossen, auf dem Firmengelände die auf den Fotos ersichtliche Baracke als Unterkunft zu bauen. Die Verpflegung wurde von uns übernommen, und zwar so gut, wie es zur Kriegszeit möglich war.

Es gibt keinerlei Unterlagen über den Aufenthalt der Ostarbeiter in unserem Unternehmen. Ob Lohn direkt gezahlt wurde oder über eine Behörde, ist nicht nachzuvollziehen. Kurz vor Einmarsch der amerikanischen Besatzungsmacht wurden alle Ostarbeiter abgeholt und im Treck abtransportiert.

Das ist alles, was ich herausfinden konnte. Freundliche Grüße, Onkel Herbert.«

Thomas musste unwillkürlich an die Persilscheine denken, mit denen sich die Nazis nach 1945 gegenseitig vom Vorwurf der NS-Verstrickung reingewaschen hatten. Mit dem Gedanken, Schürmann könnte sich für seinen Anruf und den Hinweis auf die Zwangsarbeiter bedanken und aus Imagegründen dem Stiftungsverband der deutschen Wirtschaft beitreten, um die Überlebenden zu entschädigen, hatte er kurzeitig gespielt, doch ernsthaft hatte er nicht daran geglaubt. Doch dass sein Onkel ihm diese Anekdote auftischen würde, empfand er als Unverschämtheit. Wahrscheinlich entsprach das seiner so viel gelobten rational kalkulierenden Unternehmensphilosophie, die schon seinen Großvater ausgezeichnet hatte, überlegte er. Der hatte eine Baracke gebaut und für gerade einmal ausreichend Ernährung gesorgt, um sicherzustellen, dass »seine Ostarbeiter« nicht arbeitsunfähig wurden und die Rüstungsproduktion bis zum Endsieg reibungslos lief. Die offiziellen Lebensmittelrationen für »Ostarbeiter« waren nachweislich so gering bemessen, dass viele Unternehmer auf eine bessere Verpflegung, Unterbringung und ausreichend Ruhepausen gedrängt hatten. Thomas betrachtete nachdenklich das Foto von der Baracke. Kein Wunder, dass viele Zwangsarbeiter die Fabriken verlassen und sich lieber auf eigene Faust durchgeschlagen hatten, als weiter unter der Sklaverei zu leiden. Sein Onkel schien in die Fußstapfen seines Vaters getreten zu sein und hatte die Produktion nach dem Krieg ausgeweitet und modernisiert. Er war bei der Rüstung geblieben und damit offensichtlich ausgezeichnet gefahren. Thomas erwog zunächst, ihm das Foto kommentarlos zurückschicken, entschied sich aber schließlich dagegen und verstaute es in seiner Dokumentenmappe. Von Familiendramen hatte er genug und außerdem absolut keine Lust, den Streit mit seiner Mutter weiter anzuheizen.

Am Donnerstagnachmittag machte er auf dem Weg nach Grüneck einen Abstecher zur Versetalsperre. Er gelangte über die A 4 bis Olpe und anschließend über die Sauerlandlinie bis Lüdenscheid-Süd. Dann steuerte er den dunkelroten Daimler auf die Landstraße Richtung Talsperre. Dort war 1938 ein so genanntes Reichsarbeitsdienstlager errichtet worden, wie er aus der Dokumentation des Kreisarchivs erfahren hatte. Die Häftlinge, überwiegend Gewerkschafter, Sozialdemokraten und Kommunisten, hatten beim Bau der Stausees Schwerstarbeit leisten müssen. Ab Mai 1942 waren sowjetische Zwangsarbeiter dort eingewiesen worden, die ihre Arbeitstätte unerlaubt verlassen oder wegen »Bummelei« gegen die Arbeitsdisziplin verstoßen hatten. Das Straflager wurde zum »Arbeitserziehungslager« umfunktioniert, ein typischer Euphemismus der Nazis, fand Thomas. Unter Einheimischen galt es damals schlicht als »Russenlager«. Hinter dem Schild »Campingplatz Seeblick« stellte Thomas seinen Wagen ab. Er ging zum Ufer des Stausees und setzte sich unter einen Baum. Die Hitze flimmerte über dem Wasser und auf dem See paddelten Kinder mit Schlauchbooten. Sie konnten nicht ahnen, dass sich unterhalb des Wasserspiegels das Lager befunden hatte und hier über fünfhundert Häftlinge an Hunger, Erschöpfung und Krankheiten gestorben waren. Er saß noch eine Weile im Gras, blickte gedankenverloren auf das Wasser und fuhr rechtzeitig los, um pünktlich in Grüneck zu sein.

Ludger Schäfer begrüßte seinen ehemaligen Mitschüler an der Haustür und bat ihn lächelnd herein. Mit seinem dunkelblauen

Anzug und dem gelben Schlips über einem hellblauen Hemd kam er Thomas wie ein FDP-Politiker vor. Er ging durch eine Diele voraus ins Wohnzimmer. Dort war es angenehm kühl und er bat ihn, am Tisch Platz zu nehmen.

»Ich bin gerade erst aus dem Büro gekommen und muss mir kurz was anderes anziehen. Kann ich dir etwas zu trinken anbieten?«, fragte er.

»Ein Glas Wasser bitte!«, antwortete Thomas. Schäfer ließ ihn allein. Kurz darauf kam eine Frau herein, vermutlich Schäfers bessere Hälfte. Er schätzte sie auf Ende vierzig.

»Guten Tag, ich bin Marlies«, sagte sie verlegen.

»Hallo, Thomas«, antwortete er und reichte ihr die Hand. Sie stellte eine Flasche Mineralwasser und zwei Gläser auf den Tisch und verließ ohne ein weiteres Wort den Raum. Wenig später kam Ludger Schäfer zurück, bekleidet mit einem blauweiß gestreiften Poloshirt und einer weißen Leinenhose.

»Ich sehe, meine Frau war hier«, freute er sich, legte eine Ledertasche auf den Tisch und entnahm ihr ein großes abgegriffenes Buch, das wie ein Kassenbuch aussah.

»Das ist unsere Friedhofschronik bis zum Jahr 1965«, erklärte Schäfer und schlug den Band auf. »Hier ist der erste Eintrag aus der fraglichen Zeit«, meinte er und las die Notiz vor: »Dudek, Wladislaw, geboren am dreizehnten November 1899 in Lublin, verstorben am ersten Januar 1942 in Grüneck, Pole, Helfer bei Bauer Griese, erhängte sich selbst nach einem Diebstahl, nach Aussage der Ehefrau Griese ein sehr nervöser Mann.«

Thomas beugte sich über die Gräberliste. »Die Handschrift ist aber schwer zu entziffern«, bemerkte er.

»Ja, da hast du recht. Der Eintrag stammt anscheinend von Pastor Schulte. Der alte Griese ist lange tot. Ich habe mit der Tochter darüber gesprochen. Sie meinte, der Pole habe sich mit einem Strick in der Scheune aufgehängt.«

»Und warum sollte er sich umgebracht haben?«

»Der soll etwas seltsam gewesen sein.«

»Was soll das heißen?«, erregte sich Thomas. Schäfer zuckte nur hilflos mit den Achseln.

»Ich werde die Einträge notieren und mit den Archivunterlagen abgleichen. Vielleicht bringt uns das weiter«, sagte Thomas.

»Das ist nicht nötig.« Schäfer nahm eine Aktenmappe aus der Ledertasche und zog ein Papier daraus hervor. »Hier habe ich einen Auszug aus der Friedhofschronik, den ich dir als Kopie gern überlasse«, sagte er und reichte ihm die Liste mit den Kriegsgräbern. »Aber lass uns erst die Einträge weiter durchgehen«, schlug er vor. »Hier, Golobicky, Mitrofan, verstorben am fünfzehnten November 1942 in Grüneck, Staatsangehörigkeit russisch, keine weiteren Einträge.«

»Zeig mal!« Thomas stutzte. »Kann es sein, dass das der Kriegsgefangene war, der im Steinbruch gearbeitet und auf der Flucht erschossen wurde? Heinrich Wiedemeier hat mir davon erzählt.«

»Keine Ahnung. Es gibt noch einen Toten ohne konkrete Angaben.« Er suchte die Seite und zeigte ihm den Vermerk. »Alifirow, Boris, Todestag fünfzehnter Juni 1943 in Grüneck und der Zusatz russische Staatsangehörigkeit.«

»Mit so dürftigen Anhaltspunkten kann man deren Schicksal kaum rekonstruieren«, meinte Thomas resigniert. Schäfer blätterte ungerührt weiter.

»Hier sind die Einträge der beiden Toten vom Mühlenweg«, bemerkte er. »Kovalev, Alexej, geboren am fünfzehnten Oktober 1915 in Poltawa, Todestag zweiundzwanzigster März 1945 in Grüneck, russische Staatsangehörigkeit, Helfer bei Josef Vielhaber, erschossen am Bahndamm, Mörder von Elisabeth Vielhaber, steht da. Darunter der zweite Erschossene. Subarew, Nikolai, geboren am sechsten Mai 1902 in Kiew, arbeitete bei Schreiners.«

»Selbst der Pfarrer machte sich die Mordversion des Dorfpolizisten zu eigen!«, ereiferte sich Thomas.

»Ich kenne die Geschichte auch nur so«, gab Schäfer offen zu.

»Wer's glaubt, wird selig!«, erwiderte Thomas. »Tatsächlich konnte man den Hingerichteten keinerlei Spuren zuordnen und Subarew soll zur Tatzeit weitab vom Tatort im Wald gearbeitet haben. Wenn du mich fragst, sieht das nach einem Lynchmord aus.«

»Da stecken wir nicht drin. Hier gibt es übrigens zwei weitere Tote.« Schäfer deutete auf den nächsten Eintrag. »Sie sind beide am siebten April 1945 bei einem Fliegerangriff in der Nähe von Neheim ums Leben gekommen«, erklärte er. »Wiczkowski, Nikolai, geboren vierter April 1908, und Szymanski, Stanislaw, geboren am sechsundzwanzigsten Juli 1910. Beide waren polnische Zivilarbeiter, steht hier.«

»Weißt du eigentlich, dass genau an dem Tag in Grüneck im Eichenwald mehrere Zwangsarbeiter ermordet worden sein sollen?«, fragte Thomas.

»Ja, ich habe davon gehört.«

»Du weißt davon?«, wunderte sich Thomas.

»Ja, ich habe als Jugendlicher bei einer Familienfeier die Alten mal darüber reden hören. Als ich Anfang der Neunzigerjahre dann in den Kirchenvorstand gewählt wurde, habe ich die Friedhofsaufsicht übernommen. Bei einem Rundgang über den Friedhof bin ich die Kriegsgräber abgegangen, habe die Aufschriften auf den Grabsteinen mit den Einträgen im Friedhofsbuch verglichen und bin dabei auf Ungereimtheiten gestoßen. Da ist mir die Sache im Eichenwald wieder in den Sinn gekommen. Ich habe mich deshalb ans Regierungspräsidium gewandt. Beim Bau der Friedhofskapelle Mitte der Achtzigerjahre sind die Kriegsgräber umgebettet und diese Gräberlisten erstellt worden.« Er grinste verschmitzt, fingerte zwei weitere Blätter aus der Mappe, während Thomas mit offenem Mund dasaß und neugierig auf die Schriftstücke starrte, die ihm Schäfer vorlegte.

»Hier, unter den laufenden Nummern vierzehn bis siebzehn sind vier unbekannte Tote russischer Staatsangehörigkeit verzeichnet. Und jetzt halt dich fest. Diese Toten tauchen in unserer Gräberliste gar nicht auf. Ich habe natürlich meinen Vorgänger im Kirchenvorstand darauf angesprochen.«

»Und?«

»Er hat mir geraten, die Sache auf sich beruhen zu lassen.«

»Und warum?«

»Du weißt doch, die Alten haben immer mit Ausflüchten reagiert, wenn man sie auf die Zeit ansprach. Aber das ist noch nicht alles, es gibt einen Zeitzeugen.«

»Sieh mal einer an. Und wer ist der Mann?«, fragte Thomas erstaunt.

»Mein Nachbar, Siegfried Schall. Er hat mir bei einem Spaziergang anvertraut, dass er selbst Augenzeuge der Hinrichtung im Eichenwald gewesen ist. Er ist damals auf Heimaturlaub gewesen und sollte sich an dem Erschießungskommando beteiligen, aber er hat sich geweigert und die Sache heimlich beobachtet.«

»Nimmst du ihm das ab?«

»Warum sollte ich daran zweifeln?«

»Vielleicht gehörte er selbst zum Exekutionskommando.«

Schäfer schüttelte energisch den Kopf. »Nein, das kann ich mir nicht vorstellen!«

»Hat er etwas darüber gesagt, wer die Gefangenen waren, warum sie erschossen wurden und wer dafür verantwortlich war?«

»An die Gründe kann er sich nicht entsinnen. Er meint, dass einer der Beteiligten noch lebt. Seinen Namen will er aber nicht sagen.«

»Das wird ja immer schöner«, sagte Thomas. Er überlegte. »Meinst du, ich könnte versuchen, mit dem alten Schall zu reden?«

»Warum nicht?«

»Kann ich mich auf dich beziehen? Dann gehe ich nachher mal kurz zu ihm rüber.«

»Da hast du Pech«, erwiderte Schäfer. »Er ist seit gestern im Krankenhaus.«

»Okay, dann rufe ich ihn bei Gelegenheit an. Hast du sonst etwas über den Hintergrund des Verbrechens in Erfahrung bringen können?«

Ludger Schäfer zögerte. »Im Dorf kursieren unterschiedliche Versionen von der Sache«, antwortete er schließlich. »Einmal heißt es, es seien Ostarbeiter gewesen, die nicht in Grüneck, sondern im Nachbardorf eingesetzt waren, ein anderes Mal ist davon die Rede, dass sie bei einer Razzia festgenommen worden sein sollen.«

»Das muss sich doch nicht widersprechen«, gab Thomas zu bedenken.

»Ja, es sind eben verschiedene Gerüchte im Umlauf, etwas Genaues erzählen die Leute nicht. Lass die Geschichte endlich ruhen, sagen die meisten, mit denen man darüber spricht.«

Thomas seufzte. »Du glaubst gar nicht, wie mich das ankotzt. Seit fast siebzig Jahren werden in diesem Dorf Naziverbrecher geschützt. Mitgefühl und Gerechtigkeit für die Opfer kennt hier offenbar niemand.« Schäfer wirkte betroffen, erwiderte aber nichts. »Ich will dir nicht zu nahe treten. Aber es gibt da etwas, was wir tun können«, fuhr Thomas fort. »Die Familien der Opfer brauchen Gewissheit über das Schicksal ihrer Angehörigen und einen Ort, an dem sie trauern können.«

»Und wie stellst du dir das vor?«, fragte Schäfer.

»Man muss die Sache aufklären. Du hast doch Zugriff auf das Archiv des Pastors. Wenn die Akten nicht vernichtet wurden, müsste es in der Pfarrei so genannte 46er-Listen geben.«

»Was für Listen?«

»Die Gemeinden mussten 1946 auf Anordnung der britischen Militärverwaltung alle alliierten Staatsbürger, die während des Krieges in Deutschland gestorben waren, melden.«

Ludger Schäfer dachte nach.

»Wenn die Gemeinde die Dokumente ausgestellt hat, müssten sie bei den Unterlagen des Amts Grüneck sein«, meinte er schließlich.

»Ich habe mich deshalb bereits ans Kreisarchiv gewandt, bisher aber keine Antwort erhalten.«

»Hast du eigentlich vor, die Geschichte zu veröffentlichen?«

»Ich denke, ja.«

»Da bin aber ich gespannt«, sagte Schäfer. Sein Lachen klang etwas gezwungen.

»Ich halte dich auf dem Laufenden«, versprach Thomas.

»Vergiss die Dokumente nicht«, meinte Schäfer und gab ihm die Kopien.

»Vielen Dank«, antwortete Thomas und verabschiedete sich.

Draußen hatte es sich kaum abgekühlt. Auf dem Weg zum Auto schaute er zum Haus des alten Schall hinüber, das sich schräg gegenüber befand. Ein rot blühender Rosenstock reichte vom Boden beinahe bis zur Dachrinne des zweistöckigen Gebäudes. Im ersten Stock bewegte sich hinter einem Fenster eine Gardine. Er warf einen kurzen Blick auf sein Handy. Es war fast neun. Seine Mutter wartete bestimmt schon ungeduldig mit dem Abendessen. Bei dem Gedanken wurde ihm ganz mulmig. Er schloss den Wagen auf, stieg ein, startete den Motor, setzte den Daimler rückwärts auf die Brunnenstraße und drehte noch eine Runde durchs Dorf, um die Backsteinkirche in der Ortsmitte herum auf die Dorfstraße. Hier gab es eine Sparkasse, einen Bäcker und einen kleinen Supermarkt, den eine alte Schulfreundin führte. In Grüneck hatte sich kaum etwas verändert, nur die Bauernhöfe waren verschwunden. Der letzte Bauer hatte auf Pferdezucht umgesattelt. Ein paar Minuten später stand Thomas bereits vor seinem Elternhaus.

»Du kommst spät«, bemerkte seine Mutter, als sie sich in der Türschwelle flüchtig umarmten. Er vernahm einen leichten

Tadel in ihrer Stimme. »Ich habe nicht mit dem Essen auf dich gewartet. Ich wusste ja nicht, wann du kommst.«

»Ich war bei Ludger Schäfer. Es hat länger gedauert, als ich gedacht habe.«

»Was hast du denn mit dem zu tun?«, fragte sie neugierig.

»Er ist im Kirchenvorstand für den Friedhof zuständig. Er hat mir das Friedhofsbuch gezeigt. Ich wollte wissen, ob darin Zwangsarbeiter verzeichnet sind, die in Grüneck begraben wurden.«

»Wenn ich mich nicht irre, ist Schäfers Ludger dein Jahrgang. Möchtest du etwas essen?«

»Ja, aber nur eine Kleinigkeit.« Seine Mutter ging in die Küche. Sie wirkte distanziert. Ob sie noch sauer ist?, fragte er sich.

»Von der Leberwurst kannst du übrigens gern etwas mitnehmen«, sagte sie und stellte Brot, Wurst und Käse auf den Esstisch.

»Das ist aber nett«, antwortete er und stand auf, um Geschirr zu holen.

»Bleib sitzen. Ich decke den Tisch«, bestimmte sie. »Was möchtest du trinken?«

»Ein Bier, wenn du eins da hast.« Sie trug auf und schenkte ihm ein Glas Iserlohner ein. Während er aß, erzählte Thomas von seinem Kontakt zu den überlebenden Zwangsarbeitern in der Ukraine und der Idee, die alten Leute nach Grüneck einzuladen. Seine Mutter hörte schweigend zu. Schließlich rückte sie ihren Stuhl zu ihm heran.

»Das gibt Ärger!«, meinte sie seufzend.

»Wo ist das Problem? Die Zwangsarbeiter sind bei euch doch immer gut behandelt worden«, erwiderte er halb empört, halb ironisch.

»Das stimmt!« Seinen Zynismus schien sie nicht bemerkt zu haben. »Beim Zusammenbruch haben die Russen sich schützend vor unseren Vater gestellt.« Dabei erhob sie ihren Zeigefinger, um ihre Behauptung zu bekräftigen. »Chef immer gut!, sagten die zu den Amis.«

»Na, dann spricht ja nichts dagegen, sie nach Grüneck einzuladen, im Gegenteil. Das gibt ein frohes Wiedersehen!« Er ärgerte sich augenblicklich über sein loses Mundwerk, legte vorsichtig das Besteck auf den Teller und nahm noch einen Schluck Bier.

»Das werden meine Geschwister aber anders sehen, fürchte ich.«

Thomas ließ das so stehen, stand auf, räumte den Tisch ab und wusch sich anschließend unter der Spüle die Hände.

»Wusstest du, dass Anton Friebe mit dem Lynchmord im Eichenwald in Verbindung gebracht wird?«, fragte er, als er zurückkam.

»Wer sagt das?«

»Ich habe mit Meiers Bruno darüber gesprochen«, sagte er, während er sich wieder zu ihr an den Tisch setzte.

Sie atmete tief durch, bevor sie antwortete. »Friebes älteste Tochter sehe ich manchmal auf dem Friedhof. Sie pflegt bis heute die Russengräber. – Wenn du noch ein Bier willst, im Kühlschrank gibt es noch mehr. Ich gehe jetzt ins Bett. Es war ein langer Tag. Du kannst ja noch fernsehen, wenn du magst.«

»Gute Nacht! Ich gehe auch bald schlafen.«

»Wann sollen wir morgen frühstücken?«

»Gegen acht, ich muss früh los.« Nachdem seine Mutter zu Bett gegangen war, legte sich Thomas auf der Terrasse in einen Liegestuhl und genoss die laue Sommernacht. Der Himmel war sternenklar. Nur selten unterbrach ein vorbeifahrendes Auto die Stille. Er dachte an die Tochter des alten Nazis, die sich immer noch um die Gräber der Ermordeten kümmerte. Sie teilt die weit verbreitete Empfindungslosigkeit gegenüber den Opfern offensichtlich nicht, dachte Thomas und er fragte sich, warum seine Mutter ihm überhaupt davon erzählt hatte, während sie gleichzeitig krampfhaft an der Legende festhielt, ihr Vater sei kein Nazi gewesen. Vielleicht log sie nicht einmal bewusst, sondern hatte selbst das Gefühl, aufrichtig zu sein, und verstand deshalb auch nicht, warum er ihr misstraute. Bald konnte er keinen klaren Gedanken mehr fassen. Er fühlte sich leer und ging schlafen.

Am nächsten Morgen lagen bereits frische Brötchen auf dem Tisch, als Thomas mit seinem Gepäck in die Küche kam. Er frühstückte mit seiner Mutter, ohne das Thema von gestern noch einmal anzuschneiden. Eine halbe Stunde später verstaute er einen Karton mit selbst gemachter Marmelade, die seine Mutter fast immer für ihn bereithielt, wenn er sie besuchte, im Kofferraum seines Wagens und verabschiedete sich herzlich. Als er losfuhr, bemerkte er, dass sich der Mercedes nur schwer lenken ließ. Beim Bremsen zog er stark nach rechts. Er hielt sofort an und stieg aus, um nachzusehen, was los war. Auf der Beifahrerseite waren vorne und hinten die Reifen platt. Er sah sich das Malheur genauer an und bemerkte Einstiche von einem Messer oder einem Stilett. Aber das war noch nicht alles. Die Beifahrertür war stark zerkratzt, als ob jemand mit einem spitzen Gegenstand darübergefahren war. Er konnte es nicht fassen.

»So eine Sauerei!«, schimpfte er, setzte sich hinters Steuer und überlegte, was er tun sollte. Er griff ins Handschuhfach, fand unter den Fahrzeugpapieren die Nummer des ADAC, nahm das Handy aus der Tasche und rief die Pannenhilfe an.

»Eine halbe Stunde müssen Sie rechnen«, erklärte die freundliche Dame an der Hotline. Thomas war erleichtert. Er rief Sabine an und sagte seine Termine ab. Während er auf den Abschleppdienst wartete, kam seine Mutter dazu, die vom Schlafzimmerfenster aus die Szene beobachtet hatte.

»Wolltest du nicht zügig los?«, fragte sie.

»Irgendjemand hat mir die Reifen zerstochen«, antwortete er.

»Wer sollte so etwas tun?«

»Das weiß ich doch nicht!«, entgegnete er entnervt. Zum Glück dauerte es nicht lange, bis der Pannenservice auftauchte.

»Wie ist das denn passiert?«, wollte der ADAC-Mann wissen.

»Ich weiß es nicht«, erwiderte Thomas schulterzuckend und reichte ihm seine Clubkarte. Der Fahrer warf einen Blick darauf und steckte sie ein.

»Die nächste Werkstatt ist in Balve. Ich schleppe Sie dahin«, erklärte er und hievte den Daimler auf die Ladefläche des Abschleppwagens. Thomas nahm neben dem Fahrer Platz und winkte seiner Mutter beim Losfahren zu. Die Fahrt nach Balve dauerte nur ein paar Minuten. In der Werkstatt musste er jedoch eine geschlagene Stunde warten, bis neue Reifen aufgezogen waren und er endlich loskam.

Wer könnte das gewesen sein?, fragte er sich auf der Rückfahrt. Altnazis bestimmt nicht, die hatten längst das Zeitliche gesegnet. Vielleicht ihre Enkel? Im Sauerland trieben Jungnazis mit antisemitischen Schmierereien, »Führergeburtstagen« und Überfällen auf Punks seit langem ihr Unwesen, hatte er bei früheren Recherchen für den Sender erfahren.

Als er wieder zu Hause war, rief er Ulrike an.

»Ah, der rasende Reporter aus dem Rheinland. Wo brennt's denn diesmal?«

»Was machen deine Ermittlungen in Grüneck?«

»Dazu kann ich dir nichts sagen«, entgegnete sie.

»Wieso nicht?«

»Das Landeskriminalamt hat den Fall an sich gezogen.«

»Das LKA? Sind die nicht für Organisierte Kriminalität, Rauschgift und Staatsschutz zuständig?«

»So in etwa.«

»Und worum geht es hier?«, fragte er mit ironischem Unterton.

»Das weiß ich nicht und wenn ich es wüsste, dürfte ich es dir nicht sagen.«

»Das ist ja toll! Da kennt man mal jemanden bei der Kripo und dann so was.«

»Es tut mir leid, aber ich weiß es wirklich nicht. Wir standen mit unseren Ermittlungen erst ganz am Anfang.«

»Okay, dann muss ich es in Düsseldorf versuchen.«

»Viel Glück, die sind in der Regel ziemlich zugeknöpft.«

»Stell dir vor, mir wurden heute Nacht in Grüneck die Reifen abgestochen.«

»Da hat sich aber jemand einen üblen Scherz erlaubt!« Ulrike konnte sich ein Lachen nicht verkneifen.

»Ich finde das gar nicht lustig«, erwiderte er verschnupft.

»Sorry, das war nicht so gemeint. Vielleicht will dir jemand sagen, dass du die Finger von der Sache lassen sollst. Hast du Anzeige erstattet?«

»Willst du mich auf den Arm nehmen?«

»Nein, im Ernst. Das solltest du auf jeden Fall tun, erst recht, wenn du dich bedroht fühlst.«

»Komm, vergiss es! Es ist ja nur eine Lappalie.«

»Wenn du meinst. Besuch mich mal in Hagen. Dann erzählst du mir von deinen Nachforschungen und vielleicht kann ich dir ein paar Tipps geben.«

»Darauf komme ich bei Gelegenheit gern zurück«, sagte er, bevor er auflegte.

Er kam nicht mehr dazu, sich Gedanken über sein merkwürdig vertrautes Verhältnis zu der Polizistin zu machen, denn in seinem E-Mailposteingang hatte er eine neue Nachricht aus Kiew.

»Nach Auskunft unserer Außenstelle in Shytomir kann ich Ihnen berichten, dass leider nur noch einer von fünf ehemaligen Zwangsarbeitern in Grüneck lebt, Herr Sevcenko«, schrieb Nusia Babanko. »Herr Bauchowitz ist vor einem Jahr und Herr Lugino vor einer Woche verstorben. Herr Sevcenko ist nicht reisefähig. Er ist krank und verlässt seinen Hof nicht mehr. Ihre Fragen will er gern beantworten und er würde sich über einen Besuch freuen.«

Thomas überlegte, was er jetzt tun sollte. In den nächsten vier Wochen war sein Terminkalender total dicht. Er musste eine Tagung vorbereiten und einige Texte schreiben. Erst danach könnte er in die Ukraine reisen. Er würde allerdings kaum Zeit haben, den Besuch vorzubereiten. Aber er würde es trotzdem tun.

»Ich werde Herrn Sevcenko so schnell wie möglich besuchen und plane die Reise für Ende September«, antwortete er Nusia Babanko. »Bei der Gelegenheit würde ich Sie gern in Kiew treffen. Ich werde Ihnen so bald es geht mitteilen, wann ich genau komme.«

9

Der Rhein ist gegen den Dnjepr eine Pfütze, dachte er, als er beim Landeanflug auf Kiew den mächtigen Fluss erblickte. Als die Maschine auf dem Flughafen in ihre Parkposition rollte, stachen ihm zuerst die kyrillischen Schriftzüge ins Auge. Київ Бориспіль – Kiew Borispol – prangte in großen gelben Lettern auf dem Flughafengebäude. Um sich die Orientierung in der Stadt zu erleichtern, hatte Thomas einen Metroplan mit lateinischen Buchstaben aus dem Netz gezogen und am Rhein-Main-Flughafen zusätzlich einen Stadtplan in deutscher Sprache erstanden. Er sprach zwar kein Wort Ukrainisch, würde sich aber zur Not mit Händen und Füßen verständigen. Für den Besuch bei Juri Sevcenko hatte ihm eine Freundin eine Dolmetscherin namens Irina vermittelt. Der Flug von Frankfurt dauerte kaum zweieinhalb Stunden. Die Boing 737 der Ukraine International Airlines landete pünktlich um vierzehn Uhr fünfzig in Kiew. Die sommerlichen Temperaturen auf dem Flugfeld und das gleißende Sonnenlicht ließen ihn an Reisen ans Mittelmeer denken.

Der ukrainische Zöllner interessierte sich nicht für das schwere Handgepäck, das er mit sich führte. Thomas' »dobryi djen« – Guten Tag – provozierte ihn nicht einmal zu einem müden Lächeln. Ein Blick vom Pass auf den Reisenden genügte und schon erhielt er das Dokument zurück. Am Frankfurter Flughafen hatte die Security das Handgepäck penibel durchsucht, ein Polizist das Mikrofon sogar gesondert auf Sprengmittel getestet. Dafür stand er sich in Kiew-Borispol nun am Gepäckband die Beine in den Bauch.

»Können Sie mir sagen, wo mein Gepäck bleibt?«, fragte er nach einer guten halben Stunde einen Mann, den er wegen seiner Arbeitskleidung zum Bodenpersonal rechnete. Der Angesprochene reagierte mit einem Achselzucken. Thomas fügte sich in sein Schicksal und atmete auf, als die Reisetasche nach einer geschlagenen Stunde endlich auf dem Förderband erschien.

Den Chauffeur, den die Dolmetscherin für ihn organisiert hatte, entdeckte er auf Anhieb. Er stand inmitten der Wartenden in der Empfangshalle und hielt ein Schild mit Thomas' Namen in die Höhe.

»Das dauert manchmal noch viel länger hier«, meinte Alex lachend, als Thomas von der Warterei am Band erzählte. Er sprach fließend Deutsch, trug einen grauen Anzug, eine rote Krawatte sowie schicke schwarze Schuhe und bugsierte ihn zu einem Lada neueren Baujahrs, der direkt vor dem Haupteingang zwischen den Bussen parkte. Alex packte Thomas' Gepäck in den Kofferraum und startete den Wagen. »In Kiew leben heute mehr als drei Millionen Menschen, offiziell aber nur 2,6 Millionen«, erzählte er auf der Fahrt in die Stadt. Wie Hunderttausende Neu-Kiewer lebte er in der Metropole am Dnjepr, ohne registriert zu sein. »Wer hier keine eigene Wohnung besitzt, hat in der Regel keinen regulären Mietvertrag und deshalb keinen offiziellen Wohnsitz, zahlt aber horrende Mieten. Umgerechnet knapp sechshundert Euro muss ich im Monat für meine Dreizimmerwohnung am Stadtrand aufbringen. Das kann ich mir auf die Dauer nicht leisten.«

»Das sind ja Mieten wie im Westen!«, wunderte sich Thomas. Nach Alex' Einkommen zu fragen, traute er sich aber nicht. Er wusste nur, dass das Einkommensniveau in der Ukraine sehr viel niedriger als in Deutschland war. »Irina meint, Sie arbeiten beim deutschen Kulturinstitut?«

»Ja, aber nicht mehr lange. Seit die Mittel knapper werden, wird zuerst bei lokalen Honorarkräften gespart. Ich gehe demnächst nach Chernowitz zurück, auch auf die Gefahr hin, keinen Job als Germanist mehr zu finden. Dafür sind dort die Mieten erschwinglich und die Leute nicht so hart drauf. Außerdem leben meine Eltern in Chernowitz.«

Vor einem imposanten Mietshaus, das etwas zurückversetzt an der vierspurigen Krasnoarmeyskaya lag, endete die Fahrt. Alex begleitete ihn ins Haus.

»Wir nehmen den Lift«, entschied er und ließ ihm den Vortritt. Der Aufzug hatte schon bessere Tage gesehen. Er ruckelte bedrohlich, schaffte sie aber mühelos samt Gepäck in den fünften Stock. Die Mietwohnung in der Nähe des Republikanischen Stadions hatte Irina, die Dolmetscherin, für ihn reserviert. Alex betätigte die Klingel. Eine junge Frau in Jeans und mit einem knallgelben T-Shirt bekleidet öffnete grußlos die Wohnungstür. Sie wirkte, als sei ihr eine Laus über die Leber gelaufen, und ging voraus ins Wohnzimmer, das mit einer schwarzen Sitzgarnitur, einem Glastisch, einer Anrichte und einem Fernseher ausgestattet war. Thomas ließ sich in dem abgewetzten Sessel nieder, während die beiden auf der Couch gegenüber Platz nahmen. Sie unterhielten sich angeregt auf Ukrainisch und sahen dabei verstohlen zu ihm herüber.

»Zahlen Sie die Miete in Dollar oder in Euro?«, fragte Alex schließlich.

»Ich habe nur Euro. Ist das ein Problem?«

»Normalerweise wird in Dollar gezahlt«, meinte Alex und übersetzte. Die Maklerin verzog ihr Gesicht zu einer Grimasse, griff zum Telefon, das auf der Anrichte stand, und sprach mit irgendjemandem.

»Sie klärt das mit der Agentur«, sagte Alex. Nach ein paar Minuten legte sie auf und willigte ein, dass er die vereinbarte Miete in Euro zahlte. Nachdem die Geld- und Schlüsselübergabe geregelt waren, verließ die junge Frau grußlos die Wohnung. Thomas zahlte Alex zwanzig Euro. Das war der vereinbarte Preis für den Transfer vom Flughafen.

»Ich habe am Samstagmorgen einen Termin und kann Sie dann leider nicht zum Flughafen zurückfahren. Vom Peremohy-Platz gibt es aber einen Zubringerbus«, erklärte Alex.

»Das ist kein Problem«, erwiderte Thomas. Alex verabschiedete sich freundlich und verließ die Wohnung.

Thomas schloss hinter ihm die Tür. Der Schlüssel hätte auch zu einem Tresor passen können. Anschließend schaute er sich in der Wohnung um. Die Dielen knarrten und es stank nach Plastik und Mottenkugeln. Im Bad stach ihm ein rosafarbener Whirlpool ins Auge. Was für ein Trash!, amüsierte er sich. Im Wohnzimmer lag ein Stapel Videokassetten auf einer Anrichte, hauptsächlich Pornos. Für viele Männer aus dem Westen scheint die Ukraine ein billiges Bordell zu sein, dachte er. Hinterm Wohnzimmer befand sich eine kleine Kochnische mit einem leeren Kühlschrank, einem kleinen Regal, einem Schrank und einer Spüle, auf der die Vormieter ihre Reste zurückgelassen hatten, dreckiges Geschirr und zwei leere Wodka-Flaschen. Vom Küchenfenster fiel sein Blick auf den Seitenflügel des Hinterhauses. In den Erkern hing überall Wäsche. Menschen sah er keine. Das Schlafzimmer, das an die Küche angrenzte, war spartanisch ausgestattet, nur mit einem Bett, einem Kleiderschrank und einem Wäscheständer. Die Wohnung schien ein Quartier für Leute wie ihn zu sein, für Geschäftsreisende und Touristen, die nur ein paar Tage in Kiew verbrachten. Nichts deutete auf Dauermieter oder die Eigentümer hin.

Nachdem er sein Gepäck ins Schlafzimmer gebracht hatte, verließ Thomas die Wohnung. Er lief zu Fuß die Treppe hinunter, ohne jemandem zu begegnen. Was hätte er auch sagen können, außer Guten Tag und Auf Wiedersehen? Er trat vor die Haustür und genoss die Herbstsonne. Von der Krasnoarmeyskaya dröhnte der Straßenlärm zu ihm herüber. Bei der Ankunft hatte er das Verkehrsgetöse und den Gestank von Abgasen, der ihm nun in die Nase kroch, nicht bemerkt. Er warf einen Blick auf den

Stadtplan und bummelte in die Richtung, in der er die Innenstadt vermutete. An der nächsten Ecke war er bereits schweißgebadet. Er zog die schwere Lederjacke aus und hängte sie sich lässig über die Schulter. Am Stadion wiesen Plakate auf die bevorstehende Champions-League-Begegnung Dynamo Kiew – Steaua Bukarest hin. Das verstand er auch ohne Ukrainischkenntnisse. Donnerstag würde er allerdings bei Juri Sevcenko sein und keine Zeit finden, das Spiel live zu erleben. Er fieberte der Begegnung mit dem ehemaligen Zwangsarbeiter bereits seit Wochen entgegen, hatte aber keine Vorstellung, wie es dort sein würde. Vielleicht würde er nach dem Gespräch mit Nusia Babanko morgen klarer sehen.

Am Eingang zur Metrostation Republikans'kyi Stadion drängten sich die Passanten um die fliegenden Händler. Ältere Frauen mit bunten Kopftüchern boten Äpfel, Feuerzeuge, Salat, Taschentücher und Pilze feil. Männer in verblichenen T-Shirts verkauften Lose, Zigaretten und CDs. Thomas überlegte, die Kamera aus der Tasche zu holen, ließ es aber. Er brauchte dringend einen Kaffee, musste vorher aber unbedingt an Bargeld kommen. Er hielt deshalb nach einer Wechselstube Ausschau und überquerte die Straße, um dem Gewühl zu entkommen. Vorhin hatte er flüchtig einen Aushang mit Devisenkursen wahrgenommen. Am Schaufenster eines Telefonladens entdeckte er schließlich eine Tabelle mit Wechselkursen. *Euro 640.* Ein Stück weiter sah er noch einen Telefonladen. *Euro 648* hieß es dort. Er betrat das Geschäft, schaute sich um, fand aber keinen Hinweis auf den Devisenumtausch. Als er den Laden bereits unverrichteter Dinge wieder verlassen wollte, sprach ihn ein Verkäufer in einem äußerst eleganten Anzug an. Er verstand kein Wort und brachte selbst keinen Brocken Englisch hervor, nur das Zauberwort »Euro«. Sein Gegenüber feixte und wies mit der Hand in die hintere Ecke des Ladens. Hinter einem unscheinbaren Wechselschalter sah Thomas eine junge Frau sitzen. Er stellte sich vor den Schalter, schob einen 100-Euro-Schein in die Durchreiche und sagte »Dobryi djen!«

Die Kassiererin schaute ihn gleichgültig an, tippte, ohne ein Wort zu erwidern, etwas in die Tastatur ihres Computers und legte ihm einen Haufen Geldscheine hin sowie ein paar Münzen und einen Papierstreifen mit lauter kyrillischen Buchstaben, wahrscheinlich die Quittung. Er steckte das Geld ohne nachzuzählen ins Portemonnaie, verstaute es in der Innentasche seiner Jacke, zog den Reisverschluss zu und verließ den Laden.

Draußen wischte er sich den Schweiß von der Stirn und atmete tief durch, bevor er sich weitertreiben ließ. Je näher er dem Zentrum kam, desto mehr Edelboutiquen, teure Schuhgeschäfte und Juweliere säumten die Straße. Die Auslagen in den Schaufenstern konnten sich außer den oberen Zehntausend nur Touristen leisten. An jeder Ecke gab es Telefonläden. Verrückt, fand er. Dabei war das Telefonieren innerhalb der Stadt eines der letzten Überbleibsel realsozialistischer Sozialpolitik und kostenlos. Während er darüber nachdachte, wie die Leute hier mit den sozialen Verwerfungen der neuen Zeit zurechtkamen, flanierten die Kiewer über den Chreščatyk, den wichtigsten Boulevard der Hauptstadt. Es waren erst ein paar Jahre her seit der »Orangenen Revolution«. Hunderttausende hatten damals hier demonstriert und in klirrender Kälte so lange ausgehalten, bis das Ende des alten Regimes besiegelt war. Jetzt promenierten Jung und Alt paarweise und in Gruppen über die Einkaufsstraße und genossen die letzten Sonnenstrahlen des Herbstabends. Prächtige Gebäude aus der Stalinära, mit zahlreichen Erkern, Säulen, Plastiken, Türmchen und Sowjetsternen versehen, säumten die Avenue. Der Chreščatyk schien sonntags autofrei zu sein. Als die Rote Armee die Stadt 1944 von den Deutschen befreit hatte, standen hier nur noch zwei Häuser. Unter einer Arkade fand er eine Kaffeebar. Er bestellte einen Espresso und bezahlte mit einem Zwanzig-Hrywnja-Schein, ohne auf die Münzen, die ihm die junge Kassiererin zurückgab, zu achten. Er ließ sich in einen Sessel fallen und schaute sich im Lokal um. Das Interieur und die Gäste konnte man mühelos auch in Berlin, Istanbul oder London antreffen.

Es war schon dunkel und merklich kühler, als er die Bar verließ. Der Chreščatyk, auf dem zuvor noch halb Kiew unterwegs gewesen war, wirkte nun verwaist. Er steuerte den Metroeingang um die Ecke an und lief an Bettlern vorbei die Treppe hinab. In der Unterführung herrschte ein Trubel wie vorhin eine Etage höher. Er verpasste den Eingang zur Metrostation und schob sich durch das unterirdische Getümmel, vorbei an kleinen Läden und Kaufhäusern. Er fühlte sich unwohl und nahm den nächsten Treppenaufgang. Ein paar Punks mit Bierdosen in der Hand lungerten auf dem obersten Absatz herum. Draußen angekommen, fand er sich vor einem großen Kino wieder. Die meisten Filmplakate waren ihm irgendwie geläufig. Etwas weiter sah er im Dunkeln eine Leninbüste stehen. Eine alte Frau ging achtlos daran vorbei. Die Kiewer hatten das Denkmal, das inzwischen UNESCO-Kulturerbe war, 1991 als einzige Statue aus der alten Zeit verschont. Damals hatte sich niemand mit einer kleinen Gruppe Kommunisten prügeln wollen, die sich schützend vor dem Monument des führenden Bolschewiki aufgebaut hatte.

Zurück in der Wohnung, ließ sich Thomas müde aufs Bett fallen. In der Nacht fand er trotzdem keinen Schlaf. Stundenlang wälzte er sich hin und her. Er dachte an den letzten Besuch bei seiner Mutter in Grüneck und an ihre Reaktion auf seinen Kontakt zu Juri Sevcenko. Längst vergessene Fotos aus einem Familienalbum schwirrten ihm durch den Kopf, ein Portrait seines Vaters in Wehrmachtsuniform, ein Foto, das ihn inmitten von Soldaten vor einer Baracke zeigte, eins, wie er im Winter auf einem Geschütz saß, und eins, auf dem er mit einem andern Soldaten und einer Kuh im Schlepptau zu sehen war. Auf der Rückseite der Fotos, die sein Vater in Feldpostbriefen an seine Familie geschickte hatte, hatte »Tarnopil Winter 43–44« gestanden. Die Stadt in der Westukraine gehörte während des Krieges zum Generalgouvernement. 1943 hatten die Deutschen das dortige Ghetto liquidiert, die jüdischen Bewohner massakriert oder in Arbeitslager und das Vernichtungslager Belzec deportiert. Verantwortlich dafür waren Einsatzgruppen der SS gewesen. »Die Wehrmacht war sauber« lautete der Standartspruch seines Vaters, über den sich Thomas immer maßlos geärgert hatte. Als der Straßenlärm am frühen Morgen anschwoll, schlief er endlich ein.

Er war völlig gerädert, als ihn um neun das Handy weckte, und brauchte ein paar Minuten, bis er kapierte, wo er sich befand. Um zwölf war er mit Nusia Babanko verabredet. Wenn er vorher etwas frühstücken, einen Kaffee trinken und von der Stadt etwas sehen wollte, musste er sich beeilen. Er schwang sich aus dem Bett und eine Viertelstunde später stand er auf der Straße in der Sonne. Er lief zur U-Bahn am Fußballstadion, schenkte den Händlern auf den Treppenstufen dieses Mal keine Beachtung, ließ auch die kleinen Verkaufsstände in der Station hinter sich und ging zielstrebig zur Kasse. Er stellte sich hinter einem Fahrgast an, beobachtete aufmerksam, wie der Mann gegen Vorlage eines Geldscheins ein paar Jetons erstand und tat es ihm gleich. Mit dem Plastikchip passierte auch er mühelos die Sperre. Die uniformierte ältere Dame, die dort die Aufsicht führte, gab Thomas mit einer unzweideutigen Geste zu verstehen, dass sie nicht fotografiert werden wollte. Er wurde rot, ließ die Kamera, die er bereits in der Hand gehalten hatte, wieder in der Tasche verschwinden und fuhr mit der Rolltreppe in den Untergrund. Die Fahrt hinab zum Bahnsteig, der sich tief unterhalb der Stadt befand, erschien im endlos. Mit Hilfe des Wörterbuchs und einer Kopie des Metroplans versuchte er, sich zurechtzufinden. Ihm fiel ein Stein vom Herzen, als er endlich herausbekam, in welche Richtung er fahren musste, und er wenig später endlich im Zug saß. Poshtova Ploshcha stieg er aus. Der Bahnsteig war in blaues Licht getaucht.

Es ließ ihn an die Anti-Junkie-Beleuchtung denken, mit der daheim viele öffentliche Toiletten ausgestattet waren. Am anderen Ende des Bahnsteigs entdeckte er schließlich die Quelle des blauen Lichts, ein beleuchtetes Buntglasgemälde. Als er bemerkte, dass alle anderen Fahrgäste den Bahnsteig längst verlassen hatten, wurde er unruhig. Er versuchte, die kyrillischen Wegweiser zu entziffern und sich zu orientieren, nahm den Ausgang in Fahrtrichtung und stieg die Treppe zum Platz über der Metrostation hinauf. Dort zog ihn die riesige Werbetafel eines Schweizer Multis in den Bann, die für löslichen Kaffee warb. Er befand sich oberhalb von Podil und erfreute sich an dem überwältigenden Ausblick auf den Stadtteil, die goldene Kuppel der Andreaskirche, den Hafen und den Dnjepr. Podil war bis zum neunzehnten Jahrhundert das Armenhaus Kiews gewesen. Dann war der Stadtteil zum wichtigsten Handelsplatz und Zentrum der Juden in der Stadt aufgestiegen. Die meisten von ihnen waren kurz nach der Besetzung durch die Wehrmacht im September 1941 von der SS in der nahen Schlucht von Babij Jar erschossen worden.

Thomas schaute auf sein Handy und freute sich, dass er noch Zeit hatte, um zum Hafen hinunterzugehen. Über eine Fußgängerbrücke gelangte er zum Dnjepr. Dort versperrte eine Insel die Sicht auf das andere Ufer. Er bestaunte das imposante Gebäude des Passagierhafens, mit seinem Aussichtsturm und den sowjetischen Fresken am Eingang, den die Kiewer stolz Flussbahnhof nannten. Am Kai lag ein Ausflugsschiff vor Anker. Etwas weiter an der Promenade entlang erinnerte ein sowjetisches Ehrenmal an den Großen Vaterländischen Krieg. Ein Soldat mit entblößtem Oberkörper und entschlossenem Gesichtszug reckte ein Gewehr gen Himmel, ein Matrose verharrte im Angriff, einer lag verletzt am Boden. Kiew, die Heldenstadt, hatte es in der Sowjetzeit geheißen. Er schoss ein paar Fotos, überquerte die Straße und schlenderte zum Kontraktova Ploshcha, dem Zentrum von Podil. Vollbesetzte Straßenbahnen ratterten an ihm vorbei. Alte Frauen mit Kopftüchern mühten sich mit vollgepackten Taschen ab. Auf einer Parkbank sonnten sich zwei alte Damen, ein Mann war eingenickt. Thomas entdeckte ein Café, fand draußen einen freien Platz, bestellte einen Kaffee und beobachtete das Treiben auf der Straße. Die Ukrainer legten offenbar großen Wert auf ihre Kleidung. Nicht nur Frauen, auch Männer. Viele trugen elegante Anzüge.

Das Gebäude der Ukrainischen Nationalstiftung lag an der Wulysja Frunze unweit des Zentrums von Podil. Die Pförtnerin lachte über Thomas' unbeholfenen Versuch, sie auf Ukrainisch zu begrüßen. Seine Frage nach Nusia Babanko verstand sie aber. Sie deutete auf die Treppe und gab ihm mit einer Geste zu verstehen, dass er sie im zweiten Stock finden würde. Auf dem ersten Treppenabsatz begegnete er einem älteren Herrn in Anzug und Krawatte und sprach ihn auf Englisch an. Der Mann reagierte verblüfft, verstand aber, dass er zu Nusia Babanko wollte, und bat Thomas, ihm zu folgen. Er führte ihn im zweiten Obergeschoss zu einer Tür und trat ohne zu klopfen ein. Im Zimmer saßen drei Frauen hinter Schreibtischen und Bergen von Papieren. Sie schauten gespannt von ihrer Arbeit auf und schienen sich herzhaft über Thomas' »dobryi djen!« zu amüsieren. Eine zierliche junge Frau kam freudestrahlend auf ihn zu und streckte ihm ihre Hand entgegen. Sie trug ein strenges, graugestreiftes Kostüm und ein silbernes Kettchen am Handgelenk.

»Herzlich willkommen! Sie müssen Thomas Krüdewagen sein«, meinte sie. »Ich bin Nusia Babanko. Hatten Sie eine gute Reise?«

»Danke«, erwiderte er. »Ich bin vom Flughafen abgeholt und direkt zu meiner Unterkunft am Republikansky Stadion chauffiert worden.«

»Schön«, sagte sie und stellte ihm ihre Kolleginnen Svenja und Tatjana vor. »Haben Sie bereits etwas von Kiew gesehen?«

»Ja, ein bisschen. Ich bin gestern Abend über den Chreščatyk-Boulevard geschlendert und habe mir Podil angeschaut. Eine ausführliche Stadtbesichtigung steht erst übermorgen auf meinem Programm. Morgen besuche ich Juri Svcenko.« Thomas setzte sich auf den Stuhl, den Nusia aus einem Büro nebenan geholt hatte.

»Herr Sevcenko erwartet Sie morgen Mittag in Khutor Moklyaki. Er freut sich sehr, Sie kennen zu lernen. Dem alten Herrn scheint es wieder etwas besser zu gehen. Seine Tochter Ljuba lebt in Kiew und wird Sie begleiten. Ich habe gestern noch mit ihr telefoniert. Sie steht auch in Kontakt mit Irina.«

»Das ist ja toll! Ich bin schon sehr gespannt auf den Besuch. Danke für die großzügige Unterstützung.«

»Das ist doch selbstverständlich. Wenn ich Ihre Mail richtig im Kopf habe, steht Ihre Reise im Zusammenhang mit einer journalistischen Recherche. Woran arbeiten Sie genau?«

»Ich bin vor einigen Monaten durch Zufall auf ein vergessenes Verbrechen an Zwangsarbeitern in Grüneck gestoßen. Genau genommen handelt es sich um zwei Fälle, bei denen sowjetische Zwangsarbeiter ermordet wurden, Ende März und Anfang April 1945.«

»Haben Sie die Namen der Opfer herausfinden können?«, erkundigte sich Babanko.

»Ja, einer hieß Alexej Kovalev, der andere Nikolai Subarew. Sie stammten beide aus der Ukraine und wurden in Grüneck standrechtlich erschossen. Ihnen wurde der Mord an einer jungen Frau aus dem Dorf angehängt. Beweise gab es keine. Es scheint vielmehr ein Fall von Lynchjustiz gewesen zu sein. Kurz vor Kriegsende hat es in Westfalen viele solcher Verbrechen an Zwangsarbeitern und Kriegsgefangenen gegeben. Sie wurden nie aufgeklärt, die Schuldigen nicht bestraft und die Opfer vergessen. Ein paar Tage bevor die Amerikaner in Grüneck einrückten, wurde eine weitere Gruppe sowjetischer Gefangener in einem Eichenwald ermordet. Die Zahl und die Namen der Ermordeten sowie die genauen Umstände dieses Verbrechens konnte ich bisher nicht herausfinden.«

»Gibt es Unterlagen?«

»Ja, im Kreisarchiv habe ich eine Akte der Gendarmerie mit umfangreichen Dokumenten entdeckt. Ich schicke Ihnen gern eine Liste mit den Personalien aller alliierten Staatsbürger, die ich in der Akte gefunden habe. Sie scheint aber sehr unvollständig zu sein und nur Namen von Zwangsarbeitern zu enthalten, die polizeilich in Erscheinung getreten sind. Der Name von Juri Sevcenko taucht beispielsweise in der Akte nicht auf.«

»Und was versprechen Sie sich von dem Besuch bei Herrn Sevcenko?«

»Vielleicht weiß er etwas über diese Verbrechen. Außerdem interessiert mich natürlich, wie er die Zeit in Grüneck erlebt hat. Ich bin dort aufgewachsen.«

»Ach so.«

»Sammeln Sie hier auch historische Dokumente?«, fragte Thomas.

»Nein, für eine Archivierung fehlt uns das Geld. Unsere Aufgabe war es, die Anträge ehemaliger Zwangsarbeiter zu bearbeiten und die Stiftungsgelder aus Deutschland auszuzahlen. Nun leisten wir überwiegend humanitäre Hilfe für Überlebende, die leer ausgegangen sind. Anspruch auf Geldleistungen aus der Bundesrepublik haben nur Industriearbeiter, KZ-Häftlinge und Kriegsgefangene, andere Gruppen bekommen nichts.«

»Ja, ich habe die Debatte verfolgt. Das ist beschämend.«

»Gemeinsam mit deutschen Initiativen setzen wir uns dafür ein, dass diese Leute wenigstens eine kleine humanitäre Unterstützung erhalten. Ich habe aber wenig Hoffnung, dass wir damit Erfolg haben.«

»Ich fürchte, da haben Sie recht.«

»Leider reicht das Geld aus dem Fonds hinten und vorne nicht. Außerdem kommt die Hilfe für die meisten eh zu spät. Viele sind längst gestorben. Sie können von Glück reden, dass überhaupt noch jemand lebt, der nach Grüneck verschleppt wurde.«

»Ja, das kann ich mir denken«, bemerkte Thomas.

»Es wäre nett, wenn Sie nach Ihrem Besuch in Khutor Moklyaki noch einmal vorbeischauen. Mich interessiert natürlich brennend, wie es gelaufen ist.«

»Das mache ich gern«, versprach er.

»Stellen Sie sich auf eine anstrengende Fahrt ein. Es ist eine lange und beschwerliche Reise.« Thomas zog die Stirn in Falten. »Aber machen Sie sich keine Sorgen. Die Straßen sind sehr gut ausgebaut, nur das letzte Stück zur Kolchose ist nicht befestigt«, fügte sie hinzu.

»Es wird schon werden. Nochmal vielen Dank für alles. Ich komme übermorgen wieder vorbei und erzähle Ihnen alles.«

»Kommen Sie am besten gegen Mittag. Dann gehen wir etwas essen.«

Beim Verlassen des Gebäudes saß die Pförtnerin immer noch an ihrem Platz.

»Do pobatschennja!«, sagte er unbeholfen. Sie lächelte und erwiderte in gebrochenem Deutsch: »Auf Wiedersehen!« Er grinste und verließ das Gebäude.

Auf der Wulysja Frunze kramte er den Stadtplan aus der Tasche. Die Schlucht von Babij Jar war in unmittelbarer Nähe von Podil, hatte er auf der Karte gesehen. Um mit der Metro dorthin zu gelangen, musste er allerdings einen großen Umweg machen. Das dauerte bestimmt eine Stunde. Bis dahin wäre er verhungert. Auf dem Chreščatyk hatte er am Vorabend ein nettes kleines Restaurant entdeckt. Er nahm die Metro, stieg an der Flaniermeile aus und fand das Lokal unweit der Station auf Anhieb wieder. Die Speisen in der Auslage ließen ihm das Wasser im Mund zusammenlaufen. Er trat ein. Die Einrichtung unterschied sich kaum von dem Döner-Imbiss, den er gelegentlich in der Kölner Innenstadt aufsuchte. Er zeigte auf ein Gericht in der Auslage. Er begriff nicht sofort, worauf die junge Frau hinter der Theke hinauswollte, die auf eine Kollegin an der Kasse gezeigt hatte, doch dann verstand er, dass er vor der Bestellung zahlen musste. Er nahm sein Wörterbuch zur Hand, prägte sich einige Vokabeln ein und bestellte »warenyky z hrybamy« – Teigtaschen mit Pilzen. Die Kassiererin tippte einen Betrag ein und er zahlte die Summe, die er auf dem Display ablas. Dann reichte er der Bedienung stolz den Bon über die Theke und bekam prompt die gewünschte Speise auf die Theke gestellt.

»Djakuju«, danke, sagte er und setzte sich mit dem Teller an einen freien Tisch. Es schmeckte ausgezeichnet. Anschließend bestellte er einen Kaffee und rauchte entspannt die erste Zigarette seit seiner Ankunft in der Ukraine.

Eine Stunde später stieg er am Dorohozhychi aus der Metro. Der Schriftzug der Station auf dem Bahnsteig schien hebräischen Schriftzeichen nachempfunden zu sein. Thomas suchte den Ausgang und landete in einer Ladenzeile. Der erste Aufgang führte ihn auf eine Schnellstraße. Er lief zurück zur Metro und fand kurz darauf den Eingang zum Park. Das Denkmal für die ermordeten Kinder von Babij Jar erkannte er sofort. Er ließ sich auf einer Parkbank gegenüber nieder, betrachtete die Bronzeplastik, die ein Kind und zwei zerstörte Puppen darstellte, und dachte an Jewgenij Jewtuschenko. »Da steht keinerlei Denkmal« hatte der Dichter 1961 in der ersten Zeile seines Gedichts über den Massenmord von Babij Jar geklagt und sich damit den Zorn der Mächtigen im Kreml zugezogen. Es sollte dreißig Jahre dauern, bis das erste Mahnmal für die ermordeten Kiewer Juden errichtet wurde. Einer der wenigen, die damals für Jewtuschenko Partei ergriffen und bereits in den Sechzigerjahren für ein Denkmal eingetreten waren, war der Komponist Dimitri Schostakowitsch. Auf der Grundlage von Jewtuschenkos Gedicht hatte er die 13. Sinfonie komponiert, die Thomas vor ein paar Wochen zum ersten Mal gehört hatte. Nach dem Sieg über die Wehrmacht hatte Stalin überall in der Sowjetunion Denkmäler errichten lassen, die an den Großen Vaterländischen Krieg erinnerten. Der jüdischen Opfer des Holocaust wurde nicht gedacht. Weil Jewtuschenko es gewagt hatte, den Antisemitismus offen anzusprechen, hatte man ihm damals vorgeworfen, zum Rassenhass aufgerufen zu haben. Es hat viel Mut erfordert, sich in der Sowjetunion mit den Mächtigen anzulegen und die offizielle Geschichtspolitik zu hinterfragen, dachte Thomas. Doch wir Deutschen haben keinen Grund, uns über das offizielle Gedenken in der Sowjetunion zu erheben. Denn während dort der Große Vaterländische Krieg die Erinnerung an den Holocaust überlagerte, waren bei uns die Mörder längst wieder in Amt und Würden.

In der Schlucht von Babij Jar hatten Einsatzgruppen der Sicherpolizei und des SD am 29. und 30. September 1941 über 33.000 Kiewer Juden ermordet. Thomas hatte in der Wehrmachtsausstellung erstmals davon erfahren. Die Wehrmacht hatte logistische Unterstützung für den Massenmord geleistet, die Stadt abgesperrt und anschließend Teile der Schlucht gesprengt, um die Leichenberge zu verbergen. Die Habseligkeiten der Ermordeten wurden an Wehrmachtssoldaten verteilt. In den folgenden Monaten hatten die Deutschen Tausende weiterer Juden, Roma und Sinti sowie Kriegsgefangene in Babij Jar erschossen. Insgesamt wurden in der Schlucht mehr als hunderttausend Menschen ermordet. Als Vorwand für das monströse Massaker von 1941 hatte die Detonation mehrerer Bomben im Kiewer Stadtzentrum herhalten müssen, bei denen das Hauptquartier der Wehrmacht im Hotel »Continental« zerstört wurde und Hunderte deutscher Soldaten und Offiziere starben. Die Besatzer hatten Juden für diese Sabotageaktion sowjetischer Partisanen verantwortlich gemacht und so versucht, Einfluss auf die ukrainische Bevölkerung zu nehmen, die unter Kriegszerstörungen und Hunger litt. Die Deutschen hatten in der Ukraine fast alle Juden, derer sie habhaft wurden, ermordet.

Thomas folgte den Spaziergängern in den Park und lief zu dem Mahnmal, das 1967 hier errichtet worden war. Auf dem Sockel des mächtigen poststalinistischen Monuments lagen zahlreiche Kränze. Erst 1991 war in der Nähe ein weiteres Denkmal aufgestellt worden, eine Menora, die den jüdischen Opfern des Massenmords gewidmet war. Er war entsetzt, die Gedenkstätte geschändet und teilweise zerstört vorzufinden. Eine alte Frau legte am Mahnmal in Form des siebenarmigen jüdischen Leuchters Blumen nieder. Die Sonne ging schon unter, als er den Park verließ und mit der Metro ins Stadtzentrum zurückkehrte. An der Station Palats Sport stieg er aus und lief von dort zu Fuß zur Krasnoarmeyskaya. In der Nähe der Wohnung kehrte er in einem Lokal ein und aß eine Kleinigkeit. Als er gerade gezahlt hatte und den Imbiss verlassen wollte, klingelte sein Handy.

»Hallo, hier ist Irina. Ich hoffe, Sie sind gut angekommen und es ist alles gut gelaufen?«

»Ja, es hat alles wunderbar geklappt, vielen Dank! Alex hat mich vom Flughafen abgeholt. Heute habe ich Nusia Babanko in Podil besucht und Babij Jar besichtigt.«

»Dann sind Sie ja bereits mit der Kiewer Metro vertraut?«

»Ja, ein bisschen.«

»Was meinen Sie, finden Sie den Weg zur Metrostation Petrivka alleine?«

»Ja, sicher.«

»Würden Sie morgen früh dorthin kommen? Von dort kommt man mit dem Auto viel besser aus der Stadt heraus.«

»Na, klar!«

»Schön, dort gibt es einen McDonalds. Da erwarte ich Sie um sieben. Der Chauffeur kommt auch dahin.«

»Und wie erkennen wir uns?«, fragte Thomas.

»Geben Sie mir eine kurze Beschreibung von sich.«

»Ich bin einsfünfundachtzig, blond und trage eine dunkle Lederjacke.«

Irina lachte. »Okay, ich komme auf Sie zu.«

»Bis morgen!« Er steckte das Handy ein, verließ das Lokal, kehrte zu seiner Wohnung zurück und ging bald zu Bett. Er wollte morgen ausgeruht sein, war aber zu aufgewühlt, um einzuschlafen. Seine Gedanken kreisten um die bevorstehende Reise nach Khutor Moklyaki, Juri Sevcenko und seinen Großvater. Sollte er dem alten Mann als Enkel gegenübertreten? Ihm würde wahrscheinlich nichts anderes übrig bleiben, auch wenn es ihm schwer fiel.

Am nächsten Morgen wachte Thomas sehr früh auf. Kurz vor sechs stand er auf, machte sich frisch, zog sich an, verstaute Aufnahmegerät, Mikrofon und Kamera sowie die Geschenke für Juri Sevcenko und seine Familie in der Tasche und verließ die Wohnung. Draußen war es lausig kalt. Auf der gegenüberliegenden Straßenseite schien bereits die Sonne. Er überquerte deshalb die Krasnoarmeyskaya und lief zur Metrostation am Stadion. Die U-Bahn war total überfüllt, halb Kiew schien bereits auf den Beinen zu sein. An der Petrivka stieg er aus. Auf dem Bahnsteig wiesen zahlreiche Werbeschilder auf den nahe gelegenen Markt hin. Er nahm die Rolltreppe, ging die Treppe zum Ausgang hoch und fand sich neben einer stark befahrenen Straße wieder. Auf dem Mittelstreifen ragte das unübersehbare Markenzeichen des Fastfood-Konzerns empor. Es war zehn vor sieben. Er betrat das Restaurant und wunderte sich, dass die meisten Tische um diese Uhrzeit bereits besetzt waren. Ob er noch einen Kaffee bestellen sollte? Doch dafür war es zu spät. Um Irina nicht zu verpassen, ging er wieder vor die Tür, stellte die schwere Tasche neben dem Eingang ab und wartete dort.

Kurz nach sieben sprach ihn eine Frau an. Sie war noch keine vierzig, ungefähr einsfünfzig, hatte blaue Augen, rotblonde Haare, einen Kurzhaarschnitt und trug ein elegantes grünes Kostüm. Ein Mauerblümchen war sie nicht.

»Hallo, Sie sind bestimmt Thomas.«

»Ja, woher wissen Sie das?«

Sie lächelte. »Sehen Sie, ich habe gesagt, ich erkenne Sie. Haben Sie lange gewartet?«

»Nein«, erwiderte er und reichte ihr die Hand. »Ich freue mich, dass alles so gut geklappt hat.«

»Kommen Sie, wir müssen uns beeilen! Der Chauffeur wartet bereits um die Ecke. In einer halben Stunde müssen wir Juri Sevcenkos Tochter abholen und das ist bei dem Verkehr eigentlich kaum zu schaffen.« Irina wirkte ziemlich taff, offen und professionell. Wahrscheinlich war sie ständig mit Ausländern wie ihm unterwegs, die irgendwelche Geschäfte in der Ukraine zu erledigen hatten, vermutete er. An der Ausfallstraße wartete ein schwarzer Lada älteren Baujahrs mit geöffneter Kühlerhaube am Straßenrand.

»Parken ist hier verboten. Für den Fall, dass die Miliz vorbeikommt, hat der Fahrer eine Panne vorgetäuscht, ein Taxifahrertrick.« Irina zwinkerte ihm zu.

»Dobryi djen«, begrüßte Thomas den Chauffeur, aber der würdigte ihn keines Blickes und verstaute stumm sein Gepäck im Kofferraum. Sie stiegen ein und fuhren los. Irina unterhielt sich lautstark mit dem Fahrer.

»Gibt es ein Problem?«, fragte Thomas besorgt.

»Nein, wir diskutieren, welche Strecke am besten ist. Über die Autobahn ist es weiter, aber es geht viel schneller.« In der Stadt ging es nur langsam voran und wenig später standen sie im ersten Stau. »Das ist hier immer so. Kiew ist ständig verstopft. Nach Möglichkeit nimmt man die Metro«, erklärte Irina und diskutierte weiter mit dem Fahrer bis ihr Handy klingelte.

»Ljuba wartet schon auf uns. Sie muss sich etwas gedulden«, sagte sie und wandte sich wieder dem Fahrer zu. Eine knappe Stunde später hielten sie an einer Kreuzung.

»Hier muss es sein«, bedeutete Irina ihm. »Kommen Sie, wir müssen sie suchen.« An der Straße warteten zahlreiche Pendler auf ihren Bus oder standen an einer der vielen Imbissbuden Schlange. Sie drängten sich durch die Menge. Irina telefonierte.

»Sie steht weiter hinten«, meinte sie. Kurz darauf sprach sie eine Frau an. Sie wirkte wie aus dem Ei gepellt, war einen Kopf kleiner als Thomas, hatte lange blonde Haare, war stark geschminkt und trug eine rote Lederjacke, enge Jeans und hochhackige schwarze Schuhe. Irina begrüßte sie wie eine alte Bekannte. Sie lachten. »Das ist Ljuba«, stellte sie Sevcenkos Tochter vor. Thomas schüttelte ihr die Hand. Sie schaute ihn freudig an und sagte etwas auf Ukrainisch. Ljuba hatte strahlend blaue Augen und ein offenes Lachen. Ein Bild von einer Frau, dachte er. Sie war in seinem Alter. Sein Angebot, ihre Tasche zu tragen, lehnte sie dankend ab. Sie liefen zum Wagen und stiegen ein. Der Fahrer packte Ljubas Gepäck ebenfalls in den Kofferraum. Während der Fahrt unterhielten sich die beiden Frauen angeregt mit dem Chauffeur.

»Wir diskutieren immer noch über den schnellsten Weg nach Khutor Moklyaki«, meinte Irina grienend. »Für die dreihundert Kilometer werden wir mindestens vier Stunden brauchen.«

Eine gute halbe Stunde später ließen sie endlich die Stadt hinter sich und erreichten die Autobahn nach Westen. Nun gab der Fahrer Gas und raste mit hoher Geschwindigkeit Richtung Shytomir. Er blieb meistens auf der Überholspur. Sevcenkos Tochter fragte Thomas nach den Gründen für seine Reise in die Ukraine. Irina übersetzte. Er berichtete von seiner Recherche über die Nazi-Verbrechen in Grüneck und den Kontakt zur Stiftung in Kiew.

»Ich bin in Khutor Moklyaki aufgewachsen und lebe jetzt mit meinem Mann und zwei erwachsenen Töchtern in Kiew«, erzählte Ljuba. »Die beiden studieren. Ich arbeite in einem großen Hotel. Alle paar Wochen fahre ich am Wochenende zu meinem Vater aufs Land. Er wäre sehr gern nach Deutschland geflogen, traut sich die beschwerliche Reise aber nicht zu. Ich hätte ihn gern begleitet. Er ist im Sommer achtzig geworden und hat offene Beine, die nicht mehr verheilen. Er freut sich sehr, dass Sie kommen und kann es noch gar nicht fassen.«

»Der Fabrikbesitzer Herbert Schürmann war mein Großvater«, vertraute er ihr an. »Er ist 1989 mit dreiundneunzig Jahren gestorben. Ich hatte seit meiner Kindheit keinen Kontakt mehr zu ihm.«

»Wir haben uns schon gefragt, ob Sie wohl der Enkel sind, warum sollten Sie sonst die weite Reise hierher machen?«

»Ich habe mit der Familie Schürmann kaum Kontakt, nur meine Mutter besuche ich ab und zu in Grüneck«, versuchte er eine Erklärung. »Ich habe erst vor ein paar Monaten durch Zufall erfahren, dass in der Fabrik meines Großvaters Zwangsarbeiter beschäftigt waren. Ich möchte gern wissen, was damals in Grüneck passiert ist und wie es Ihrem Vater in Deutschland ergangen ist.«

»Mein Vater hat uns Kindern oft von der Zeit erzählt und uns sogar deutsche Kinderlieder beigebracht. Die Texte habe ich nicht mehr im Kopf, aber die Melodien.«

Die Landschaft raste an ihnen vorüber. Sie war flach und eintönig. Bis zum Horizont erstreckten sich links und rechts der Autobahn riesige Felder. Sie waren bereits abgeerntet, viele lagen brach. Hinter Shytomir stoppten Milizionäre den Wagen. Der Chauffeur stieg aus und sprach mit den Uniformierten. Es war später Vormittag und sehr warm.

»Waren wir zu schnell?«, fragte Thomas beunruhigt.

»Nein, die Miliz knöpft ihm nur ein paar Hrywnja ab. Gründe finden sie dafür immer«, erwiderte Irina lapidar. Der Chauffeur kam zurück, steckte seine Papiere ein und verzog keine Miene. Bei Nowohard-Wolynskvj verließen sie die Autobahn und bogen auf eine Schnellstraße Richtung Norden. Am Straßenrand saßen drei alte Frauen und boten Gemüse und Obst an, das sie vor sich auf Decken ausgebreitet hatten.

»Als meine Mutter noch lebte, besserten meine Eltern ihre kleine Rente auch mit dem Verkauf von Gemüse auf«, bemerkte Ljuba. »Mutter machte die Gartenarbeit. Vater hat ein steifes

Bein und kann sich nicht mehr bücken. Er hält ein paar Hühner, damit er zumindest immer frische Eier hat.«

»Wie hoch ist denn seine Rente?«, wollte Thomas wissen.

»Dreihundertundachtzig Hrywnja. Viel ist das nicht.«

»Wie viel ist das umgerechnet in Euro?«

»Knapp sechzig«, erklärte Irina. »Damit kann man auch auf dem Land kaum über die Runden kommen. Die alten Leute sind die Verlierer der neuen Zeit. Sie leiden unter Armut und unzureichender medizinischer Versorgung. Ein staatliches Gesundheitssystem existiert nur auf dem Papier. Wer im Krankenhaus kein Geld auf den Tisch legt, wird nicht behandelt.«

»Als die Kolchose in Khutor Moklyaki Anfang der Neunzigerjahre aufgelöst wurde, haben nur die Direktoren davon profitiert«, erzählte Ljuba Sevcenko. »Das Land wurde zwar offiziell an alle Mitglieder der Kolchose verteilt, aber bis heute nicht auf die Leute im Dorf überschrieben.«

»Kann man dagegen nicht klagen?«, fragte Thomas.

»Im Prinzip ja, aber einen Rechtsanwalt kann mein Vater nicht bezahlen und der Papierkram ist total aufwendig. Ich habe dafür keine Zeit. Außerdem kann er das Land eh nicht bearbeiten.«

»Aber er könnte es verkaufen«, meinte Thomas. Ljuba lachte.

»In der Ukraine ist Land bisher nicht verkäuflich«, erklärte Irina. »Das soll sich aber demnächst ändern. Zwar wird im Parlament bereits seit langem darüber diskutiert, aber noch ist es nicht so weit. Bis jetzt sind nur Immobilien frei verkäuflich, die Mietpreise entsprechend hoch.«

Nun verließen sie die Schnellstraße und nahmen eine kleinere Landstraße Richtung Jemiltschyne. Sie waren bereits seit über vier Stunden unterwegs. Der Fahrer kurbelte das Fenster herunter und rauchte. Auch Irina und Ljuba zündeten sich Zigaretten an. Irina bot Thomas eine an, er lehnte dankend ab. Nach wenigen Kilometern bogen sie von der asphaltierten Straße ab auf eine unbefestigte Sandpiste. Nun ging es im Schritttempo weiter und der Lada zog eine riesige Staubwolke hinter sich her.

»Jetzt sind wir bald da«, kündigte Irina an, die sich hinten die ganze Zeit mit Ljuba unterhalten hatte. »Es sind nur noch ein paar Kilometer.« Sie holperten über die Piste.

»Khutor Moklyaki!«, rief Ljuba plötzlich und zeigte nach rechts. Sie war ganz aufgekratzt. Hinter abgeernteten Feldern sah Thomas zwischen hohen Bäumen eine Ansammlung von Häusern auftauchen. Wenig später erreichten sie den Ort. Etwas abseits von der Sandpiste, die sich schurgerade durchs Dorf zog, standen rechts und links ein paar ärmliche Häuser. Der Bretterzaun, der die Grundstücke von der Piste abschirmte, war an einigen Stellen eingedrückt.

»Hier ist es«, sagte Ljuba. Der Chauffeur bremste abrupt und stellte den Lada am Wegrand ab. Thomas machte in Gedanken drei Kreuze und stieg aus. Er war etwas benommen. Erst jetzt merkte er, dass er während der rasanten Fahrt total angespannt gewesen war.

Juri Sevcenko erwartete seine Gäste bereits vor dem Gartentor. Der Zaun war total verrottet, einige Bretter herausgebrochen. Sevcenko stützte sich auf einen Stock und bat sie herein. Das Haus war einstöckig und mit einem kleinen Vorbau versehen, eine Art Wintergarten mit großen Fenstern. Der Vorbau und die Fensterrahmen waren blau, die Hauswände weiß gestrichen. Die Farbe war ausgeblichen und an vielen Stellen ganz abgeblättert, so dass die massiven Vierkanthölzer, mit denen das Blockhaus errichtet worden war, zu erkennen waren.

»Herzlich Willkommen!«, begrüßte Sevcenko Thomas auf Deutsch und drückte ihm kräftig die Hand.

»Dobryi djen«, erwiderte er. Sie lachten beide. Sevcenko betrachtete seinen Gast aufmerksam und bemerkte schmunzelnd irgendetwas auf Ukrainisch.

»Ganz der Großvater!«, übersetzte Irina. Alle lachten. Thomas erstarrte. Womit habe ich das verdient, dachte er, ließ sich aber von der allgemeinen Stimmung mitreißen und quälte sich ein Lächeln ab. Sevcenko verständigte sich kurz mit seiner Tochter und begleitete seine Gäste durch eine verwitterte Tür hinters Haus. Er war fast so groß wie Thomas, hatte schütteres graues Haar, trug ein frisch gebügeltes, weißes Hemd, eine dunkle Hose und abgetragene Turnschuhe. Er wirkte sehr energisch und hatte eine kräftige, tiefe Stimme und unterstrich, was er sagte, mit ausholenden Gesten. Obwohl er auf den Stock angewiesen war, wirkte er für sein hohes Alter ausgesprochen rüstig.

Der Innenhof entpuppte sich als Kleinod. Eine Weinlaube spendete Schatten. Zwei Bänke und ein langer Tisch aus Holz boten Platz für eine kleine Gesellschaft. Thomas stellte seine schwere Tasche ab, zog die Tüte mit den Geschenken heraus und folgte den anderen ins Haus. Es bestand nur aus zwei Räumen, einer kleinen Küche und einem Schlafzimmer. Die Zimmer wirkten dunkel und feucht. Thomas nahm einen leicht muffigen Geruch wahr. Die Küche war äußerst spärlich eingerichtet. Außer einem kleinen Tisch und zwei Stühlen gab es einen winzigen Herd mit einem Wasserkessel sowie ein kleines Regal mit Geschirr und ein paar Töpfen an der Wand. Ljuba packte ihre Tasche aus und machte sich sofort am Herd zu schaffen. Der Hausherr zeigte seinen Gästen das Schlafzimmer. Über einem alten hölzernen Doppelbett, das den Raum fast vollständig ausfüllte, hing eine Ikone. Vor dem Fenster stand eine alte Kommode, darauf befanden sich eine vergilbte Spitzendecke und das Foto einer alten Frau.

»War das Ihre Frau?«, fragte Thomas und deutete auf das Bild.

»Ja, sie ist vor zwei Jahren gestorben«, antwortete Sevcenko.

»Das tut mir leid.«

Zurück in der Küche überreichte Thomas Sevcenko und seiner Tochter die Geschenke, löslichen Kaffee, Pralinen, Schokolade und einen Umschlag für den alten Herrn.

»Das ist für Sie! Lassen Sie sich in einem Krankenhaus in Kiew behandeln«, bat er seinen Gastgeber. Sevcenko schaute flüchtig in den Umschlag, bedankte sich und legte ihn auf die Kommode. Thomas' Befürchtung, die Situation könnte peinlich werden, erwies sich zum Glück als unbegründet und er entspannte sich.

»Ich habe viele Fragen, möchte natürlich alles über Ihre Zeit in Deutschland wissen und habe ein kleines Interview vorbereitet. Können wir uns irgendwo hinsetzen und in aller Ruhe miteinander reden?«, fragte er.

»Ja sicher, wir können uns in den Garten setzen«, übersetzte Irina Sevcenkos Antwort.

Thomas folgte ihnen vors Haus.

»Ich würde unser Gespräch gern auf Band aufzeichnen. Ist das in Ordnung?«, erkundigte er sich.

Sevcenko sah Irina fragend an. Nachdem sie es ihm erklärt hatte, stimmte er spontan zu. Thomas holte die Tasche mit dem Aufnahmegerät und dem Mikrofon aus dem Innenhof, brachte sich einen Stuhl mit und packte das Equipment aus. Sevcenko und Irina nahmen auf der Bank vor dem Haus in der Sonne Platz. Thomas setzte sich ihnen gegenüber und erzählte von seiner Recherche und wie er auf ihn gekommen war und dass er der letzte Überlebende der Zwangsarbeiter war, die in Grüneck gewesen waren.

»Dann musste ich erst alle überleben, um Sie hier zu empfangen«, meinte Juri Sevcenko und lachte lauthals.

Dem sitzt ja der Schalk im Nacken, dachte Thomas.

»Ich bin hierhergekommen, um Sie kennen zu lernen und von Ihnen zu erfahren, wie Sie nach Deutschland gekommen sind, was Sie in Grüneck erlebt haben und wie Ihr Leben nach Ihrer Rückkehr in der Ukraine verlaufen ist«, erklärte er. »Ich bin Journalist und plane eine Veröffentlichung zum Thema Zwangsarbeit. Deshalb möchte ich unser Gespräch auf Band aufzeichnen.« Sevcenko nickte zustimmend und beobachtete neugierig, wie er das Mikrofon anschloss und das Aufnahmegerät durchcheckte. Die Sonne brannte und der Schweiß rann Thomas von der Stirn.

»Sind Sie in diesem Dorf geboren?«, begann er schließlich und hielt Sevcenko das Mikrofon hin.

»Ja, am dreiundzwanzigsten März 1926. Ich habe fünf Jahre die Schule besucht und musste dafür in ein anderes Dorf laufen. Wir waren sehr arm und trugen Holzschuhe.«

»Wie weit war der Weg zur Schule?«

»Wir waren fast eine Stunde unterwegs. Heute gibt es hier im Dorf eine Schule.«

»Wer waren Ihre Eltern?«

»Meinen Vater habe ich nicht gekannt. Meine Mutter erzählte, er habe während der Revolution einer Reiterarmee angehört und sei im Hungerjahr 1926 noch vor meiner Geburt gestorben. Sie kam aus Belarus und hat meinen Vater dort kennen gelernt. Er hat sie hierher gebracht. Meine Schwester ist drei Jahre jünger und wir wuchsen hier in der Kolchose auf. Meine Mutter war Melkerin.«

»Wie war das, als die Deutschen diesen Landstrich besetzt haben?«

»Anfangs haben viele Leute die Wehrmacht als Befreier angesehen. Schließlich lebten wir hier in der Gegend mit den Deutschen seit Jahrhunderten in guter Nachbarschaft. Außerdem hofften die Menschen auf bessere Zeiten. Unter Stalin waren alle, die ein Stück Land besaßen, als Kulaken verschrien, verhaftet und verbannt oder sogar getötet worden. Auch aus unserem Dorf wurden etliche Bauern nach Sibirien verschleppt. Deshalb gab es hier viele, die mit den Deutschen kollaboriert haben. In der Westukraine wurden zwei SS-Divisionen aufgestellt. Viele Leute glaubten, die Deutschen brächten die Freiheit. Aber das war ein Irrtum. Die Deutschen ermordeten die Juden, stahlen das Vieh und nahmen auch mir das Pferd ab. Später zwangen sie die Leute zur Arbeit nach Deutschland.«

»Wann wurden Sie verschleppt?«

»Im Spätsommer 1942 mussten wir uns beim Dorfpolizisten in Moklyaki melden. Der hatte die Listen für den Transport erstellt. Wir wurden auf Lastwagen verladen und in Eisenbahnwaggons nach Deutschland transportiert. Nur einmal am Tag haben wir eine Kartoffel und ein bisschen Wasser erhalten. Wir wurden zuerst in ein Lager gebracht.«

»In Deutschland?«

»Ja, aber wo das war, das weiß ich nicht. Dort wurden wir aussortiert, je nachdem, wie gesund oder kräftig wir waren. Wir haben einen Aufnäher mit der Aufschrift ›Ost‹ bekommen und mussten ihn gut sichtbar auf der Jacke tragen.«

»Bekamen Sie Arbeitskleidung gestellt?«

»Nein, wir trugen das, was wir von zu Hause mitgebracht hatten. Kleidermarken gab es nicht. Im Winter bekamen wir eine gefütterte Jacke, aber die hielt nicht lange. Viele mussten Holzschuhe tragen. Ich hatte Glück, weil ich Stiefel besaß. In dem Lager waren außer uns ein paar Franzosen und einige Russen.«

»Wie kamen Sie zur Fabrik meines Großvaters?«

»Ein paar Tage nach unserer Ankunft in der Mühle kamen zwei elegante Herren in Anzügen und wählten uns aus. Wir wurden zu acht zur Fabrik Schürmann gefahren. Dort zeigte uns der Meister die Anlagen, die Pressen und die Teile, die wir produzieren sollten. Zuerst arbeitete ich an der Maschine, später als Schweißer.«

»Was wurde in der Fabrik hergestellt?«

»Zuerst Schlittenkufen, später Panzerketten. Die sind für den Panther bestimmt, haben die Deutschen gesagt.«

»Wie waren die Arbeitszeiten?«

»Wir arbeiteten sechs Tage in der Woche von sieben Uhr morgens bis sieben Uhr abends. Es gab eine halbe Stunde Mittagspause. Wenn viel zu tun war, mussten wir länger arbeiten, auch sonntags. Wenn es keine zusätzliche Arbeit gab, arbeiteten wir samstags bis eins und hatten sonntags frei.«

»Das heißt, Sie hatten einen Zwölfstundentag?«

»Ja, aber es war keine schwere Arbeit und sie hat mir gefallen. Wir waren ja noch jung. Das größte Problem war der Hunger. Morgens gab es nur Tee und ein Stück Brot, mittags eine dünne Suppe, meistens mit Kohl, manchmal mit Rüben, abends wieder Brot mit Tee. Ein Deutscher hat uns einmal ein Stück Brot für fünfzig Reichsmark verkauft. Wir baten ihn, mehr mitzubringen, aber er weigerte sich, aus Angst vor der Polizei. Meine Schwester, die in Österreich arbeiten musste, hat mir einmal eine Brotmarke in einem Paket geschickt. Daraufhin bin ich mit einem Freund in die benachbarte Stadt gelaufen. Eine Frau hatte erzählt, dass wir dort zusätzliches Brot umsonst bekommen könnten, vorausgesetzt, es war niemand anderes im Laden. Und tatsächlich hat uns die Bäckerin einen Laib zugesteckt, ohne dass wir dafür bezahlen mussten.«

»Wie waren Sie untergebracht?«

»In der Baracke neben der Fabrik hausten wir mit ungefähr zwanzig Leuten. Wir schliefen alle in Doppelstockbetten in einem Raum. Es war sehr eng, im Winter lausig kalt und im Sommer brütend heiß.«

»Gab es eine Bewachung?«

»Ja, es gab einen deutschen Wachmann. Eines Tages wurden wir von einem Ukrainer denunziert. Wir hätten fliehen wollen, hat er behauptet. In der darauf folgenden Nacht durchsuchten Polizisten mit gezogenen Pistolen das Lager und nahmen uns mit zum Verhör ins Polizeigefängnis, verprügelten uns heftig, ließen uns aber wieder frei.«

»Wurden Sie in der Fabrik angelernt und wie hat man sich mit Ihnen überhaupt verständigt?«

»Sie zeigten uns, welchen Knopf man an der Maschine drücken musste. Das wurde wiederholt und so haben wir allmählich verstanden. Der Meister kontrollierte die Arbeit. Er war ein brutaler Schläger und hat uns oft verprügelt. Einmal soll ich Zigaretten gestohlen haben. Wir hatten nur selten Tabak und rauchten deshalb alles Mögliche, Blätter von Himbeeren, Kartoffeln und so weiter.«

»Und mein Großvater, wie hat der sich verhalten?«

»Der hat uns immer korrekt behandelt«, beteuerte Sevcenko. »Einmal hat uns auch der Besitzer der Mühle verprügelt. Er schlug uns mit der Faust ins Gesicht und drohte mit der Polizei. Wir hatten im Bach Forellen gefischt. ›Kommt her‹, hat er geschrien. Obwohl ihm der Bach nicht gehörte, mussten wir den Fang in der Küche abliefern.«

»Hat mein Großvater auch geschlagen?«, insistierte Thomas.

»Nein, nie.«

Thomas wusste nicht, ob er das für bare Münze nehmen sollte. »Haben Sie Lohn ausgezahlt bekommen?«

Sevcenko lachte. »Ja, sie bezahlten uns mit weißem Papier, mit Geld, für das wir nichts kaufen konnten. Nur einmal bekamen wir zehn Reichsmark. Wir schickten sie nach Hause, aber sie kamen dort nie an.«

»Wurden Sie in Grüneck auch zu anderen Arbeiten herangezogen?«

»Ja, wir mussten sonntags ein paar Mal den Bauern bei der Kartoffelernte helfen. Nachdem der Chef sich darüber beschwert hatte, mussten wir nicht mehr dahin. Eine Zeitlang mussten einige Kollegen im Haus der Familie Schürmann arbeiten. Ich glaube, sie haben dort einen Bunker gebaut und bekamen dafür etwas zu essen. Ich war aber nicht dabei.«

»Wie war das Verhältnis zu den deutschen Kollegen?«

»Eine junge Frau hatte Angst vor Flugzeugen. Wir zogen sie deshalb immer auf. ›Schau, ein Flieger!‹, sagten wir. Es gab einen jungen Deutschen, einen Schmied. Er steckte mir ab und zu in einer Ecke heimlich Brot zu. Er wurde später verhaftet.«

Thomas horchte auf. »Können Sie sich an seinen Namen erinnern?«, fragte er.

»Warten Sie mal.« Sevcenko dachte nach. »Ich glaube, er hieß Conny«, antwortete er nach einer Weile.

»Wissen Sie, warum Conny verhaftet wurde?«

»Nein, aber er hatte ständig Ärger mit dem Chef. Eines Tages kam ein Polizist in die Fabrik und nahm ihn mit. Er war vom Dorfpolizisten ja bereits mehrmals verprügelt und verwarnt worden, weil er uns Essen und Tabak zugesteckt hatte.«

Thomas lief ein Schauer über den Rücken. Scheiße, mein Opa, dachte er. Vielleicht ging die Verhaftung auf seine Kappe. »Wer hat ihn denunziert?«, fragte er aufgeregt.

»Das weiß ich nicht«, meinte Sevcenko.

»Sein richtiger Name war wahrscheinlich Konrad Dransfeld«, erklärte Thomas. »Vielleicht war Conny sein Spitzname. Er wurde in ein KZ eingeliefert, hat aber überlebt. Er ist sehr früh gestorben und hatte einen Sohn.« Sevcenko hörte aufmerksam zu, fragte aber nicht weiter nach. Thomas ersparte ihm deshalb die ganze Geschichte und wechselte das Thema. »Hatten Sie Kontakt zu anderen Zwangsarbeitern in Grüneck?«

»Ins Dorf konnten wir nicht gehen. Das war zu gefährlich. Im Lager herrschte eiserne Disziplin. Außerdem war es dort sicherer, denn alle hatten Angst.«

»Warum?«

»Kontakte zu Deutschen aufzunehmen, war streng verboten. Eine Frau aus dem Dorf wurde öffentlich bestraft und durch Grüneck getrieben, nachdem bekannt wurde, dass sie mit einem Polen befreundet war.«

»Wie hieß die Frau?«

»Wir kannten sie nicht. Conny erzählte, dass Leute, die Widerstand leisteten, hingerichtet wurden.«

»Wissen Sie, ob in Grüneck Zwangsarbeiter ermordet wurden?«

»Zwei Ukrainer, die bei Bauern gearbeitet haben, sollen einer jungen Frau auf dem Weg zur Kirche aufgelauert und sie ermordet haben. Man hat die beiden erschossen. Die Frau war die Tochter des Bauern und soll die beiden ständig erniedrigt haben.«

»Haben Sie die beiden Hingerichteten gekannt?«

»Nein, die deutschen Mädchen in der Fabrik haben davon erzählt.«

»Haben Sie von anderen Hinrichtungen in Grüneck erfahren?«

»Ja, ein paar Tage vor der Befreiung durch die Amerikaner wurde ein Franzose am Grünecker Bahnhof erschossen. Wir kannten ihn aus dem Lager bei der Mühle. Außerdem soll ein Russe aus dem benachbarten Steinbruch geflohen und erschossen worden sein.«

»Können Sie sich an Einzelheiten erinnern?«

»Nein, aber wir bekamen mit, dass viele Zwangsarbeiter die Fabriken verlassen haben und sich versteckt hielten.«

»Wussten Sie, dass mein Großvater bei der Hilfspolizei war, selbst eine Waffe besaß und Jagd auf entflohene Zwangsarbeiter in den umliegenden Wäldern gemacht hat? Am letzten Samstag bevor die Amerikaner Grüneck erreicht haben, soll eine Gruppe sowjetischer Zwangsarbeiter in einem Eichenwald am Dorfrand ermordet worden sein, darunter auch eine junge Frau. Haben Sie je davon gehört?«

»Nein, aber es kann sein, dass wir da schon weg waren.«

»Waren Sie über das Kriegsgeschehen und den Frontverlauf informiert?«

»Die Franzosen hielten uns immer auf dem Laufenden. Conny hat uns einmal einen Radioempfänger gebracht, so dass wir Radio Moskau hören konnten, aber nur für kurze Zeit, bis uns den einer weggenommen hat. ›Seid Ihr verrückt, das ist viel zu gefährlich!‹, hat er geschimpft. Die deutschen Mädchen haben uns immer gefragt, warum die Russen so viele Soldaten haben. Bei uns müssen auch Frauen zur Armee, haben wir ihnen erklärt. ›Wenn die Russen hierherkommen, nehme ich auch ein Gewehr‹, hat eine Deutsche daraufhin gedroht. Wir haben sie nur ausgelacht.«

»Wie haben Sie die Befreiung erlebt?«

»Als Ihr Großvater erfuhr, dass wir weg müssen, gab er uns etwas Brot und einen Handkarren für das Gepäck. Wir mussten uns einer großen Kolonne anschließen. Ein paar Kilometer von Grüneck entfernt, wurde unser Treck von amerikanische Flugzeugen beschossen. Es gab einige Tote. Wir sind in Panik geraten, auseinandergelaufen und haben uns im Wald versteckt. Schließlich wurden wir von den Amerikanern aufgespürt. Als sie gemerkt haben, dass wir aus der Sowjetunion stammen, gaben sie uns Zigaretten und Schokolade. Sie haben uns in ein großes Lager gebracht, eine ehemalige Kaserne. Dort waren Tausende untergebracht, Russen, Ukrainer, Polen, Franzosen, sogar ein paar Schwarze gab es dort.«

»Waren Sie nach der Befreiung noch einmal in der Fabrik meines Großvaters?«

»Nein, nie wieder, aber zwei Freunde mussten dahin. Die Amerikaner haben mich zwar verhört, aber nicht dorthin zurückgebracht.«

»Was geschah nach Ihrer Rückkehr in der Sowjetunion?«

»Bei unserer Ankunft in der Ukraine wurden wir tagelang vom NKWD vernommen. Wir mussten viele Fragen beantworten, nach dem Fabrikbesitzer und anderen Zwangsarbeitern. Ich musste alle Leute aus unserer Gegend nennen, die dort gewesen waren. Außerdem musste ich Zeugen angeben, die bestätigen konnten, dass ich nicht freiwillig nach Deutschland gegangen und kein Spitzel gewesen bin. Ein paar Wochen später musste ich mich bei der Militärkommission melden. Ich war ja erst neunzehn, wurde zur Roten Armee eingezogen und musste anschließend fünf Jahre Militärdienst leisten.«

»Das gibt es nicht!« Thomas war erschüttert.

»Ja, das war eine harte Zeit«, erklärte Sevcenko. »Bei der Roten Armee herrschte damals große Not. Nur diejenigen, die in Deutschland stationiert waren, bekamen gute Kleidung, Stiefel, saubere Uniformen und gutes Essen. Während sie dort die Sowjetunion repräsentieren konnten, mussten wir uns mit Fischsuppe aus Konserven begnügen.«

»Kehrten Sie nach dem Militärdienst direkt in die Kolchose zurück?«

»Nein, damals wäre ich gern in die Stadt gegangen, um in einer Wodkafabrik zu arbeiten. Aber das war unmöglich. In der Sowjetunion gab es keine Freizügigkeit. Wir wurden gezwungen, in der Landwirtschaft zu arbeiten und durften das Dorf nicht verlassen. Der Fabrikdirektor hätte mich gern als Lagerarbeiter eingestellt, aber ich hatte keine Möglichkeit, mich in der Stadt anzumelden. Und so habe ich wieder in der Kolchose angefangen. Ich habe zuerst als Hirte und im Pferdestall gearbeitet und das Kulturhaus mit aufgebaut. Jahre später hat man sich daran erinnert, dass ich Schweißen kann. Ich habe dann fünfzehn Jahre als Schweißer gearbeitet und zuletzt einige Jahre als Waldarbeiter. 1991 wurde ich entlassen. Jetzt bin ich achtzig Jahre alt und erhalte eine kleine Rente.«

»Kommen Sie damit über die Runden?«

»Wenn ich mir nichts Besonderes leiste und nicht allzu viel esse, reicht es«, meinte Juri Sevcenko verschmitzt und strich sich mit der Hand über den Bauch. Thomas war verlegen und es entstand eine kurze Pause.

»Haben Sie eine Entschädigung aus Deutschland bekommen?«, fragte er schließlich.

»Ja, insgesamt etwa zweitausend Euro. Ich musste deshalb hier zum Amt, in die Kreisstadt und nach Shytomir«, erklärte Sevcenko, der wieder ernst geworden war. »Bereits zur Sowjetzeit habe ich das erste Mal eine Entschädigung beantragt, aber der Antrag wurde abgelehnt. Ich war in Moskau angeblich nicht als Zwangsarbeiter registriert. Nach der Unabhängigkeit habe ich mich deshalb sofort an die neue ukrainische Regierung gewandt und hatte mehr Glück.«

»Hatten Sie noch Kontakt zu Ihren Freunden, mit denen Sie in Grüneck gewesen sind?«

»Ja, zwei Kollegen hier in der Gegend habe ich ab und zu besucht, in den letzten Jahren aber nicht mehr.«

Nun gesellten sich einige Besucher zu ihnen.

»Das ist meine Tochter Tanja mit ihrer Familie«, stellte Sevcenko sie vor. »Sie lebt hier im Dorf.« Während Thomas Tanja, deren Mann, die Kinder und den Enkel begrüßte, kam Ljuba aus dem Haus und klärte kurz etwas mit ihrem Vater ab.

»Nun trinken wir Wodka!«, kündigte Sevcenko an und lachte. Er stand auf und bat sie alle, ihm hinters Haus zu folgen. Unter der Laube hatte Ljuba inzwischen ein opulentes Gastmahl aufgefahren. Der Tisch bog sich förmlich unter den Speisen. Sevcenko forderte Thomas auf, neben ihm Platz zu nehmen. Ljuba reichte ihm einen Teller mit gefüllten Teigtaschen, Kohlrouladen, Kartoffeln und Salat sowie eine Schale Borschtsch.

»Guten Appetit!«, wünschte Sevcenko auf Deutsch und füllte Thomas ein Schnapsglas ein.

»Nastrovje!«, erwiderte er und stieß mit seinem Gastgeber und den anderen in der Runde an.

»Das ist selbst gebrannter Wodka«, erklärte Irina. Thomas probierte einen Schluck und war begeistert.

»Sehr gut!«, lobte er den Selbstgebrannten. Sevcenko freute sich, füllte das Glas nach und prostete ihm zu.

»Immer langsam!«, bat Thomas und begann zu essen. Er hatte schon seit dem frühen Morgen nichts mehr in den Bauch bekommen, ließ es sich entsprechend schmecken und lobte Ljubas Kochkünste.

»Welche Bedeutung hatte die Zeit in Deutschland für Sie?«, fragte er Sevcenko zwischendurch.

»Wenn ich als Soldat an die Front gemusst hätte, wäre es vielleicht viel schlimmer gekommen. Millionen sind im Krieg ums Leben gekommen. Vielleicht bin ich noch am Leben, weil ich dort in der Fabrik arbeiten musste«, lachte er und stieß erneut auf Thomas' Gesundheit an.

Nach dem Essen schlug Sevcenko vor, einen Spaziergang durch den Ort zu machen. Sie schlenderten daraufhin gemeinsam die Dorfstraße entlang. Vor der Schule erinnerte ein Gedenkstein an die im Zweiten Weltkrieg getöteten Rotarmisten aus Khutor Moklyaki. Das zweistöckige Schulgebäude war frisch gestrichen. Das benachbarte Kulturhaus wirkte dagegen ziemlich heruntergekommen. Der Putz blätterte von den Wänden, Hinweise auf Veranstaltungen suchte man vergeblich. Im Magazin gegenüber herrschte gähnende Leere. Hinter der Theke wartete eine ältere Frau in einem blauen Arbeitskittel auf Kundschaft. Thomas schoss ein paar Fotos. Anschließend kehrten sie zu Sevcenkos Haus zurück.

»Gibt es den Betrieb Ihres Großvaters noch?«, fragte Sevcenko, als sie wieder vor seinem Gartentor standen.

»Ja, die Firma wird als Familienbetrieb in der dritten Generation geführt. Mein Großvater ist steinalt geworden und erst 1989 gestorben. Sein ältester Sohn, der heutige Seniorchef Herbert Schürmann, lebt noch. Sein ältester Sohn ist jetzt der Chef des Familienbetriebs. Die Geschäfte scheinen zu florieren. Ich hatte viele Jahre kaum Kontakt zur Familie, nur zu meiner Mutter. Sie hat mir erzählt, dass der Sohn von Conny Dransfeld bei einem Brand im Verwaltungsgebäude des Unternehmens umgekommen ist. Das ist jetzt ein paar Monate her. Erst danach habe ich erfahren, dass mein Großvater während der Nazizeit sowjetische Zwangsarbeiter beschäftigt hat.«

»Und jetzt sind Sie hier.«

»Genau. Haben Sie jemals versucht, Kontakt zur Firma Schürmann aufzunehmen?«

»Nein, nie.«

»Besitzen Sie Dokumente aus der Zeit?«

»Nein, wir haben Grüneck damals Hals über Kopf verlassen.«

»Der Seniorchef behauptet, es seien keine Dokumente mehr vorhanden. In den Fonds zur Entschädigung von Zwangsarbeitern hat die Firma nichts eingezahlt.«

Irina unterbrach ihr Gespräch. »Ich will ja nicht drängeln, aber es wird Zeit, dass wir aufbrechen. Der Chauffeur sitzt mir bereits im Nacken.«

»Schade, aber ich fürchte, wir müssen los«, bedauerte Thomas den plötzlichen Aufbruch. »Ich würde am liebsten noch ein oder zwei Tage hier verbringen, aber das geht leider nicht.« Er verabschiedete sich. »Vielen Dank für das aufschlussreiche Gespräch, das leckere Essen und – nicht zuletzt – für den ausgezeichneten Wodka«, meinte er augenzwinkernd.

»Kommen Sie mal wieder!«, bat Sevcenko.

»Ja gern, aber versprechen kann ich es nicht«, erwiderte Thomas. Sie verließen den Hof und verstauten das Gepäck im Kofferraum des alten Lada. Thomas nahm wieder vorn neben dem Fahrer Platz.

»Vielen Dank für alles und bleiben Sie gesund!«, wünschte er Juri Sevcenko noch, während der Wagen schon anrollte. Der alte Mann stand auf der Dorfstraße und winkte.

Als sie die Sandpiste schon hinter sich gelassen hatten und sich bereits auf der Schnellstraße befanden, wandte sich Ljuba Sevcenko, die wieder mit nach Kiew zurückfuhr, an Thomas.

»Sie können sich gar nicht vorstellen, wie sehr sich mein Vater über Ihren Besuch gefreut hat.«

»Für mich war es auch sehr bewegend«, gestand er.

»Er wird sich einen neuen Ofen kaufen, hat er beim Abschied gesagt, und versprochen, nach Kiew zu kommen, um sich im Krankenhaus behandeln zu lassen. Ich werde ihn abends dort besuchen.«

»Das freut mich sehr.«

»Haben Sie erfahren, was Sie wissen wollten?«, erkundigte sich Irina.

»Ich hätte nicht gedacht, dass Juri Sevcenko die Zeit in Deutschland noch so gut im Gedächtnis geblieben ist. Ich bin sehr froh, die Reise nach Khutor Moklyaki gemacht zu haben. Er hat mir außerdem einige interessante Geschichten erzählt, denen ich weiter nachgehen werde, von einem deutschen Kollegen, der von der Gestapo verhaftet wurde, und einem Franzosen, der am Grünecker Bahnhof erschossen wurde. Ich kann mir jetzt ein viel besseres Bild von der Zeit in Grüneck machen.«

»Seit wir von Ihrem Besuch wussten, hat mein Vater von nichts anderem mehr gesprochen. Er hat sogar überlegt, seine Geschichte aufschreiben zu lassen. Mein Mann sollte deshalb hierher fahren. Er hat aber leider keine Zeit dafür«, meinte Ljuba.

Im Wagen konnte man sein eigenes Wort kaum verstehen und musste schreien, um sich zu verständigen. Ljuba wandte sich deshalb wieder Irina zu, die neben ihr auf der Rückbank saß. Thomas sah aus dem Fenster und hing seinen Gedanken nach. Er war überwältig von der Begegnung mit Juri Sevcenko. Seltsam, auf seinen Großvater hatte er nichts kommen lassen, vielleicht aus Höflichkeit ihm gegenüber.

Es war später Abend und längst dunkel, als sie den Stadtrand von Kiew erreichten. Sevcenkos Tochter stieg an einer großen Bushaltestelle aus. Irina und er begleiteten sie zum Bus.

»In meiner Familie spricht leider niemand Deutsch, sonst würde ich Sie zum Essen einladen und meiner Familie vorstellen«, sagte sie beim Abschied.

»Schade, aber ich verstehe leider kein Wort. Wenn ich das nächste Mal nach Kiew komme, werde ich eine Freundin mitbringen, die Ukrainisch spricht, und Sie besuchen.«

»Das ist schön. Wann fliegen Sie zurück?«

»Übermorgen.«

»Dann wünsche ich Ihnen einen guten Flug. Auf Wiedersehen!«, sagte Ljuba und verschwand im Gedränge der Busstation.

»Vielen Dank, dass Sie mich begleitet und so hervorragend übersetzt haben«, sagte Thomas zu Irina, als sie wieder im Auto saßen.

»Das habe ich gern gemacht«, erwiderte sie. Thomas gab ihr die Umschläge mit den vereinbarten Honoraren. Irina zählte nach und reichte dem Chauffeur sein Kuvert.

»Ich hoffe, das ist so in Ordnung«, meinte Thomas.

»Ja natürlich, vielen Dank!«, antwortete die Dolmetscherin. Sie brauchten keine halbe Stunde zur Metrostation Petrivka und verabschiedeten sich dort voneinander.

Thomas nahm die U-Bahn bis zum Republikans'kyi Stadion. In der Metrostation erinnerten ihn einige versprengte und offensichtlich sturzbetrunkene Fans von Dynamo Kiew an das Champions-League-Spiel, das er verpasst hatte. In der Wohnung ließ er sich aufs Sofa fallen und zappte sich durchs Fernsehprogramm. Eurosport brachte gerade eine Zusammenfassung der Begegnung. Der rumänische Fußballmeister Steaua Bukarest hatte das Match gegen den legendären ukrainischen Club überraschend mit 4:1 gewonnen. Thomas war todmüde und schlief vor dem Fernseher ein. Mitten in der Nacht schreckte er auf. Er zog sich aus und legte sich ins Bett. Er war nicht mehr in der Lage, auch nur einen klaren Gedanken zu fassen, und fiel schnell in einen tiefen Schlaf. Kurz vor Mittag wachte er erholt auf. Er ging zügig aus dem Haus, traf Nusia Babanko in Podil zum Kaffee und berichtete von der Reise nach Khutor Moklyaki. Er versprach ihr einen Bericht für die Homepage der Stiftung. Den Rest des Tages besichtigte er die Sehenswürdigkeiten der Hauptstadt. Er besuchte das Andreaskloster, ging am Djnepr spazieren, flanierte auf dem Chreščatyk, fotografierte und machte einige Einkäufe. Am Abend ging er früh schlafen und nahm am nächsten Morgen in aller Herrgottsfrühe ein Taxi zum Flughafen.

Die Boing 737, mit der Thomas von Kiew aus nach Frankfurt am Main zurückflog, beschrieb von Flughafen Borispol einen großen Bogen über den Dnjepr-Stausee, der den Strom von Wyschhorod, nördlich der ukrainischen Hauptstadt, bis nach Tschernobyl aufstaut. Bilder vom Sarkophag der Atomruine, die seit der Havarie die Region verstrahlte, kamen ihm in den Sinn. Auf der Rückfahrt von Khutor Moklyaki hatte Ljuba erzählt, dass die sowjetischen Behörden die Menschen in der Region damals wochenlang über das wahre Ausmaß der nuklearen Katastrophe im Unklaren gelassen hatten. Das sei der Anfang vom Ende der Sowjetunion gewesen. Thomas hatte an Wackersdorf gedacht und Ljuba von der wütenden Demo am Bauzaun der Atomfabrik erzählt. Eine Stewardess stellte ein Tablett auf die Ablage vor seinem Sitz. Thomas erschrak.

»Was darf ich Ihnen zu trinken bringen?«, fragte sie lächelnd. Er überlegte und bat um einen Apfelsaft. Sie stellte ihm den Plastikbecher neben das Fertiggericht. Er zog die Aluverpackung auf und machte sich über das Schnitzel und das Gemüse her. Den undefinierbaren Nachtisch rührte er nicht an. Nachdem die Flugbegleiterin abgeräumt hatte, kramte er einen Notizblock und einen Stift aus seiner Tasche unter dem Vordersitz hervor und dachte über seinen Trip in die Ukraine nach. Besonders beeindruckt hatte ihn, wie reflektiert Sevcenko über seine Geschichte gesprochen hatte. Thomas' Familienerzählung, wonach die sowjetischen Zwangsarbeiter in der Fabrik des Großvaters immer gut behandelt worden waren, hatte sich als Legende erwiesen. Aber welche neuen Erkenntnisse hat die Reise in die ehemalige Kolchose tatsächlich gebracht und wie wird die Sache nun weitergehen?, fragte sich Thomas. Da war einerseits der Hinweis auf Conny, der die Zwangsarbeiter unterstützt hatte und verhaftet wurde. Aber was hatte das mit dem Tod seines Sohnes, Michael Dransfeld, zu tun? Er musste unbedingt das Anzeigenbuch der Grünecker Polizei durchsehen. Vielleicht konnte er bestimmte Zusammenhänge nicht erkennen, weil er zu sehr mit der eigenen familiären Verstrickung in die Nazi-Geschichte beschäftigt war. Er würde mit Ulrike sprechen müssen. Vielleicht könnte sie ihm auf die Sprünge helfen. Außerdem wollte er Sevcenkos Hinweis auf den ermordeten Franzosen nachgehen.

»Wir haben die Reiseflughöhe verlassen und befinden uns im Landeanflug auf Frankfurt«, schallte es aus dem Bordlautsprecher. »Wir bitten Sie, sich anzuschnallen und Ihre Rückenlehnen senkrecht zu stellen.« Thomas zerrte den Sicherheitsgurt fest und sah aus dem Fenster. Ein weißer Wolkenteppich versperrte ihm die Sicht. Zehn Minuten später vernahm er, wie das Fahrgestell ausgefahren wurde. Als er sicher auf dem Rhein-Main-Airport gelandet war, am Gepäckband auf seine Reisetasche wartete und das Handy wieder anschaltete, hatte er eine SMS von Sabine erhalten. »Ich hoffe, du hattest eine gute Reise. Bleibt es bei unserer Verabredung heute Abend? Gruß S.« Er antwortete umgehend: »Hallo, alles bestens. Bin um halb zehn in der Bar und freue mich. Bis dahin. T.«

10

Thomas platzte vor Neugier, als er bei seiner Rückkehr in seiner Post einen Brief von Heinrich Wiedemeier fand. Er riss den Umschlag auf und zog sechs Kopien aus dem Kuvert, vier handgeschriebene Blätter und eine maschinengeschriebene Abschrift des Jahresberichts der Grünecker Pfarrei von 1941.

»In diesem Jahr fällt der Weiße Sonntag auf den 20. April, den Geburtstag des Führers«, begann der Seelsorger seinen Bericht. »Der Bischof hatte den Gemeinden deshalb freigestellt, die Erstkommunion auf den zweiten Ostertag zu verlegen. Die Gemeinde entschied sich gegen eine Verlegung des kirchlichen Festes. Im Jahr 1939 hatten sich bereits viele Schulkinder über das Verbot der Gemeinde hinweggesetzt und an der Fronleichnamsprozession teilgenommen. Den Eltern wurden daraufhin Bußgelder zugestellt. Ein Jahr später waren die Prozessionen mit der Begründung verboten worden, die Teilnehmer könnten durch Luftangriffe gefährdet werden. Umzüge um die Kirche waren erlaubt. Auch die männlichen Jugend beteiligte sich sehr gut.«

Der Pfarrer hatte sich in dem Bericht auch den »Fremdarbeitern« in der Gemeinde gewidmet. Im Herbst 1941 war ein neues Lager am Kalkwerk eingerichtet und den Seelsorgern der Zutritt verwehrt worden. Innerhalb eines Jahres waren die Kriegsgefangenen durch Zwangsarbeiter aus Polen ersetzt worden. Sie wohnten in der Regel bei ihren Arbeitgebern, berichtete der Pfarrer. Zunächst hatten sie am Gottesdienst der Gemeinde teilgenommen, bis dies durch eine polizeiliche Verordnung untersagt wurde. Gesonderte Gottesdienste wurden jedoch gestattet, auch der Gebrauch eines polnischen Gebetbuchs. Die Gottesdienste wurden monatlich, am ersten Weihnachtstag, an Ostern und zu Pfingsten abgehalten und mussten der Polizei gemeldet werden. »Vierteljährlich wurde die Generalabsolution und anschließend die Heilige Kommunion gespendet«, schloss der Pfarrer seinen Rapport.

Anschließend studierte Thomas die beiden handschriftlichen Aufzeichnungen, die ihm Wiedemeier geschickt hatte. Es handelte sich um einen Auszug aus dem Tagebuch von Wiedemeiers Vater und von der Grüneckerin, deren Namen er ihm nicht preisgegeben hatte. Die Zeitzeugin hatte die Ereignisse im Dorf nach dem Tod von Elisabeth Vielhaber sehr eindringlich beschrieben: »Die Tote ist in der Mühle aufgebahrt worden. Es sind sehr viele Grünecker dorthin gelaufen, um sie zu sehen, aus reiner Sensationslust. Ich fand das schrecklich. Wer die Mörder waren, stand gleich fest, der Russe vom eigenen Hof und dessen Freund.« Ihre Schilderung entsprach fast im Wortlaut der Darstellung, die Thomas aus der Niederschrift des Ortspolizisten kannte. Auch sie hatte sich seine Deutung zu eigen gemacht, wonach die beiden am Bahndamm hingerichteten Zwangsarbeiter für den Mord an der jungen Bäuerin verantwortlich gewesen waren, stellte Thomas mit Entsetzen fest. »Es hieß damals, der Gendarmeriemeister hätte die Sache in die Hand genommen und einer Eskorte Soldaten den Befehl gegeben, das Urteil zu vollstrecken. Gercken war ein hundertprozentiger Nazi und für seine Grausamkeiten bekannt«, schrieb die Unbekannte. Es hatte sie mit Scham erfüllt, dass die beiden Gefangenen unter Begleitung zahlreicher Grünecker zur Hinrichtung durchs Dorf getrieben worden waren. »Beim Anblick des traurigen Zuges, der die Straße an der Schützenhalle vorbeizog, hätte ich mich am liebsten in ein Mäuseloch verkrochen. Man sagte hinterher, die Elisabeth hätte ihren Landarbeiter sehr schlecht behandelt, immer wieder die Polizei geholt, die ihn verprügelte. Wäre sie besser zu ihm gewesen, lebte sie heute noch.«

Thomas wunderte sich, dass Wiedemeier bei seinem Besuch in Grüneck das beigefügte handschriftliche Zeugnis seines Vaters über den Lynchmord im Eichenwald und die Fahndung der Alliierten nach dem Dorfpolizisten nicht erwähnt hatte und ihn stattdessen an Meier verwiesen hatte. »Der Gercken ist abgehauen, sagten sie nun, den haben sie nicht gekriegt«, hatte Wiedemeiers Vater in seinem Tagebuch notiert. »Ein unangenehmer Bursche war das, der alle Untugenden auf sich vereinigte, die ein Mensch nur haben kann. Der Lump hat noch sieben halb verhungerte Russen erschießen lassen, oben in den Eichen über der Mühle. Die konnten sich nicht mehr richtig auf den Beinen halten und haben ihr Grab selber schaufeln müssen. Ein paar ganz junge Soldaten, die noch nicht einmal eine Ausbildung gehabt haben, soll er unter Drohungen gezwungen haben, sie zu erschießen.« Er las die Stelle noch einmal und versuchte anschließend, Wiedermeier anzurufen, doch es meldete sich niemand. So machte er sich auf den Weg zur »Sandbar«.

Die Kneipe war rappelvoll. Sabine saß lesend an einem Tisch unweit der Theke und nippte an einer Cola. Sie strahlte und legte die Tageszeitung beiseite, als sie ihn bemerkte.

»Hallo, schön, dich zu sehen«, sagte sie.

»Ich freue mich auch.« Sie umarmten sich herzlich und er setzte sich ihr gegenüber an den Tisch.

»Ganz schön laut hier«, stöhnte er.

»Ja, das stimmt. Setz dich hierher!« Sabine klopfte mit der Hand auf den Platz neben sich.

»Gern.« Er ließ sich in das durchgesessene und mit dunkelrotem Samt bezogene Sofa fallen.

»Du siehst müde aus.«

»Ich habe in den letzten Tagen nicht sehr viel geschlafen. Es war alles ziemlich aufregend.«

»Was darf ich euch bringen?«, fragte die Kellnerin und schwang ihre langen blonden Dreadlocks über die Schulter.

»Einen Caipirinha, bitte!«, antwortete Thomas.

»Okay.«

»Dann nehme ich auch einen«, sagte Sabine.

»Gern.«

»Du hattest bestimmt eine anstrengende Reise. Nun, erzähl schon!«

»Ich weiß gar nicht, wo ich anfangen soll.«

»Am besten du erzählst alles der Reihe nach«, scherzte sie.

»Okay.« Thomas atmete tief durch. »Der Besuch bei Juri Sevcenko war sehr bewegend. Er lebt dreihundert Kilometer westlich von Kiew auf einem kleinen Hof, der früher Teil einer Kolchose war. Als wir da ankamen, begrüßte er mich mit den Worten ›Ganz der Großvater‹. Mir ist natürlich erst mal alles aus dem Gesicht gefallen.«

»Wie ist er denn da drauf gekommen?«

»Ich hatte es seiner Tochter erzählt, die von Kiew mit ins Dorf gefahren ist. Sie hatte mich nach meinen Beweggründen für Reise gefragt. Ich habe von meinen Recherchen erzählt, aber das schien für sie nicht nachvollziehbar zu sein. Sie hat mich jedenfalls überhaupt nicht als Journalist, sondern ausschließlich als Schürmanns Enkel wahrgenommen.«

»Das wundert mich nicht. Und wie bist du damit umgegangen?«

»Wir haben zusammen über den Spruch gelacht. Damit war das Eis gebrochen. Ich weiß aber überhaupt nicht, ob er mir nicht eine sehr geschönte Version von der Situation in Grüneck aufgetischt hat.«

»Ich verstehe. Aber aus diesem Dilemma gibt es kein Entkommen.«

»Stimmt, aber mir war dieser Widerspruch vorher nicht bewusst.«

»Trotzdem hast du absolut richtig gehandelt, die Karten auf den Tisch zu legen und eine offene Gesprächssituation herzustellen.« Die Bedienung brachte die Caipirinhas. Sie stießen an und tranken einen Schluck.

»Nastrovje!«, sagte Sabine.

»Lecker«, lobte Thomas den Drink und lachte dabei zur Theke hinüber.

»Lass das, du bist nicht zum Flirten hier!«, zog sie ihn auf.

»Okay, ich reiß mich zusammen.«

»Und was hattest du in der Ukraine für ein Gefühl?«, fragte sie.

»Wie meinst du das?«

»Denkst du, er hat dir aus Rücksichtnahme Quatsch erzählt oder etwas verheimlicht?«

»Es war schon auffällig, wie gut mein Opa in seiner Erzählung wegkam. Prügel soll jedenfalls nur der Meister ausgeteilt haben.«

»Okay, aber damit hat er dir gesagt, dass sie geschlagen wurden und der Chef es toleriert hat. Das ist ein wichtiger Hinweis.«

»Da hast du recht!«

»Und was ist er für ein Mensch?«

»Sevcenko ist Mitte achtzig, ein sympathischer, kluger, lebensfroher und aufgeschlossener Mann. Er erinnert sich sehr gut an die Zeit in Grüneck und hat die Situation sehr widersprüchlich beschrieben. Auf der einen Seite haben sie gelitten, unter der Deportation, der Diskriminierung, den Schlägen und dem Hunger. Andererseits war er stolz auf die Arbeit und die Qualifikation, die er als Schweißer bei Schürmann erworben hat. Er lernte Deutsch und was weiß ich. Sein ganz persönliches Resümee war, er sei jung gewesen und hatte Glück, dass er dort den Krieg überlebt hat.«

»Das ist Weisheit.«

»Stimmt, aber die eigentliche Ironie der Geschichte ist, dass die überlebenden Zwangsarbeiter nach der Rückkehr in der Sowjetunion wieder unter Generalverdacht gerieten. Während sie in Deutschland als ›russische Banditen‹ galten, hielten die Stalinisten sie für Spione und Verräter. Viele wurden nach Sibirien deportiert. Sevcenko hatte noch Glück und wurde nach dem Verhör beim sowjetischen Geheimdienst NKWD zum Wehrdienst eingezogen. Er musste fünf Jahre zur Roten Armee.«

»Und hast du neue Erkenntnisse für deine Recherche gewonnen?«

»Das weiß ich nicht. Der Vater des Brandopfers Michael Dransfeld hatte offenbar ein freundschaftliches Verhältnis zu den Zwangsarbeitern und hat sie mit Lebensmitteln, Tabak und Informationen versorgt. Sevcenko wusste, dass er verhaftet wurde, aber nicht warum.«

»Aber das ist doch schon mal was!«

»Ja, vielleicht«, entgegnete Thomas skeptisch.

»Mensch, du hast mir gar nicht erzählt, dass der Tote ein Linker war.«

»Na und?«

»Dann hatte er womöglich dasselbe Motiv wie du, nur vor einem anderen familiären Hintergrund. Vielleicht hat er ein bisschen rumgeschnüffelt.«

»Du meinst, er ist in die Firma eingestiegen?«

»Das kann doch sein.«

»Ja, vielleicht hast du recht.«

»Er könnte dort etwas gesucht haben, was die Firma in Misskredit gebracht hätte.«

»An was denkst du dabei?«

»Ich stecke da nicht drin, du bist der Ermittler.«

»Okay, ich werde die Geschäfte der Firma mal etwas genauer unter die Lupe nehmen. Vielleicht hat Ulrike eine Idee.«

»Ulrike?«

»Sie ist bei der Mordkommission und hat in dem Fall ermittelt, bis das LKA ins Spiel kam. Jetzt ist sie aus der Sache raus.«

»Was ist das denn für eine Geschichte?«

»Da bin ich überfragt.«

»Und wie heißt die Polizistin? Ich glaube, sie hat gestern angerufen. Hast du etwa was mit der am Laufen?«

»Wie kommst du denn da drauf?« Thomas grinste.

»Das ist nur so ein Gefühl. Sie hat rumgesäuselt, bis mir schwindlig wurde.«

»Bist du eifersüchtig?«

»Klar, du bist ein hübscher Kerl, zu dumm, dass ich nicht auf Männer stehe. Seit wann verkehrst du mit der Bullentante?«

»Sie ist eine attraktive Frau.« Er setzte wieder das verschmitzte Lächeln auf, das Sabine nervte.

»Na, wenn das so ist. Du scheinst ihr auch zu gefallen.«

»Unsinn. Wir kennen uns aus der Schule.«

»Na, wie du meinst. Und wie ist die Ukraine so?«

»Ich habe nicht sehr viel gesehen. Auf dem Land scheint das Leben sehr hart zu sein, jedenfalls in Khutor Moklyaki.«

»Bitte?«

»So heißt das Kaff, in dem Juri Sevcenko zu Hause ist. Kiew ist eine moderne, globale Metropole mit Widersprüchen, die man überall findet.«

»Ich würde gern noch etwas trinken und sitze hier schon auf dem Trockenen«, bemerkte Sabine.

»Sei mir nicht böse, aber ich bin hundemüde und würde gern bald ins Bett gehen. Gibt es im Büro irgendetwas Wichtiges?«

»Ja, einige Anrufe. Ich habe alles brav aufgeschrieben.«

»Das ist nett.«

»Außerdem sollst du dich beim Sender melden. Es hörte sich dringend an.«

»Okay, ich habe sie in der letzten Zeit etwas vernachlässigt und werde mich morgen darum kümmern.«

»In den nächsten Wochen bin ich übrigens auf Reisen.«

»Wohin geht's denn diesmal?«

»Rom, Tel Aviv, Casablanca.«

»Arbeit oder Freizeit?«

»Überwiegend Arbeit, aber auch ein paar Tage am Meer.«

»Schön.«

Sabine stand auf und zahlte.

»Danke«, sagte er, als sie sich vor der Bar trennten.

»Ich bin morgen nur kurz im Büro und dann weg.«

»Okay. Gute Nacht.«

11

Drei Wochen nach seiner Rückkehr aus der Ukraine nahm sich Thomas endlich ein paar Tage frei, um seine Recherche fortsetzen. Er wollte unbedingt Ulrike und seine Mutter treffen und bei der Gelegenheit auch ins Kreisarchiv gehen. Es war ein sonniger Herbsttag, als er sich auf den Weg nach Hagen machte. Bei Remscheid geriet er in einen Stau und verließ die Autobahn, um rechtzeitig zu seiner Verabredung mit Ulrike zu kommen. Während er auf der Landstraße unterwegs war, rief sie an.

»Ich hoffe, du hast unser Rendezvous nicht vergessen, oder wartest du bereits auf mich?«, fragte sie.

»Nein, aber ich bin bald da.«

»Mach dir keinen Stress. Ich komme hier nicht rechtzeitig weg und bin frühestens in einer halben Stunde im ›Extrablatt‹.«

»Okay, dann gehe ich solange in die Stadt und mache ein paar Besorgungen.«

»Gut, dann bis gleich.«

Wenig später war Thomas am Ziel. In der Hagener Fußgängerzone hielt er nach einem Bankautomaten Ausschau. Er entdeckte eine Sparkasse, zog im Eingangsbereich an einem Automaten zweihundert Euro, verstaute die Scheine und die EC-Karte in seiner Geldbörse, steckte das Portemonnaie wieder ein und drehte sich um. In der Schlange, die sich hinter ihm gebildet hatte, fiel ihm ein etwas untersetzter älterer Herr mit schwarzem Maßanzug und Sonnerbrille auf, der seinen Blick erwiderte. Er überlegte, ob er ihn kannte, verscheuchte den Gedanken aber schnell wieder und ging zum »Extrablatt« hinüber, wo er sich mit Ulrike zum Essen verabredet hatte.

Wie beim letzten Mal war das Bistro wieder gut gefüllt. Im hinteren Bereich der Gaststätte fand er einen Platz, der etwas abseits lag und gerade frei wurde. Er wartete, bis die Gäste aufgestanden waren, bevor er Platz nahm. Als Ulrike hereinschneite, überflog er gerade die Tageskarte.

»Hallo, schön dich zu sehen!«, rief sie schon von Weitem, umarmte ihn überschwenglich und küsste ihn auf die Wange. »Was führt dich zu mir?«, fragte sie, während sie sich setzte.

»Ich komme mit meinen Grüneck-Recherchen nicht weiter und benötige deinen Rat.«

»Und wie kann ich dir helfen? Ich bin aus der Sache raus.«

»Wieso eigentlich?«

»Das kann ich dir nicht sagen.«

»Wusstest du, dass es sich bei Schürmann um eine Rüstungsschmiede handelt, die überwiegend Bauteile für moderne Waffensysteme herstellt?«

»Das war nicht schwer herauszufinden.«

»Vielleicht ist die Firma auch im Exportgeschäft. Hast du mal daran gedacht, dass das LKA dir deshalb die Geschichte aus der Hand genommen hat?«

Ulrike zuckte hilflos die Achseln. »Rüstungsgeschäfte unterliegen einer strikten Exportkontrolle durch das zuständige Bundesamt.«

»Und durch die Geheimdienste«, erwiderte er.

»Ja und?«

»Verstehe, das Dienstgeheimnis. Vielleicht kannst du mir trotzdem helfen. Ich habe zwar erstaunlich viel Material gesammelt, sogar ein paar konkrete Hinweise auf den Lynchmord im Eichenwald, was den Brand bei Schürmann und den Tod von Michael Dransfeld angeht, tappe ich aber absolut im Dunkeln. Der Ukrainer Sevcenko wusste über den Lynchmord am Dorfrand auch nichts.«

»Ist das der Mann, der als Zwangsarbeiter bei Schürmann gearbeitet hat?«

»Genau. Er hat von einem Franzosen erzählt, den er aus dem Lager kannte und der in Grüneck erschossenen wurde.«

»Wann soll das gewesen sein?«

»Im April 1945, wenige Tage vor der Befreiung, am Grünecker Bahnhof. Davon hatte ich bis dahin nie etwas gehört.« Der Kellner unterbrach ihr Gespräch, stellte die Schnitzel, die sie in der Zwischenzeit bestellt hatten, auf den Tisch und schenkte Wasser ein. Sie widmeten sich zunächst dem Essen.

»Gibt es Tatzeugen für den Mord an den Zwangsarbeitern in Grüneck?«, fragte Ulrike, als sie aufgegessen hatten.

»Vielleicht. Der Nachbar von Ludger Schäfer soll angeblich Augenzeuge der Hinrichtung im Eichenwald gewesen sein. Schäfer meint, er habe sich geweigert, dabei mitzuwirken.«

»Du meinst den smarten Ludger aus deiner Klasse?«

»Genau, Schäfer ist Kirchenvorstand in Grüneck und für den Friedhof zuständig.«

»Hast du selbst mit dem Zeugen gesprochen?«

»Nein, bisher nicht.«

»Und wie alt ist der Mann?«

»Weit über achtzig.«

»Na, dann solltest du bald mit ihm reden.«

»Ich hab's versucht, er ist im Moment im Krankenhaus.«

»Haben Sie noch einen Wunsch?«, erkundigte sich der Kellner, der das Geschirr abräumte.

»Ja, einen Espresso bitte!«, antwortete Thomas. »Willst du auch einen?«

»Nein«, entgegnete Ulrike. »Du warst eben beim smarten Ludger.«

»Stimmt, das war übrigens ein sehr aufschlussreiches Treffen. Ich habe nämlich jetzt endlich einen offiziellen Beleg dafür, dass in Grüneck Zwangsarbeiter zu Tode kamen und dort begraben wurden, ohne dies in der Friedhofschronik festzuhalten. Schäfer hat mir die Unterlagen der Gemeinde und eine Gräberliste des Regierungspräsidiums gezeigt. Darin ist von vier unbekannte Russen die Rede. Auch wenn die Zahl der Toten nicht übereinstimmt, passt das zu den Aussagen von Zeitzeugen, mit denen ich gesprochen habe. So schreibt der Vater von Heinrich Wiedemeier, der eine Dorfchronik verfasst hat, in seinem Tagebuch, der Dorfpolizist habe eine Gruppe Soldaten gezwungen, sieben Russen im Eichenwald zu erschießen.«

»Hast du etwas über diesen Polizisten herausbekommen?«

»Nein, bisher nicht. Im Kreisarchiv gibt es keine Unterlagen über ihn. Der Dorfpolizist Gercken scheint sich nach dem Einmarsch der Alliierten abgesetzt zu haben.«

»Wenn du willst, kümmere ich mich mal darum.«

»Wie willst du das anstellen?«

»Das überlass getrost mir.«

»Okay, der interessanteste Zeuge vom Hörensagen ist Bruno Meier, Bauunternehmer im Ruhestand, ein sehr redseliger Mann. Er glaubt, dass der Lynchmord im Eichenwald im Zusammenhang mit einem Überfall auf einen Bauernhof Auf der Hohen Acht stand.«

»Gibt es in der Polizeiakte, von der du erzählt hast, Hinweise auf den Vorgang?«

»Ich bin mir nicht ganz sicher und will morgen deshalb noch einmal ins Kreisarchiv gehen.«

»Glaubst du eigentlich, dass der Tod von Michael Dransfeld etwas mit der KZ-Haft seines Vaters zu tun haben könnte?«, fragte Ulrike.

»Wie ich sehe, kannst du dich an unser Gespräch neulich sehr gut erinnern.«

Ulrike lachte. »Ohne mein Elefantengedächtnis wäre ich bei der Kripo aufgeschmissen.«

»Juri Sevcenko hat von einem Arbeiter gesprochen, der ihn und die anderen Zwangsarbeiter in der Fabrik meines Großvaters mit Lebensmitteln und Tabak versorgt und ihnen sogar ein Radio besorgt hat. Er wurde Conny genannt und ist verhaftet worden. Dransfelds Vater hieß mit Vornamen Konrad und Conny könnte sein Rufname gewesen sein. Vielleicht wurde er denunziert.«

»Okay, das klingt logisch. Aber das erklärt nicht, warum Michael Dransfeld eines gewaltsamen Todes gestorben ist.«

»Worauf willst du hinaus?«

»Wenn Rache im Spiel war, hat Dransfeld unter Umständen ein Dossier angelegt und Schürmann erpresst.«

»Vielleicht hat das LKA bei der Durchsuchung von Dransfelds Wohnung irgendetwas gefunden. Kannst du da nicht mal nachfragen?«

»Die sind nicht gerade für ihre Auskunftsfreude bekannt und selbst wenn ich etwa wüsste, dürfte ich darüber nicht reden. Frag lieber im Kreisarchiv mal nach dem Nutzerverzeichnis. Vielleicht bringt dich das weiter. Möglicherweise liegt der Schlüssel für des Rätsels Lösung ganz woanders.«

»Zum Beispiel?«

»Bei Mord ist das häufigste Motiv Geld, bei Erpressung sowieso.«

»Und was schließen wir daraus?«

»Denk mal darüber nach. Ich muss jetzt aufbrechen und mich meiner Arbeit widmen. Zahlst du?«

»Selbstverständlich!«

Ulrike lächelte, gab ihm einen flüchtigen Kuss auf die Wange und stand auf.

»Danke, du hast mir sehr geholfen!«, bemerkte Thomas. Sie verabschiedete sich und verließ das »Extrablatt«. Thomas blieb noch, zog seinen Notizblock aus der Tasche und notierte sich die nächsten Schritte: *Kreisarchiv, Nutzerverzeichnis wg. Dransfeld; Polizeiakte wg. Überfall Auf der Hohen Acht; Strafanzeigenbuch wg. Denunziant Conny; Mord an einem Franzosen. Noch offen: NSDAP-Kartei von Grüneck; Schürmanns Rüstungsgeschäfte.* Er steckte das Heft wieder ein und dachte über Ulrike nach. Sie schien eine gute Ermittlerin zu sein, hatte die richtigen Fragen drauf, aber persönlich war sie für ihn nicht greifbar. Er wollte lieber auf Distanz bleiben.

Es war bereits nach vier, als er aus dem Lokal kam, zu spät, um noch ins Kreisarchiv zu fahren. Also, auf nach Grüneck. Er schlenderte zurück zum Ebertplatz, sah in der Auslage eines Buchladens den neuen Roman von Uwe Timm, über den er eine viel versprechende Rezension gelesen hatte, und betrat das Geschäft. Er entdeckte das Buch auf einem Tisch, brachte es zur Kasse und reichte der Buchhändlerin einen Zwanzig-Euro-Schein über den Tresen.

»Eine gute Wahl«, bemerkte sie, gab ihm das Wechselgeld heraus und reichte ihm die Tüte über die Theke. Thomas bedankte sich und verließ den Buchladen. Zwei Minuten später war er im Parkhaus. Er bezahlte die Parkgebühr am Automaten und fuhr ins vierte Obergeschoss, wo er seinen Wagen abgestellt hatte. Er fand den Daimler mühelos wieder und stieg ein. Als er aus der Parkbucht herausfuhr, merkte er, dass die Kühlerhaube nicht ganz geschlossen war. Er hielt an und stieg aus, um die Haube zu schließen, drückte sie zu, setzte sich wieder in den Wagen und machte sich auf den Weg nach Grüneck.

12

Thomas' Mutter machte sich im Garten zu schaffen und grub ein Beet um, als er in Grüneck ankam.

»Ah, da bist du ja!«, sagte sie, stach den Spaten in den Boden, zog die Arbeitshandschuhe aus, wischte sich den Schweiß von der Stirn und umarmte ihn. »Ich räume nur kurz die Sachen weg. Dann koche ich uns einen Kaffee«, meinte sie.

»Lass mal, ich grabe den Rest um«, bot Thomas an.

»Das ist nicht nötig. Du machst dich bloß dreckig.«

»Lass das nur meine Sorge sein«, erwiderte er, griff nach dem Spaten und begann, das Beet umzugraben. »Sag mir Bescheid, wenn der Kaffee soweit ist!«

Sie verschwand im Schuppen und brachte ihm wenig später ein paar alte Gummistiefel sowie Arbeitshandschuhe. »Hier, die sind von Papa, die werden dir passen.«

Thomas zog die Stiefel an, streifte die Handschuhe über und grub weiter. Sie tut so, als ob zwischen uns nichts gewesen wäre, wunderte er sich. Eine halbe Stunde später kam sie zurück. Sie trug ein dunkelgrünes Kostüm, darüber eine weiße Schürze. Er hatte in der Zwischenzeit fast die Hälfte des Beetes geschafft.

»Das ging aber fix«, meinte sie anerkennend.

»Den Rest schaffe ich nach dem Kaffee«, sagte Thomas, stellte den Spaten an den Gartenzaun, der das Grundstück zum Nachbarn begrenzte, zog Handschuhe und Stiefel aus und folgte ihr ins Haus.

»Mir fällt die Gartenarbeit immer schwerer. Im Frühjahr werde ich den Rest des Gemüsegartens mit Rasen einsähen und nur ein kleines Beet für Salat und Kräuter behalten.«

»Das ist eine gute Idee!«

»Der Kaffee ist gleich fertig.«

»Schön, ich verschwinde mal eben im Bad und wasche mir die Hände. Es dauert nur eine Minute.«

Als er ins Esszimmer zurückkam, hatte sie gedeckt, Kaffee eingeschenkt und einen selbst gebackenen Apfelkuchen aufgetragen. Sie schob ihm ein großes Stück davon auf den Teller.

»Hier, nimm auch etwas Sahne!«, sagte sie und gab ihm die Schüssel.

»Gern.« Er verteilte einen großen Löffel Sahne auf dem Kuchen und kostete davon. »Sehr gut!«, lobte er ihre Backkünste und begann, von seinem Besuch bei Juri Sevcenko zu erzählen. Sie hörte interessiert zu.

»Die Frauengemeinschaft spendet den Erlös aus dem Basar regelmäßig für Russland«, äußerte sie, als er von der ehemaligen Kolchose in Khutor Moklyaki berichtete. »Da muss unvorstellbare Not herrschen.« Thomas redete weiter, ohne auf ihre Bemerkung einzugehen.

»Meine Schwester arbeitete damals bei Vater im Büro. Eva und ich haben uns überlegt, Sevcenko ein Paket zu schicken. Was meinst du dazu?«, sagte sie, als er seinen Bericht beendet hatte.

Thomas konnte es kaum glauben. »Gute Idee! Wie seid ihr denn da drauf gekommen?«

»Tante Eva kann sich sehr gut an die Russen entsinnen. Eigentlich wollte sie heute zum Kaffee kommen, doch sie fühlt sich nicht wohl und hat deshalb abgesagt. Sie lässt dich aber grüßen und fragt, ob du nicht Lust hast, bei ihr vorbeizuschauen.«

»Wann, jetzt gleich?«

»Ja, warum nicht. Du sprichst am besten selbst mit ihr.«

»Okay, ich grabe jetzt noch den Rest um und fahre anschließend zu ihr. Kommst du mit?«

»Nein. Ich hab zu tun und bereite in der Zeit das Abendessen vor. Es gibt Kartoffelsalat und heiße Würstchen. Oder hast du einen besonderen Wunsch?«

»Nein danke, mach dir keine Umstände!«

Was ist denn hier passiert?, wunderte er sich über den offenkundigen Sinneswandel seiner Mutter, während er sich wieder am Beet zu schaffen machte. Er war gespannt, was seine Tante zu erzählen hatte.

Bei Eva war er seit seiner Kindheit nicht mehr gewesen. Sie lebte in einem kleinen Haus hinter der Fabrik seines Onkels. Als er in die Zufahrt einbog, sah er, dass die Sanierung des ausgebrannten Verwaltungsgebäudes gut vorankam. Es war eingerüstet, neue Fenster bereits eingesetzt und auf der Fassade klebten Styroporplatten, nur der Außenputz und der Anstrich fehlten noch. Auch das Dach der angrenzenden Halle war neu gedeckt. Das dahinterliegende Wohnhaus seiner Tante erkannte er kaum wieder. Es war um einen großen Anbau erweitert worden, der durch einen separaten Eingang zugänglich war. Der Garten, in dem er als Kind gelegentlich mit seinem Cousin gespielt hatte, war verschwunden. Thomas drückte auf die Klingel und wenig später stand Tante Eva vor ihm in der Tür.

»Hallo, dich habe ich ja eine Ewigkeit nicht mehr gesehen«, begrüßte sie ihn freudig.

»Ja, die Zeit ist wirklich schnell verflogen«, erwiderte er und drückte ihre Hand. Sie wirkte kraftlos.

»Komm rein in die gute Stube!«, lud sie ihn ein und er folgte ihr ins Haus. Seine Tante wirkte gebrechlich.

»Wie alt bist du jetzt?«, fragte er.

»Ich werde demnächst vierundachtzig.«

»Das ist ein stolzes Alter!«

»Ja, man wird nicht jünger«, meinte sie lächelnd. »Nimm Platz! Was möchtest du trinken? Ich kann dir Kaffee, Bier, Saft und Mineralwasser anbieten.«

»Ein Wasser, bitte.« Während er sich an den Küchentisch setzte, nahm sie eine Flasche aus dem Kühlschrank, stellte ein Glas auf den Tisch und schenkte ihm ein.

»Wie geht es dir?«, fragte er.

»Wie gesagt, man wird nicht jünger und das Laufen fällt mir immer schwerer. Sonst kann ich nicht klagen.«

»Früher bist du viel spazieren gegangen, nicht wahr?«

»Ja, das stimmt«, seufzte sie. »Die tägliche Runde mit deiner Mutter ums Dorf vermisse ich sehr. Ich komme nur noch selten hier raus. Sonntags fährt mich Rüdiger mit dem Auto zur Kirche und wenn ich etwas einzukaufen habe, bringt er es mir mit. Aber jetzt erzähl mal, wie war deine Reise in die Ukraine? Ich konnte es zuerst gar nicht glauben, als Sophie mir davon erzählt hat. Früher habe ich mich oft gefragt, was aus den Ostarbeitern geworden ist. Sag, wie bist du überhaupt darauf gekommen?« Sie schaute ihn erwartungsvoll an, so als ob der Weihnachtsmann vor ihr stünde.

»Das ist eine lange Geschichte. Mutter hat mir im Frühjahr erstmals erzählt, dass in der Fabrik eures Vaters Zwangsarbeiter aus der Ukraine gearbeitet haben. Ich habe mich vor einigen Jahren beruflich mit dem Thema beschäftigt, ein wenig recherchiert und über eine Stiftung in Kiew den Kontakt zu Juri Sevcenko bekommen. Die anderen, die damals bei euch gearbeitet haben, sind inzwischen verstorben. Zuerst hieß es aus Kiew, Sevcenko würde gern nach Grüneck kommen, aber dann hat sich herausgestellt, dass er sich die Reise nicht mehr zutraut. Er ist immerhin auch schon über achtzig.« Sie hörte gespannt zu.

»Ich erinnere mich sehr gut an den Juri«, sagte sie, als er seinen Reisebericht beendet hatte. »Er war der Jüngste.«

»Mutter hat mir erzählt, dass du damals im Büro gearbeitet hast?«

»Ja, ich musste gleich nach der Volksschule im Betrieb arbeiten, 1941 war das.«

»Arbeiteten damals auch polnische Zwangsarbeiter in der Fabrik?«

»Ja, aber nur kurze Zeit. Die wurden uns vom Arbeitsamt zugewiesen, wenn irgendetwas dringend zu erledigen war.«

»Wie lief das Prozedere genau ab?«

»Das weiß ich nicht mehr. Nachdem die Männer zur Wehrmacht eingezogen worden waren, mangelte es hier überall an Arbeitskräften. Dafür kamen die Fremdarbeiter, damals sagte man Ostarbeiter. In den Klitschen, bei den Bauern, sogar in Privathaushalten arbeiteten welche. Im Kalkwerk waren einige Kriegsgefangene aus Frankreich.«

»Die Zwangsarbeiter waren anfangs in Müllers Mühle untergebracht, hat Juri Sevcenko erzählt.«

»Ja, das stimmt. Müllers hatten eine Gärtnerei und waren die Ersten im Dorf, die ein Lager eingerichtet haben. Du kannst dir nicht vorstellen, was dort für Zustände herrschten. Die Ukrainer mussten in Hühnerställen hausen. Vater hat sich deshalb dazu entschlossen, selbst eine Baracke für unsere Ostarbeiter zu bauen. Er sprach bei den Behörden vor, musste aber lange auf die Baugenehmigung warten. Als die Baracke schließlich fertig war, zogen die Ukrainer dort ein. Beköstigt wurden sie von uns.«

»Die Schwester von Bruno Meier kochte in der Baracke, habe ich gehört.«

»Ja. Sie arbeitete als Küchenhilfe. Die Wäsche musste bei uns zu Hause gewaschen werden. Da wurde eben eine Frau aus der Fabrik geschickt, um mit anzupacken. Das waren immerhin acht Personen extra. Unsere Mutter hatte mit uns Kindern ja schon alle Hände voll zu tun. Das war nicht wie heute.«

»Hast du die Namen der Zwangsarbeiter noch im Kopf?«

»Zwei hießen Iwan, einer Pjotr und Juri eben«, antwortete sie. »An die anderen Namen kann ich mich beim besten Willen nicht entsinnen.«

»Wusstet ihr, dass sie gewaltsam nach Deutschland verschleppt worden waren?«

»Nein, man wusste nur, dass sie aus der Ukraine stammten, mehr nicht. Es war ja Krieg. Aber ich werde nie vergessen, wie die hier angekommen sind. Die meisten waren ja noch jung, etwa mein Alter.«

»Wie habt ihr euch verständigt?«

Sie lachte. »In der Mühle war einer, der etwas Deutsch konnte und gedolmetscht hat. Der wurde aber nicht zu uns geschickt und so standen wir hier mit denen alleine da. Zuerst wollten wir natürlich wissen, wie sie hießen. Der Meister sagte immer nur: ›Ich Hermann und du?‹ Das verstanden die natürlich nicht. Erst als irgendjemand ›Iwan‹ sagte, fiel der Groschen. So ist das gelaufen. Man verständigte sich eben so gut es ging, zur Not mit Händen und Füßen.«

»Welche Arbeiten mussten die Zwangsarbeiter verrichten?«

»Na, was alle machten, Teile an den Maschinen pressen.«

»Was habt ihr damals hergestellt?«

»Ich glaube, das meiste war für die Rüstung bestimmt, was genau, weiß ich nicht mehr.«

»Wurden die Zwangsarbeiter bezahlt?«

»Ich glaube nicht. Sie kriegten Lebensmittelmarken. Zu kaufen gab es damals ja praktisch nichts.«

»Juri Sevcenko hat erzählt, dass die Baracke bewacht wurde.«

»Im Kalkwerk und in der Mühle gab es Wachen. Dort waren hauptsächlich Kriegsgefangene. Unsere Ukrainer waren ja keine Gefangenen. Deshalb wurde die Baracke nachts einfach abgeschlossen. Tagsüber arbeiteten sie ja.«

»Und wer schloss die Zwangsarbeiter nachts ein?«

»Vater und der Meister besaßen einen Schlüssel.«

»Und was passierte sonntags?«

»Sonntags? Ich glaube, da kam einer von der Landwacht und passte auf sie auf. Die Ukrainer gingen ja nicht in die Kirche.«

»Juri sagt, manchmal sei auch sonntags gearbeitet worden.«

»Ja, aber das kam nur selten vor. ›Die Russen arbeiten sonntags nicht!‹, entschied Vater, als eines Tages ein Erlass geschickt wurde, dass sie auch sonntags arbeiten sollten. Daraufhin kam dieser Gercken in die Firma. ›Alle Russen müssen sonntags arbeiten, nur bei Schürmann nicht‹, tobte er, doch Vater blieb stur. ›Die sind die ganze Woche über fleißig und brauchen einen freien Tag‹, erklärte er dem Polizisten und so blieb es dabei, dass sonntags bei uns in der Fabrik nicht gearbeitet wurde.«

»Es gab ja ein gesetzliches Kontaktverbot. Wie ist das bei euch gehandhabt worden?«

»Natürlich haben wir bei der Arbeit mit ihnen gesprochen, nachher, als sie etwas Deutsch konnten.«

»Warst du damals mal im Steinbruch?«

Sie antwortete nicht gleich und schien nachzudenken. »Die Kriegsgefangenen waren in dem alten Bruchsteinhaus untergebracht, das heute noch an der Straße nach Balve steht. Es war zu der Zeit mit Stacheldraht umzäunt.«

»Einer der sowjetischen Häftlinge soll auf der Flucht erschossen worden sein.«

»Ich weiß nur etwas von einem Franzosen. Der sollte etwas zum Bahnhof bringen und wurde dort erschossen.«

»Weißt du, wie es dazu kam?«

»In der Nähe des Bahnhofs war ein Zug entgleist und die Soldaten hielten ihn für einen Plünderer.«

»Wann war das genau?«

»In den letzten Kriegstagen.«

»Kannst du dich auch an den Tod von Elisabeth Vielhaber und die Hinrichtung der beiden sowjetischen Zwangsarbeiter erinnern?«

»Ja sicher! Die Elsbeth wurde in einer Schonung oberhalb der alten Mühle gefunden, jemand hatte sie erschlagen. Daraufhin wurden die zwei Russen im Spritzenhaus eingesperrt und am Bahndamm neben der Hönnebrücke erschossen. Alle liefen dahin, nur wir durften nicht. Die beiden wurden dort vergraben und später auf dem Friedhof bestattet. Ich weiß nicht, ob die beiden die Elsbeth tatsächlich ermordet haben.«

»Wie kommt du darauf?«

»Wenn ich mich nicht irre, war der Russe, der damals auf Vielhabers Hof arbeitete, an der Suche nach der Elisabeth beteiligt. Wenn er sie ermordet hätte, wäre er doch längst über alle Berge gewesen.«

»Das sehe ich genauso. Außerdem gab es überhaupt keine Beweise. Am Samstag vor Weißen Sonntag sollen im Eichenwald oben im Dorf, da wo nach dem Krieg immer das Dorffest gefeiert wurde, noch andere Zwangsarbeiter erschossen worden sein. Hast du davon je etwas gehört?«

»Nein«, antwortete sie.

»Bruno Meier hat mir erzählt, dass ein Grünecker Landwachtmann in der Woche nach Ostern, also wenige Tage bevor die US-Armee hier einrückte, eine Gruppe von Häftlingen ins Dorf gebracht hat, die dann im Eichenwald ermordet wurden.«

»Davon weiß ich nichts«, antwortete sie knapp. Thomas wusste nicht, ob er ihr glauben sollte, fragte aber nicht weiter nach.

»An Pater Karl kannst du dich aber sicherlich erinnern.«

»Na klar! Der kam als Ersatz für den Vikar …«, sie dachte einen Augenblick nach. »Der Name fällt mir gleich ein. Es hieß, der Vikar musste zur Wehrmacht. Deshalb kam Pater Karl.«

»Ist es wahr, dass der Geistliche ein überzeugter Nazigegner war?«

»Und ob! Seine Antihaltung war nicht zu übersehen. Es gab so ein Lied, das er bei jeder Andacht singen ließ: ›Die Feinde deines Kreuzes drohen dein Reich, Herr, zu verwüsten‹. Das war ein richtiges Protestlied und es gefiel uns gut«, lachte sie. »Es hieß damals, der müsste sich in Acht nehmen, sonst würde er abgeholt. Das war in der Zeit so.«

»Gab es Verhaftungen in Grüneck?«

»Nein, nicht dass ich wüsste.« Und was war mit Konrad Dransfeld?, fragte sich Thomas. »Wir mussten sogar in die Schule, wenn Prozession war«, hörte er seine Tante weiterreden. »›Wagt bloß nicht, aus dem Fenster zu kucken!‹, hat Lehrer Schulte gedroht, als die Prozession an der Schule vorbeizog. Der war Gruppenleiter bei der SA und kam oft in Uniform zur

Schule. Wir mussten jeden Morgen auf dem Schulhof strammstehen. An Hitlers Geburtstag und zu Beginn der Ferien gab es immer Fahnenappell.«

»Und bei der Hitler-Jugend …«, merkte Thomas an.

»Da waren alle drin«, wiegelte sie ab.

»Aber nicht alle waren in der Partei. Dein Vater war immerhin Landwachtmann und Parteimitglied«, erwiderte Thomas.

»Er hatte aber kein Pöstchen in der Partei. ›Wir hän die och dabei don‹, hat der Ortsgruppenleiter eines Tages zu ihm gesagt. So war das eben.«

»Und warum wurde euer Vater nach dem Einmarsch der Amerikaner dann verhaftet, wenn er doch keine *Pöstchen* in der Nazipartei hatte?«

»Die Militärpolizei hat bei einer Durchsuchung im Keller unseres Elternhauses Waffen gefunden«, erklärte sie, ohne viel darum herumzureden.

»Und was waren das für Waffen?«

»Ein Wehrmachtssoldat hatte Vater bei Kriegsende eine Munitionskiste übergeben, damit er sie aufbewahrt.«

»Und zu welchem Zweck versteckte dein Vater die Waffen?«, hakte er nach.

»Keine Ahnung«, antwortete sie achselzuckend.

Wahrscheinlich hatte sie tatsächlich keine Ahnung, dass Himmler Spezialkommandos aus so genannten Werwölfen aufstellen ließ, die hinter der Front Sabotageakte ausführen sollten, vermutete Thomas. »Und wie lange hat dein Vater dafür im Knast gesessen?«, fragte er.

»Ein halbes Jahr. Ich musste alle paar Tage mit dem Rad nach Arnsberg. Das dauerte mehr als zwei Stunden. Aber er musste ja auf dem Laufenden bleiben, was im Betrieb passierte.«

»Wie lange hast du damals im Büro gearbeitet?«

»Bis Rüdiger kam, 1956 war das. Aber mal was anderes. Hast du eigentlich eine Adresse von dem Juri? Sophie und ich würden ihm gern ein Paket schicken.«

»Gute Idee, aber ich habe die Adresse jetzt nicht dabei. Ich schicke sie dir per Post. Den Namen und die Anschrift müsst ihr in kyrillischer Schrift schreiben.«

»Ja, ich weiß. Rüdigers Schwägerin kommt von dort.«

»Gut, dann weißt du ja Bescheid. Ich muss jetzt langsam los. Weißt du eigentlich, welche Art von Geschäften die Firma heute betreibt?«

»Nein, darum kümmere ich mich nicht. Ich weiß nur, dass sie ganz kleine Teile produzieren, die sie sogar ins Ausland liefern.«

»Ach so, jetzt muss ich aber los.«

»Danke für deinen Besuch.« Sie begleitete ihn zur Haustür und schaute ihm nach.

Thomas fuhr nicht direkt zu seiner Mutter, sondern stellte den Wagen am Kirchweg ab und ging spazieren. Er lief einen Feldweg entlang, der ihn in den Wald führte, und entdeckte an der ersten Wegkreuzung ein unscheinbares Hinweisschild auf den Trimmdichpfad, den er von früher kannte. Er folgte dem Rundweg, der quer durch den Eichenwald verlief, und dachte an seine Mutter. Merkwürdig, während sie bis heute in ihrer bedingungslosen Loyalität zu ihrem Vater gefangen war, freute sich ihre ältere Schwester über den unverhofften Kontakt zu Juri Sevcenko. Sein Besuch in der Ukraine ließ sie offensichtlich an ihre längst vergessene Jugend zurückdenken. Sie war kaum älter als die jungen Ukrainer, hatte den einen oder anderen womöglich nett gefunden, mit ihnen geschäkert und gelacht, wie es unter Jugendlichen eben üblich ist, und so hatte die Naziideologie von den »fremdvölkischen Untermenschen« im Fabrikalltag an Bedeutung verloren, jedenfalls solange die Naziherrschaft keine gewaltsamen Repressalien oder Sanktionen erforderte. Er war froh, dass sich die Befürchtungen seiner Mutter in Luft aufgelöst hatten, und lief vergnügt zum Auto zurück.

Es war kurz vor acht, als er am nächsten Morgen aufbrach, um ins Kreisarchiv zu fahren. Auf der Anhöhe oberhalb von

Grüneck war der Herbstnebel bereits der Sonne gewichen. Er brachte seinen Wagen auf dem rechten Randstreifen zum Halten, stieg aus, überquerte die schmale Straße, lief auf die etwas weiter unterhalb gelegene Wiese und ließ seinen Blick über die vertraute Hügellandschaft schweifen. Die umliegenden Wälder erstrahlten in herbstlichen Farben. Idylle pur. Als er nach ein paar Minuten zum Auto zurücklief und auf die Straße trat, bremste plötzlich hinter seinem Wagen ein schwarzer Mercedes scharf ab. Hatte er den Typen mit der schwarzen Sonnenbrille hinterm Steuer nicht erst gestern in Hagen gesehen? Quatsch! Das war bestimmt ein Pendler, überlegte er, während er der Limousine nachschaute. Aber ein Bonner Kennzeichen in dieser Gegend? Seltsam. Er setzte sich kopfschüttelnd in den Daimler und fuhr los. Eine knappe halbe Stunde später erreichte er das Archiv.

»Sind Sie angemeldet?«, fragte eine freundliche, junge Archivarin, die er hier noch nicht gesehen hatte. Unter ihrer Jeans stachen knallrote Turnschuhe hervor.

»Nein, ich habe mich nicht angekündigt. Ist das ein Problem?«, fragte er.

»Nein, aber ich hätte mich vorbereiten können, wenn Sie kurz durchgerufen hätten.«

»Ich werde es mir merken«, meinte er. »Ich arbeite zum Thema Zwangsarbeit in Grüneck und bin schon mal hier gewesen.«

»Ah, dann sind Sie sicher Herr Krüdewagen.«

»Ja, genau.«

»Frau Henrichs ist gerade im Urlaub. Was kann ich für Sie tun?«

»Ich möchte den Bestand des Amtes Balve noch einmal durchsehen.«

»Selbstverständlich, ich hole Ihnen das Findbuch. Es dauert nur einen Moment. Bitte nehmen Sie hier schon einmal Platz«, sagte sie, öffnete die Tür zum Leseraum, schaltete das Licht an und ließ ihn dort allein zurück. Er packte seinen Laptop aus, steckte das Netzteil in die auf dem Boden installierte Steckerleiste, fuhr seinen Rechner hoch und überlegte, ob er den Scanner benutzen sollte. Wenig später kam die Archivarin zurück, legte das Findbuch vor ihm auf den Tisch und reichte ihm einige Bestellzettel.

»Sie wissen ja, wie Sie die ausfüllen müssen. Kommen Sie, wenn Sie soweit sind. Dann suche ich Ihnen die Dokumente heraus«, meinte sie.

»Vielen Dank!«, erwiderte er und stürzte sich in die Arbeit. Die Polizeiakte und das Strafanzeigenbuch fand er im Verzeichnis sofort. Sogar die Grünecker NSDAP-Kartei war aufgeführt, außerdem Akten über die Reichstagswahlen vom März 1933. Er notierte die Signaturen auf einem Blatt Papier, trug sie in die Bestellzettel ein und gab sie der Archivarin, die lediglich einen flüchtigen Blick darauf warf.

»Es wird etwas dauern, bis ich alles gefunden habe«, erklärte sie. Thomas kehrte in den Benutzersaal zurück, packte den Scanner und das Kabel aus und verband es mit dem Laptop. Etwas später schob die Archivarin einen Aktenwagen mit zahlreichen Ordnern herein.

»Da haben Sie aber einiges zu tun«, äußerte sie und legte die Aktenmappen auf den Tisch.

»Deshalb bin ich hier«, lachte er. »Kann ich meinen Scanner benutzen?«

»Warum nicht? Hier ist übrigens eine Mappe, die wir nach Ihrem letzten Besuch gefunden haben.« Neugierig langte er nach dem Ordner. »Friedhofsangelegenheiten Gemeinde Grüneck« entzifferte er die schwer leserliche Aufschrift und bedankte sich. Die Archivarin verließ den Lesesaal. Thomas wunderte sich, dass sie die Unterlagen so ohne weiteres herausgerückt hatte. Schließlich hatte sich ihre Chefin kürzlich partout geweigert, ihm die NSDAP-Kartei auszuhändigen. Wie dem auch sei, dachte er, warf einen flüchtigen Blick auf die Friedhofsakte, legte sie aber wieder beiseite und suchte auf dem Archivalien-

Wagen zielstrebig nach dem Strafanzeigenbuch der Gemeinde. Ganz unten im Stapel fand er eine abgegriffene Kladde mit der Aufschrift »Tagebuch Strafsachen 1941–44«. Sein Herz schlug schneller, während er das Heft sorgfältig durchblätterte. Die Anzeigen waren handschriftlich mit blauer Tinte eingetragen, chronologisch und mit laufenden Nummern versehen worden. Datum, Ort der Straftat, Täter, Geschädigte, Anzeigenerstatter und das Datum der Weiterleitung an die Staatsanwaltschaft sowie das Aktenzeichen waren aufgelistet. Die meisten Einträge betrafen kleinere Diebstähle, hauptsächlich aus Kellern und Scheunen. Unter der Rubrik »Täter« war meistens »unbekannt« vermerkt worden, in vielen Fällen auch »Russen«. Nach ein paar Seiten stach Thomas ein Vermerk mit der Bezeichnung »Verbotener GV« ins Auge. Die Gestapo hatte gnadenlos jede Art von Beziehungen zu Zwangsarbeitern und Kriegsgefangenen außerhalb des dienstlichen Kontakts verfolgt. Reichsbürgern wurde bei Zuwiderhandlung Schutzhaft angedroht, womöglich Einweisung ins KZ. Zwangsarbeiter und Kriegsgefangene, die sexuelle Beziehungen mit Deutschen eingingen, riskierten ihr Leben.

Der polnische Zwangsarbeiter Adam Jeziorowski war im Juni 1941 wegen seines Verhältnisses mit einer Grüneckerin festgenommen worden. Er hatte sich der »Rassenschande« strafbar gemacht. Sicher kein Zufall, dass der Landarbeiter zuletzt auf dem Hof des Bauern Vielhaber in Grüneck gearbeitet hat, dachte Thomas. Auf der nächsten Seite entdeckte er den Namen der vermeintlichen »Delinquentin«, Anne, die jüngste Tochter des Bauern Vielhaber. Der Dorfpolizist war der Sache offenbar nachgegangen, hatte den Namen von Jeziorowskis deutscher Freundin herausgefunden und die Gestapo eingeschaltet. Das könnte ein Motiv für den Mord an Anna Vielhabers Schwester Elisabeth gewesen sein. Thomas musste an Juri Sevcenko denken, der von einer Frau berichtet hatte, die wegen ihrer Freundschaft zu einem Polen an den Pranger gestellt und durchs Dorf getrieben worden war.

Er schaute das Anzeigenbuch weiter durch. Die meisten Einträge überflog er, manche konnte er wegen der Sütterlinschrift kaum entziffern. Unter dem 23. Oktober 1943 entdeckte er tatsächlich den Namen Konrad Dransfeld und dazu den seines Großvaters. Konrad Dransfeld, geboren am 12. Mai 1926, wurde aufgrund einer Anzeige von Herbert Schürmann wegen »Arbeitsbummelei« und »verbotenem Umgang mit Ostarbeitern« verhaftet, ins Balver Polizeigefängnis gesperrt und zehn Tage später auf Befehl der Gestapo in ein »polizeiliches Jugendschutzlager« überführt, stand da schwarz auf weiß. Er hatte es geahnt. Die Gewissheit, dass sein Großvater den Vater von Michael Dransfeld denunziert und ins KZ gebracht hatte, traf ihn trotzdem wie ein Schlag. Was, wenn Michael Dransfeld von dieser Geschichte gewusst hat? Nun passte alles zusammen, der Bericht Juri Sevcenkos über die Verhaftung des deutschen Kollegen und die Denunziation durch seinen Großvater. Aber wo ist der Zusammenhang mit dem Brand bei Schürmann?, fragte sich Thomas. Er musste unbedingt mehr über die Firma in Erfahrung bringen. Er scannte die wichtigsten Seiten des Anzeigenbuchs, packte seine Unterlagen zusammen, legte die Archivalien sorgsam auf den Aktenwagen zurück und verließ den Lesesaal.

Thomas klopfte an die Tür der Archivarin und trat ein. Sie saß vor einem großen Bildschirm und gab Daten in den Computer ein. Auf dem Schreibtisch lagen Berge von Akten.

»Haben Sie die Unterlagen schon durch?«, erkundigte sie sich.

»Nein, so schnell bin ich nicht. Ich gehe einen Kaffee trinken. Kann ich meine Sachen so lange im Lesesaal liegen lassen?«

»Kein Problem!«, versicherte sie.

»Sie führen doch bestimmt ein Nutzerverzeichnis«, meinte er beiläufig.

»Sicher, aber warum wollen Sie das wissen?«

»Ich bin bei meinen Recherchen auf ein Familiengeheimnis gestoßen und wüsste gern, ob jemand aus meiner Verwandtschaft hier im Archiv Nachforschungen angestellt hat.«

»Wir haben die Bestände der Balver Polizei für die Ausstellung zur Zwangsarbeit im Kreis aufgearbeitet. Danach gab es einige Anfragen, um Entschädigungsansprüche ehemaliger Zwangsarbeiter abzuklären, doch die meisten Besucher arbeiten bei uns im Archiv ihre Familiengeschichte auf. Außerdem gibt es zwei umtriebige Heimatforscher, Herrn Wiedemeier, den ehemaligen Grünecker Bürgermeister, und einen Herrn aus Beckum, dessen Name mir gerade nicht einfällt.«

»Sie meinen wahrscheinlich Herrn Gerhard.«

»Sie kennen ihn?«

»Sicher, in der Beckumer Dorfchronik gibt es einige interessante Beiträge zur Nazizeit. Gibt es sonst noch jemanden, der den Bestand der Balver Polizei in den letzten Jahren eingesehen hat?«

»Wir führen das Nutzerverzeichnis ausschließlich zu statistischen Zwecken und werten die Bestellzettel nicht aus.«

»Schade, es hätte ja sein können. Ich will Sie nicht weiter stören und bin in einer halben Stunde wieder da.«

»Klopfen Sie, wenn Sie zurück sind, dann sperre ich Ihnen den Lesesaal wieder auf.«

»Okay, bis später!«, sagte er und verließ das Archiv.

Thomas ging zu Fuß ins Stadtzentrum und suchte noch einmal das Eiscafé in der Fußgängerzone auf. Der Kellner begrüßte ihn wie einen alten Bekannten.

»Espresso?«, fragte er.

»Ja, einen doppelten bitte und ein Glas Wasser!« Der Wirt machte sich an der Espressomaschine zu schaffen und stellte den Kaffee und das Wasser auf die Theke.

»Vielen Dank!« Thomas zog sich einen Hocker heran und nahm Platz. »Ich hatte schon befürchtet, dass Sie geschlossen haben. Um diese Jahreszeit ist hier ja nicht mehr viel los.«

»Ja, die Saison ist so gut wie gelaufen. Im Moment haben wir aber großes Glück mit dem Wetter. Deshalb verirren sich manchmal doch ein paar Gäste hierher.«

»Sagen Sie, gibt es in der Nähe ein Internetcafé?«

»Ja, wenn Sie links in die Fußgängerzone gehen, kommt auf der rechten Seite ein Telefonladen. Der hat auch Internet.«

Thomas bedankte sich, legte drei Euro auf die Theke und verließ das Lokal. Zum Telefonladen war es tatsächlich nicht weit. Hinter dem Tresen stand ein junger Mann mit einem Handy am Ohr. Er unterbrach sein Gespräch, als Thomas eintrat, und sah ihn erwartungsvoll an.

»Sie wünschen?«, fragte er.

»Guten Tag, ich möchte das Internet nutzen.«

»Die Nummer drei.« Der Mann zeigte auf den Hinterraum und telefonierte weiter. Gegenüber dem Tresen befanden sich mehrere Telefonkabinen, im Hinterraum sechs Computerplätze. Drei junge Männer saßen an den Rechnern. Sie trugen Headsets, telefonierten oder surften im Netz. Thomas besuchte zuerst einige Seiten der Friedensbewegung, von Friedensforschungsinstituten und NGOs. Dabei fand er unzählige Links zum Thema Rüstungsexporte, aber nichts über Schürmann. Erst die Stichwortsuche mit dem Begriff »Händler des Todes« bescherte ihm unzählige Treffer mit Einträgen, in denen Schürmanns schmutzige Rüstungsgeschäfte thematisiert wurden, darunter etliche Zeitschriftenartikel im In- und Ausland. Mist, darauf hätte ich früher kommen müssen, schimpfte er und beschloss, sich zu Hause systematischer damit zu beschäftigen. Er zahlte die geforderten fünfzig Cent, eilte zurück zum Archiv, nahm zwei Treppenstufen auf einmal, um in den ersten Stock des alten Kreishauses zu gelangen, und war ganz außer Atem, als er das Büro der Archivarin betrat.

»Wer ist denn hinter Ihnen her?«, fragte sie lachend.

»Normalerweise laufe ich die hundert Meter in zwölf Sekunden«, witzelte er. »Im Moment bin ich aber nicht in Form.«

»Übrigens, Sie sind tatsächlich nicht der Erste, der sich für die Balver Polizeiakte interessiert. Ich habe mir die Bestellzettel angeschaut. In den vergangenen Jahren haben mehrere Nutzer die Akten eingesehen, darunter auch jemand, der in einer Familienangelegenheit hier war. Den Namen kann ich Ihnen leider nicht nennen, aus Gründen des Datenschutzes.«

»Hat er das Anzeigenbuch durchgesehen?«, hakte Thomas nach.

»Ja, die Signatur war auch darunter. Bitte haben Sie Verständnis dafür, dass ich Ihnen nicht mehr sagen darf.«

»Kein Problem. Ich muss mich schließlich auch darauf verlassen können, dass Sie meine Nutzerdaten nicht an Dritte weitergeben. Aber was ist, wenn der Nutzer bereits verstorben ist?« Thomas fand Gefallen an dem Disput.

»Sie können mir viel erzählen«, erwiderte sie und sah ihn herausfordernd an.

»Ich will Sie nicht auf die Schippe nehmen. Ich fürchte, der Nutzer ist Opfer eines Verbrechens geworden und der Datenschutz hilft ihm jetzt auch nicht mehr.«

»Was reden Sie da?«

»Ich meine den Toten, der kürzlich in den Trümmern eines Grünecker Unternehmens gefunden wurde. Sein Name ist Michael Dransfeld.« Er hielt inne und forschte in den Gesichtszügen der Archivarin, konnte ihre Mimik aber nicht deuten. »Ich lege meine Hand dafür ins Feuer, dass ich weder Sie noch das Archiv als Quelle dieser Information preisgeben werde. Für meine Arbeit ist es sehr wichtig, ob Herr Dransfeld Unterlagen über seinen Vater gesucht hat«, drängte er.

»Moment mal. Hatten Sie nicht von einem Familiengeheimnis gesprochen?«

»Ja, das stimmt. Die Firma in der Michael Dransfeld starb, gehörte meinem Großvater, Herbert Schürmann.«

»Ich verstehe. Und gibt es einen Zusammenhang zwischen dem Brand neulich und der Nazi-Zeit?«

»Ja, davon gehe ich aus. Der Vater von Michael Dransfeld arbeitete damals bei meinem Opa und wurde 1943 in ein Jugend-KZ eingeliefert.«

Sie überlegte. »An den Besuch von Herrn Dransfeld erinnere ich mich sehr genau«, meinte sie schließlich. »Es muss ungefähr zwei Jahre her sein, dass er hier ein paar Tage lang Akten gewälzt hat. Irgendetwas muss ihn sehr erschüttert haben. Er hat das Archiv überstürzt und ohne sich zu verabschieden verlassen. Er vergaß sogar, seine Kopien mitzunehmen.«

Thomas hatte es geahnt. »Hat er sich noch einmal gemeldet?«, insistierte er.

»Ja, er rief ein paar Tage später an und fragte, ob wir ihm die Kopien zuschicken könnten.«

»Haben Sie vielen Dank! Sie haben mir sehr geholfen.«

Sabine hat mit ihrer Vermutung recht gehabt, dass Dransfeld auf derselben Spur gewesen ist wie ich und Material über Schürmann gesammelt hat, dachte er. Die Geschichte wurde langsam heiß. Er nahm sich einen Aktenordner vor, der ihm am Morgen schon aufgefallen war. »Gemeinde Grüneck – Standesamt« stand auf dem Deckel. An der Stelle, an der sich ein gelber Klebezettel befand, erkannte er sofort die so genannten 46er-Listen, nach denen er so lange gesucht hatte.

»An das HQ British Zone Division« hieß es auf dem mit Schreibmaschine geschriebenen Schriftstück. »Der Amtsdirektor. Aufstellung einer Liste von Todesfällen der Personen nichtdeutscher Staatsangehörigkeit, die vom 3.9.1939 bis 8.5.1945 ums Leben gekommen sind.« Verfasser war das katholische Pfarramt. Die Liste stimmte mit den Unterlagen des Kirchenvorstands überein, die ihm sein ehemaliger Mitschüler Ludger Schäfer überlassen hatte, stellte Thomas schnell fest. Auch der Zusatz »4 weitere unbekannte Russen sind auf dem Friedhof in Grüneck beigesetzt. (8 insges.)« fehlte nicht. Obwohl der Geistliche über die Umstände, unter denen die Ausländer während des Krieges in Grüneck gestorben waren, genau Bescheid wusste, hatte er als Todesursache entweder »unbekannt« oder »Herzmuskellähmung« eingetragen. Nichts wies auf gewaltsame Todesumstände hin. Nur bei Pierre Bonet lag die Sache anders. Der Franzose, der am 1. April 1945 in Grüneck gestorben war, hatte einen Beckenschuss erlitten. Das war sicher der Mann, von dem Juri Sevcenko erzählt hat, vermutete Thomas. Er nahm alle Blätter aus dem Ordner, scannte sie ein und legte sie zurück auf den Aktenwagen.

Anschließend entdeckte er unter den Dokumenten auch die Akte zum Überfall Auf der Hohen Acht, der den Zwangsarbeitern zugeschrieben worden war, die wahrscheinlich am Dorfrand von Grüneck hingerichtet worden waren. Der »Bericht der Gendarmerie Balve vom 4. April 1945 zum Raubmord an Bauer Anton Müller« enthielt eine detaillierte Beschreibung des Vorfalls: »Wie aus den vorgefundenen Patronenhülsen zu schließen ist, hat M. einen Schuss mit dem Jagdgewehr abgegeben. Zuvor bekam M. einen Pistolenschuss in die Bauchgegend (Durchschuss), den einer der Täter abgegeben hat. Der Nachbar fand ihn später neben einem Kellerfenster tot auf. An diesem Kellerfenster standen noch einige Weckgläser mit Obst, die die Täter bereits herausgereicht hatten. Nachdem sie M. erschossen hatten, liefen drei der Täter in die erste Etage, wo sich die Schlafzimmer befinden. Hier haben sie mit lautem Rufen Licht gemacht und von der Bäuerin die Schlüssel vom Fleischschrank verlangt. Die Täter nahmen aus Schränken und Schubladen heraus, was ihnen mitnehmenswert erschien. Bauer H., der etwa dreihundert Meter von M. entfernt wohnt, wachte von der Schießerei auf und gab einen blinden Schuss ab. Hierdurch aufgeschreckt, verließen die Täter nun eilig das Haus. Trotz eifrigen Suchens mit Hilfe des Volkssturms und der inzwischen erschienenen Polizei wurden weder Täter noch Diebesgut gefunden. Für den Raubmord kommt eine Bande von Personen in Frage, die in diesem Gebiet ihr Versteck hatte, welches vor einigen Wochen aufgefunden wurde. Es handelt sich um die flüchtigen Ostarbeiter Johann Sakowski, Sergei Silenski, Alex Klimon und Guris Cuchanelino, die sich bekanntlich dem berüchtigten Bandenführer mit Vornamen Stefan angeschlossen haben. Die Bande war mit zwei Pistolen bewaffnet und hat heute ein altes Schrotgewehr mit etwa zehn Patronen dazubekommen. Anscheinend hatte es die Bande nur auf Lebensmittel abgesehen. Es ist aber nicht ausgeschlossen, dass sie auch andere Gründe für ihr brutales Vorgehen hatte. Ich mache daher auf folgendes aufmerksam: Die Ostarbeiterin Maria Dividenko war fast ein Jahr bei M. beschäftigt. Sie ist eine äußerst freche Person, so dass sie von M. und seiner Frau häufig Schimpfe bekam. Bei einer solchen Gelegenheit gab ihr eine Bekannte von M. einen Schlag um die Ohren. Die D. ist daraufhin fortgelaufen. Weil M. sie nicht wieder aufnehmen wollte, ist sie zum Bauern H., dem Nachbarn des M., gegangen, der sie vorläufig aufnahm. Der D. waren die zur Bande gehörenden Ostarbeiter von früher bekannt. Die Bande hielt sich einige Tage vor dem Überfall hier auf. Es ist nicht ausgeschlossen, dass sich die D. mit der Bande traf und diese über die Verhältnisse im Hause des M. aufklärte. Auch ist zu vermuten, dass sie die Bande zu Brutalität gegen die Ehefrau des M. aufgestachelt hat. Nachdem die Täter alles eingepackt hatten, sagte einer von der Bande mit einem Wink auf Frau M.: ›Auch kaputt machen!‹ Die D. ist am Vormittag nach der Tat spontan in das Haus der M. gekommen. Beim Anblick der Frau warf sie sich mit lautem Weinen und Gebärden auf die Bäuerin. Dies hat alle, die das gesehen haben, eigentümlich berührt. Bei ihrer Vernehmung sagte sie aus, ihr seien die Ostarbeiter, die ihr auf einem Bild gezeigt wurden, oberflächlich bekannt. Sie bestreitet aber entschieden, mit ihnen in den letzten vierzehn Tagen Kontakt gehabt zu haben und mit dem Einbruchdiebstahl oder dem Mord an M. etwas zu tun zu haben, weder durch Tat noch durch Rat. In Russland ist es Sitte, dass Bekannte des Toten weinen, wenn sie davon erfahren, behauptet sie. D. wurde vorläufig festgenommen und gegen Quittung der Gendarmerie in Balve übergeben. K. Polizeimeister der Gendarmerie, Balve, 6. April 1945.«

Das Versteck der flüchtigen Ostarbeiter, las Thomas weiter, war kurz danach bei einer Suchaktion in der Nähe von Grüneck aufgespürt worden. Ihm stockte der Atem. Konkrete Hinweise, dass die Verdächtigen anschließend verhaftet worden waren, fand er trotz wiederholter Durchsicht der Akte aber nicht. Auch im Anzeigenbuch, das er noch einmal durchsah, gab es keine Anhaltspunkte dafür, nur den Vermerk, dass der Überfall an die Gestapo Dortmund gemeldet worden war. Thomas lehnte sich erschöpft zurück. Er hatte die Szene, die Bruno Meier ihm kürzlich so anschaulich beschrieben hatte und bei der der Landwachtmann Anton Friebe mit vier oder fünf Gefangenen auf dem Hof seiner Eltern aufgetaucht war, noch genau vor Augen. Unter ihnen soll auch eine junge Frau gewesen sein. Langsam fügte sich alles zusammen. Meiers Erinnerungen, die Tagebuchaufzeichnungen von Wiedemeiers Vater über die Verantwortung des Dorfgendarmen für den Lynchmord, die vier unbekannten Russen auf dem Friedhof und jetzt der Polizeibericht zum Überfall auf der Hohen Acht. Meier hatte sicher Recht, dass die Gefangenen Opfer des Verbrechens in Grüneck geworden waren. Unklar blieb nur, warum die vier Zwangsarbeiter, die für den Raubüberfall bei Bauer Müller verantwortlich gemacht wurden, überhaupt in Verdacht geraten waren. Bis zu dem Zeitpunkt war keiner der Verdächtigen an einer anderen Stelle der Akte aufgetaucht, auch nicht Maria Dividenko. Thomas konnte jetzt nicht mehr ausschließen, dass sein Opa selbst an dem Lynchmord im Eichenwald beteiligt gewesen war, schließlich hatte der Dorfgendarm den Raubüberfall direkt mit der Razzia im Balver Wald Ende März 1945 in Verbindung gebracht. Diese Schlussfolgerung ließ ihn erschaudern.

Thomas scannte alle wichtigen Blätter ein und widmete sich abschließend der Akte des Amts Balve zur Reichstagswahl vom 5. März 1933 und der Nazi-Kartei. In der Akte »NSDAP Amt Balve« waren 289 Grünecker verzeichnet, die Mitglied der Nazipartei oder ihrer Gliederungen gewesen waren, darunter auch zahlreiche Familienangehörige. Die Nummer zwei auf der Liste war sein Patenonkel, der jüngste Bruder seines Vaters. Thomas schüttelte ungläubig den Kopf. Er war bereits 1936 der Deutschen Arbeitsfront beigetreten. Der älteste Bruder seines Vaters, die Nummer zehn in der Nazi-Kartei, gehörte bereits seit 1934 zur DAF. Fünfundzwanzig Männer aus dem Dorf hatten der SA angehört, einige ab Mitte der Dreißigerjahre. Die Lehrer waren alle im NS-Lehrerbund organisiert, selbst das Nationalsozialistische Fliegerkorps und der Deutsche Luftsportverband hatten ein paar Mitglieder in Grüneck gehabt. Ein Viertel aller Erwachsenen im Dorf war in NSDAP-Gliederungen eingetreten. Thomas hatte es jetzt schwarz auf weiß, die Behauptung seiner Eltern, wonach nur ganz wenige im Dorf Parteimitglieder gewesen waren, war eine Legende. In Wirklichkeit hatten sich die meisten Grünecker für Führer, Volk und Vaterland begeistert.

»Wie lange brauchen Sie noch?«, fragte die Archivarin plötzlich.

Thomas erschrak. »In einer halben Stunde bin ich mit den Unterlagen durch«, antwortete er. Er hatte nicht bemerkt, dass sie hereingekommen war.

»Das ist in Ordnung. Ich bin bis fünf hier. Sagen Sie bitte Bescheid, wenn Sie fertig sind.«

»Okay, das mache ich.« Die junge Frau ging wieder hinaus und Thomas scannte die NSDAP-Kartei vollständig ein.

Die Mappe zur Reichstagswahl 1933 enthielt die Wahlergebnisse der einzelnen Gemeinden im Amt Balve. Es überraschte ihn nun nicht mehr, dass die NSDAP in Grüneck stolze 31,3 Prozent erzielt hatte, das Zentrum auf 62,8 und die SPD auf 3,4 Prozent gekommen war. Die Kommunisten hatten nur acht Stimmen erhalten. Reinhold Gerhard hatte den Nagel auf den Kopf getroffen. Grüneck ist ein braunes Nest gewesen, tiefbraun, dachte Thomas.

13

»Es hat auf den ersten Blick nach einem Fahrfehler ausgesehen. Erst als wir das Wrack genauer untersucht haben, entdeckten wir an der linken Fahrerseite frische Lackspuren. Alles deutet auf eine Kollision mit einem anderen Fahrzeug hin. Unfallflucht mit Todesfolge, würde ich sagen. Kommen Sie, ich zeige Ihnen die Stelle.« Ulrike folgte dem jungen Kollegen den Hang hinab zu dem silbergrauen BMW, der unterhalb der Landstraße auf der Wiese stand. Von der Straße aus war ihr nicht aufgefallen, dass das Fahrzeug völlig demoliert war.

»Der Fahrer, ein 72-jähriger Fabrikant aus Grüneck, hat die Gewalt über das Fahrzeug verloren, ist auf den Seitenstreifen geraten, hat sich mehrmals überschlagen, den Weidezaun hier oben durchbrochen und ist den Hang runtergerollt. Sie sehen ja die Spuren.« Der Uniformierte zeigte auf die Furchen, die das Unfallfahrzeug auf der Wiese hinterlassen hatte. Das Dach und die Kühlerhaube des BMW waren stark eingedrückt. Die Fahrertür hing aus den Angeln, die Windschutzscheibe war zersplittert. Die Heckscheibe fehlte völlig und die Seitenspiegel waren abgerissen worden. Ulrike sah den Gummirahmen, der von der Heckscheibe übrig geblieben war, etwas abseits des Wracks im Gras liegen.

»Sie sagten, der Tote war Unternehmer. Wie hieß der Mann?«

»Herbert Schürmann. Er war Seniorchef eines alteingesessenen Grünecker Unternehmens. Mein Schwager arbeitet in der Firma.«

»Aber das ist doch der Betrieb …«

»Genau, wo es vor einigen Monaten gebrannt hat. Ich sehe, Sie sind im Bilde.«

»Ich war damals vor Ort.«

»Ah. Wusste ich doch, dass ich Sie schon einmal gesehen habe.« Der Verkehrspolizist begab sich auf die Fahrerseite des Unfallfahrzeugs und zeigte ihr eine Schramme, die sich vom Seitenheck bis zur Fahrertür erstreckte.

»Hier, die schwarzen Lackspuren sind noch ganz frisch«, sagte er.

Ulrike strich mit dem Zeigefinger an der Schramme entlang und begutachtete den Lack, der an ihrer Fingerspitze klebte. »Ich werde eine KTU veranlassen. Mit etwas Glück finden wir das Fahrzeug, das den Kratzer verursacht hat.«

»Womöglich wurde Schürmanns BMW von der Straße gedrängt. Meinen Sie nicht auch?«

»Das ist eine interessante Annahme. Gibt es Zeugen?«

»Bisher nicht. Der Bauer, der den Notruf ausgelöst hat, hatte zuerst nur das Tuten einer Alarmanlage gehört, bevor er den BMW und den schwer verletzten Fahrer entdeckte.«

»Wann war das genau?«

»Der Bauer sagt, es sei kurz nach halb sieben gewesen. Er ist zum Hof zurückgegangen, hat den Notarzt gerufen und anschließend oben auf der Straße gewartet, bis der Krankenwagen und die Feuerwehr eintrafen. Das war um sechs Uhr zweiundfünfzig. Der Verletzte musste von den Rettungskräften aus dem Fahrzeug befreit werden. Er hat so starke Kopfverletzungen erlitten, dass er auf dem Weg ins Krankenhaus gestorben ist. Schürmann war übrigens auf dem Weg zum LKA.«

»Woher wissen Sie das?

»Schürmanns BMW ist zwar ziemlich lädiert, aber sein mobiles Navi völlig intakt.«

»Ich fasse es nicht! Sie haben das Navigationssystem untersucht?« Ulrike konnte ihre Wut auf den Dorfbullen nur schwer verbergen. »Und da haben Sie mal eben ermittelt?« Sie war stocksauer.

»Ich, äh«, stotterte der Verkehrspolizist, »habe dasselbe Modell und da habe ich mir das Ding eben genauer angesehen.«

»Und weiter?«

»Das Ziel, das Schürmann eingegeben hatte, war die Völklinger Straße 110 in Düsseldorf. Das ist die Adresse des LKA. Ich war dort mal auf Lehrgang.«

»Und wo ist das Ding jetzt?«

»Ich habe es den Kollegen von der Spusi ausgehändigt.«

»Na, da bin ich aber froh. Und haben Sie weitere Ermittlungen angestellt?«

»Nee.«

»Wie heißen Sie überhaupt?«

»Wallmann, Ludger Wallmann, Polizeimeister in Balve«, antwortete er zackig. Ulrike notierte sich den Namen in ihrem Notizheft und kehrte zur Straße zurück. Dort hatte sich trotz Kälte und Nieselregen ein Dutzend Neugierige versammelt.

»Gibt es schon Ergebnisse?«

Die Dame, die Ulrike ansprach, trug einen roten Mantel, schwarze Stiefel und eine schwarze Baseballkappe. Irgendwoher kam ihr die Frau bekannt vor.

»Kennen wir uns?«, fragte die Kommissarin.

»Entschuldigen Sie, ich habe mich nicht vorgestellt. Elke Fabri, ich arbeite für die hiesige Lokalredaktion der Westfälischen.«

»Ulrike Schrader, Mordkommission. Ich habe mir gerade erst einen Eindruck vom Unfallort verschafft. Bitte haben Sie Verständnis dafür, dass ich den weiteren Ermittlungen nicht vorgreife.«

»Aber ist das nicht seltsam? Erst brennt seine Fabrik und jetzt ist Schürmann tot. Das ist doch kein Zufall!«

»Sie meinen, es könnte einen Zusammenhang zwischen diesen beiden Ereignissen geben?«

»Weibliche Intuition«, meinte Fabri und grinste.

Ulrike rollte verächtlich mit den Augen. »Woher wissen Sie überhaupt, dass Schürmann hinterm Steuer saß?«

»Sie glauben gar nicht, wie schnell Neuigkeiten hier die Runde machen.«

»Doch das kann ich mir lebhaft vorstellen«, entgegnete die Ermittlerin und zog eine Visitenkarte aus dem Portemonnaie.

»Hier, wenn Sie sachdienliche Hinweise haben, die Ihre Vermutung stützen, rufen Sie mich bitte an.«

»Das mache ich gern«, erwiderte Fabri schnippisch. Sie nahm die Karte, drehte sich auf dem Absatz um und eilte davon.

Die Kommissarin gab Polizeimeister Wallmann mit einem Wink zu verstehen, ihr zu folgen, und sie ließen die Schaulustigen hinter sich. Der Polizist hatte sich bei dem Gespräch mit der Reporterin auffallend im Hintergrund gehalten.

»Ist die immer so schnell eingeschnappt?«, erkundigte sich Ulrike.

»Sie haben die Fabri nicht gerade mit Samthandschuhen angefasst.«

»Sie meinen, ich war zu schroff?«

»Nee, aber –«

»Sorry, hier geht es nicht um eine Schlägerei beim Schützenfest, sondern um Fahrerflucht mit Todesfolge, vielleicht sogar um Mord!«, fiel Ulrike ihm ins Wort. »Die Dame tut so, als ob sie etwas wüsste, nennt aber nicht Ross und Reiter. So etwas kann ich nicht ausstehen. Ihre Artikel über den Brand bei Schürmann waren jedenfalls weder originell noch besonders investigativ.«

»Wie meinen Sie das?«

»Bisher habe ich in der Westfälischen nichts über die Hintergründe des Brandes gelesen oder habe ich da etwas übersehen?«

»In Grüneck erzählt man sich, Schürmann habe das Wasser bis zum Hals gestanden und der Betrieb sei völlig überschuldet. Manche glauben sogar an einen Versicherungsbetrug.«

»Haben Sie dafür irgendwelche Anhaltspunkte?«

»Das nicht, aber Schürmann geriet vor zwanzig Jahren in Verdacht, illegale Rüstungsgeschäfte mit dem Irak gemacht zu haben.«

»Wurde gegen ihn ermittelt?«

»Das BKA hat damals Schürmanns Büro durchsucht. Aber das war lange vor meiner Zeit.«

»Gibt es in Ihrer Wache ältere Kollegen, die zu der Zeit bereits dabei waren?«

Wallmann schüttelte den Kopf. »Nein, ich bin der Dienstälteste bei uns.«

»Aber vielleicht gibt es Unterlagen?«

»Das glaube ich kaum. Ermittlungsunterlagen werden nicht so lange aufbewahrt. Aber ich sehe trotzdem nach, wenn es sein muss«, brummte der Polizeimeister.

»Wenn die Wache damals an der Durchsuchung beteiligt war, könnte das im Strafanzeigenbuch verzeichnet sein«, drängte sie.

»Aber dafür brauche ich ein Datum, sonst suche ich mich dumm und dämlich.«

Ulrike war genervt. »Okay, ich melde mich in den nächsten Tagen bei Ihnen. Wir bleiben in Kontakt. Meine Nummer haben Sie?«

»Ja, und wie geht es jetzt weiter?«

»Morgen rechne ich mit den Ergebnissen der Gerichtsmedizin. Spusi und KTU brauchen sicher noch zwei Tage. Sie befragen in der Zeit die Nachbarn. Vielleicht ist jemandem irgendetwas Ungewöhnliches aufgefallen. Hören Sie sich in Grüneck um und sprechen Sie mit Ihrem Schwager. Wir müssen jedem Anhaltspunkt nachgehen. Halten Sie mich auf dem Laufenden. Ich melde mich, sobald ich weiß, wann das Ermittlungsverfahren gegen Schürmann gelaufen ist. Vielen Dank übrigens für den Hinweis. Und noch eins, für Pressearbeit bin ich zuständig. Kein Wort zur Fabri. Ich verlasse mich auf Sie.« Sie sah Wallmann dabei eindringlich an, aber er wich ihrem Blick aus.

»Das versteht sich von selbst«, beteuerte er schmallippig.

Ulrike verabschiedete sich, ging zu ihrem Golf und machte sich auf den Weg. Ludger Wallmann fühlte sich unbehaglich. Er wusste, dass es Ärger mit Elke geben würde.

Wer hat Interesse am Tod des Unternehmers und wer wusste alles von dem Termin beim LKA?, fragte sich Ulrike auf der

Fahrt ins Präsidium und rief die Leiterin der Hagener Mordkommission an.

»Die Chefin ist gerade in einer Besprechung. Ich sage ihr, dass Sie angerufen haben«, versprach die Sekretärin. Nur wenig später erschien der Name ihrer Vorgesetzten auf Ulrikes Handydisplay.

»Wo brennt es?«, fragte Vera Brinkmann.

»Der Unternehmer Herbert Schürmann ist bei einem Autounfall in der Nähe von Grüneck ums Leben gekommen, Fremdeinwirkung nicht ausgeschlossen«, erklärte Ulrike. »Du erinnerst dich bestimmt an den Brand in der Gemeinde, bei dem kürzlich ein Mann tot aufgefunden worden ist.«

»Klar, das war doch die Geschichte bei der das LKA ...«

»So ist es. Schürmann war der Seniorchef der Firma. Wir wurden heute Morgen von der Balver Polizei zur Unfallstelle gerufen, weil Anzeichen dafür vorlagen, dass ein unbekanntes Fahrzeug an dem Unfall beteiligt war. Bevor ich in der Sache ermittle, würde ich allerdings gern klären, wer Herr des Verfahrens ist.«

»Solange du von mir nichts anderes hörst, leitest du die Untersuchung. Mach dir keine Sorgen. Ich spreche mit Düsseldorf.«

»Noch ein Detail, das du kennen solltest. Schürmann war auf dem Weg zum LKA.«

»Das ist interessant«, meinte Brinkmann.

»Nun drängt sich natürlich die Frage auf, wer alles von Schürmanns Termin in Düsseldorf gewusst hat und was er da wollte.«

»Hast du seine Ehefrau und die Sekretärin schon befragt?«

»Nein, ich wollte erst grünes Licht von dir, bevor ich kondoliere.«

»Dann kannst du jetzt loslegen.«

»Übrigens, das BKA scheint im Zusammenhang mit Irak-Geschäften gegen Schürmann ermittelt zu haben. Die Sache muss zwanzig Jahre zurückzuliegen. Vielleicht ist das der Grund, warum das LKA die Todesermittlungen nach dem Brand an sich gezogen hat. Ich wüsste gern, was dabei herausgekommen ist. Ich habe nämlich keine Lust, unnötig im Nebel zu stochern.«

»Ich verstehe. Gibt es sonst noch etwas, was ich wissen sollte?«

»Nein.«

»Okay, du hörst von mir.«

Ulrike fuhr trotzdem zunächst weiter ins Präsidium statt zur Familie Schürmanns. Die Kollegen vor Ort würden die Todesnachricht überbringen. Sie wollte so schnell wie möglich das Gesuch an die KTU aufsetzen und ihre Gedanken ordnen. Auf ihrem Schreibtisch entdeckte die Kommissarin eine Nachricht von Thomas Krüdewagen. »Bitte dringend um Rückruf. Gruß Thomas.« Sie wählte seine Nummer. Nichts. Kaum hatte sie aufgelegt, klingelte ihr Handy.

»Hallo, hier ist Thomas. Wie geht's?«

»Danke der Nachfrage und selbst?«

»Ausgezeichnet. Ich glaube, wir sollten uns treffen. Ich habe Neuigkeiten.«

»Ich auch. Herbert Schürmann ist tot.«

»Ich weiß, ich habe gerade davon gehört. Sein Tod gibt der Geschichte eine interessante Wende.«

»Lass uns morgen telefonieren und etwas ausmachen.«

»Hast du heute keine Zeit?«

»Nein, ich möchte erst die Ergebnisse der Obduktion und der KTU abwarten. Ich rufe dich an.«

»Versprochen?«

»Versprochen.«

»Okay, ich warte auf deinen Anruf.«

»Ich melde mich, so schnell wie möglich«, versprach sie. Sie kramte einen Zettel von ihrem Schreibtisch. *Todesermittlungen Michael Dransfeld*, notierte sie. *Wer ist für den Tod von D. und den Brand bei S. verantwortlich? Versicherungsbetrug? Nazigeschichte? Irak-Connection? – Unfalltod Herbert Schürmann sen.: Ursache? Gerichts-*

medizin, KTU, Zeugenbefragung Nachbarschaft, Familie, Fa., M.D., LKA. Wer hatte Interesse an seinem Tod? Wer wusste von Schürmanns Termin beim LKA? Wer ist ihm gefolgt? Beteiligtes Fahrzeug? Zeugenbefragung Familie, Unternehmen, Geschäftsfreunde, Konkurrenten, M.D., BKA/LKA, Funkzellenauswertung am Unfallort veranlassen, Schürmanns Handydaten auswerten.

Bevor Ulrike in die Kantine ging, rief sie die KTU und die Gerichtsmedizin an und schickte ihre Gesuche an die Kollegen. Außerdem instruierte sie ihren Assistenten. Während sie an der Essensausgabe ratlos den Wochenplan studierte und überlegte, welches Menü sie nehmen sollte, Tortellini in Tomatensoße, Putenschnitzel an Paprika-Creme oder doch lieber einen Salat, klingelte ihr Mobiltelefon. »Unbekannter Teilnehmer« erschien auf dem Display.

»Hallo, hier ist Ludger Wallmann, störe ich?«

»Nein, aber fassen Sie sich kurz. Ich stehe gerade vor der Salatbar.«

»Dann rufe ich Sie später an.«

»Nein, schießen Sie los!«

»Nur ganz kurz. Ein Zeuge hat einen schwarzen Mercedes beobachtet, der sich mit hoher Geschwindigkeit vom Unfallort entfernt hat.«

»Der Zeitpunkt?«

»Kurz nach sechs.«

»Das könnte passen und das Kennzeichen?«

»Ein Bonner Nummernschild, mehr konnte er nicht erkennen.«

»Gute Arbeit, Wallmann. Schicken Sie mir das Protokoll bitte per Fax. Statt der 24 wählen Sie hinten die 22.«

»In fünf Minuten.«

»Danke.«

Doch nicht so schlecht der Mann, urteilte Ulrike. Sie nahm sich ein Tablett und eine Glasschale, etwas Möhrensalat, ein grünes

Salatblatt, ein paar Tomaten, Zwiebeln, Rotkohl, eingelegte Rote Beete. Zum Schluss träufelte sie Olivenöl und Balsamico darüber. An der Getränke-Bar schenkte sie sich ein Glas Mineralwasser ein und zog an der Kasse ihre Servicecard durch den Scanner. Erst jetzt fiel ihr auf, dass außer ihr kein Mensch in der Kantine saß. Kein Wunder, es war fast zwei Uhr. Sie setzte sich mit dem Salat an einen Tisch. Als sie den Teller fast geschafft hatte, meldete sich erneut die Chefsekretärin.

»Ich verbinde«, bedeutete sie. Es dauerte einen Moment, bevor Ulrike ihre Vorgesetzte am anderen Ende der Leitung vernahm.

»Ich habe inzwischen ein paar Telefonate mit Düsseldorf und Wiesbaden geführt. Störe ich Sie gerade beim Essen?«

»Nein, ich bin ganz Ohr.«

»Schürmann hatte tatsächlich einen Termin beim LKA.«

»Mit wem?«

»Mit dem zuständigen Ermittlungsbeamten.«

»Und wer soll das sein?«

»Den Namen wollte man mir nicht nennen.«

»Und weiter?«

»Nichts. Die übliche Geheimniskrämerei. Aber es gibt ein Detail, das dich interessieren wird. Schürmann hatte um den Termin gebeten. Bei der Durchsuchung von Dransfelds Wohnung wurde übrigens ein umfangreiches Dossier über die Firma Schürmann sichergestellt, überwiegend Dokumente aus der Nazi-Zeit. Das ist das Einzige, was ich in Erfahrung bringen konnte.«

»Das ist nicht viel.«

»Könnte es einen Zusammenhang mit dem Unfall heute geben?«, fragte Brinkmann.

»Das ist im Bereich des Möglichen.«

»Ich hätte es gern etwas genauer.«

»Erpressung, Geld, eine Beziehungstat, es ist einiges denkbar.«

»Das heißt, du tappst noch im Dunkeln?«

»Warten wir die KTU ab. Ich brauche dringend eine Funkzellenauswertung für den Unfallort. Die Daten für die Staatsanwaltschaft schicke ich dir gleich.«

»Ist das alles?«

»Im Moment ja. Bekomme ich einen schriftlichen Bericht des LKA?«

Die Chefin lachte.

Ulrike war der Appetit vergangen. Sie stellte das Tablett mit dem Salat auf das Abräumband zurück, holte sich an der Kaffeebar einen Cappuccino und setzte sich zurück an den Tisch. Sie versuchte, Thomas auf dem Handy zu erwischen, doch der hatte sein Telefon ausgeschaltet. Sie schrieb ihm deshalb eine SMS. »Wir müssen uns dringend treffen! Neuigkeiten über Michael Dransfeld.« Zurück in ihrem Büro, ging sie an ihren Rechner und rief ihre Mails ab. Außer dem üblichen Müll fand sie eine Nachricht der KTU. »Die seitlichen Lackspuren an dem Unfallfahrzeug, einem BMW der 7er-Reihe, stammen wahrscheinlich von einem Mercedes der S-Klasse, Baureihe 140 bis Baujahr 1998. Das Display des serienmäßig eingebauten Navigationsgeräts war defekt, deshalb vermutlich das mobile Gerät. Außerdem haben wir im vorderen linken Radkasten ein GPRS-Observationssystem mit Antenne und Batterieanschluss entdeckt. Details demnächst in meinem Bericht.«

Ulrike leitete die Mail an Brinkmann weiter. »Bitte frag deinen Kollegen beim LKA, ob er Angaben zu der Observation machen kann. Besten Dank! U.S.«, fügte sie hinzu und rief die Gerichtsmedizin an. Die Obduktion laufe noch, erklärte die Sekretärin knapp. Mit dem Ergebnis könne sie frühestens morgen Vormittag rechnen. Ulrike sah sich ihre Notizen an und überlegte gerade, was sie als nächstes tun sollte, als sie Thomas' Kurzmitteilung erhielt. »Bin unterwegs. Treffen heute Abend?« »Lieber morgen früh zum Frühstück. 10 Uhr beim Italiener, neben Funkhaus Wallrafplatz?«, antwortete sie. »Perfekt, freue mich! T.«, lautete seine Antwort. Die Kommissarin lächelte. Sie notierte die Rufnummer der Gerichtsmedizin, steckte ihr Handy ein und verließ das Büro.

Am nächsten Morgen bat sie ihren Assistenten, im Posteingang nachzusehen, ob der Bericht der KTU schon da war. Fünf Minuten später erhielt sie ihn per Mail als PDF. Schirmer hatte kürzlich an einer Fortbildung teilgenommen und wollte ihr offenbar imponieren, vermutete Ulrike. Sie bedankte sich, druckte den Bericht aus, setzte sich mit einem Glas Tee an den Küchentisch und studierte das Papier. Außer dem Abschnitt über die Untersuchung der Lackspuren enthielt der Bericht eine detaillierte Auflistung der Schäden an Schürmanns BMW sowie eine Rekonstruktion des Unfallhergangs. Angehängt waren ein Foto sowie allgemeine Informationen über den Peilsender. Das Ding sieht aus wie ein Funkgerät, dachte sie, nur etwas kompakter. Mit den technischen Daten konnte sie nichts anfangen. Aber der Hinweis, dass die Datenübertragung wahrscheinlich per SMS erfolgt war, weckte ihr Interesse. Die Kollegen hatten den Unfall genau rekonstruiert. Demnach war das Fahrzeug ungebremst von der Fahrbahn abgekommen, in den Graben geraten und hatte sich anschließend mehrfach überschlagen, bevor es auf der abschüssigen Wiese zum Stehen kam.

Ein Blick auf die Uhr sagte ihr, dass es bereits kurz nach neun war. Mist, sie musste los, sonst würde sie es nicht rechtzeitig zur Verabredung mit Thomas schaffen. Sie legte den Bericht in ihre Mappe, raffte ihre Sachen zusammen und verließ das Haus. Unterwegs telefonierte sie mit Schirmer und bat ihn, bei der Gerichtsmedizin wegen des Obduktionsberichts nachzuhaken. Als sie kurz vor Leverkusen war, meldete er sich.

»Ich habe den Bericht des Pathologen.«

»Okay, ich bin ganz Ohr, bitte nur die wichtigen Passagen.«

»Todesursache war nicht die Kopfverletzung, sondern eine Hirnmassenblutung an einer für eine spontane Massenblutung nach einem Verkehrsunfall typischen Stelle im Gehirn. In diesem Fall bleibt ungewiss, ob auch ohne die mechanische Belastung durch den Unfall eine spontane Blutung entstanden wäre.«

Ulrike verstand nur Bahnhof. »Dass sich der Doc immer so verquast ausdrücken muss«, stöhnte sie.

Doch Schirmer setzte seine Lesung ungerührt fort. »Der Zeitpunkt der Blutung, ob vor oder nach dem Unfall, ist nicht hinreichend festzustellen, ein natürliches Geschehen als Todesursache nicht auszuschließen.«

»Auch das noch!«, fluchte die Kommissarin.

»Wie bitte?«

»Mensch Schirmer, überleg mal, ohne vorsätzliche Tötung …?«

»Kein Mord.«

»Danke Schirmer, ich komme heute übrigens erst später. Ich treffe einen Experten, der sich mit Schürmanns brauner Vergangenheit beschäftigt hat.«

»Was hat das mit seinem Tod zu tun?«

»Das werde ich herausfinden. Halt du die Stellung und bring die Kollegen vor Ort auf Trab. Ich möchte die Berichte über die Zeugenvernehmungen so schnell wie möglich auf meinem Schreibtisch sehen. Sie sollen zu den Nachbarn gehen, die Sekretärin befragen und nicht vergessen, nach Geschäftsfreunden zu fragen. Die Witwe übernehme ich selbst.«

»Wird gemacht.«

Ulrike freute sich auf das Treffen mit Thomas. Am Leverkusener Kreuz verließ sie die A 1 und nach einer Viertelstunde war sie auf der Zoobrücke. Immer wieder schön, dachte sie beim Blick auf den Rhein und die Altstadt. Die Rheinuferstraße war frei. Wenig später betrat sie das Kaffee. Thomas saß am Fenster gegenüber der Bar, war in eine Zeitung vertieft, so dass er nicht merkte, dass sie hereinkam.

»Hallo.« Sie beugte sich zu ihm und küsste ihn auf die Wange. Er erschrak.

»Hallo, du kommst spät. Hattest du einen Stau?«

»Nein, ich habe heute Morgen erst einige Telefonate führen müssen. Dafür bringe ich interessante Neuigkeiten mit.«

»Bitte setz dich doch, bevor du loslegst!«

»Sorry, ich bin ganz aufgekratzt. Das geht mir immer so, wenn ich mit dem Auto unterwegs bin. Wie geht es dir?«

»Bestens, aber ich habe ziemlich viel zu tun. Wegen meiner Reise in die Ukraine ist viel Arbeit liegen geblieben. Wie viel Zeit hast du?«

»Das kommt darauf an.«

»Wir haben einiges zu besprechen. Aber jetzt muss ich erst etwas essen. Mir knurrt der Magen.«

»Was darf ich Ihnen bringen?«, fragte der gut aussehende Kellner, der an ihren Tisch getreten war. Er trug eine schwarze Weste, Schlips, darunter ein weißes Hemd.

»Ein kleines Frühstück mit Croissant, Orangensaft und Cappuccino«, orderte Ulrike.

»Für mich bitte ein großes Frühstück«, ergänzte Thomas.

»Gern«, erwiderte der Kellner.

»Du kannst dir sicher denken, warum ich hier bin«, meinte Ulrike.

»Es gibt zwei mysteriöse Todesfälle in Grüneck, die ganz offensichtlich zusammenhängen. Grund genug, sich zu treffen. Aber ich dachte, du wärst aus der Geschichte raus?«

»Wie kommst du darauf? Das LKA untersucht den Tod von Michael Dransfeld, der von Herbert Schürmann fällt in meinen Zuständigkeitsbereich.«

»Gut, ich bin ganz Ohr.«

»Bei den Ermittlungen bin ich auf ein paar Ungereimtheiten gestoßen. Ich muss mich aber darauf verlassen können, dass du dieses Gespräch absolut vertraulich behandelst.«

»Wie stellst du dir das vor? Ich bin Journalist.«

»Das weiß ich. Aber es gibt Informationen, die aus ermittlungstaktischen Gründen jetzt nicht nach außen dringen dürfen.«

»Das versteht sich doch von selbst.«

»Okay, bei unserem letzten Gespräch hast du gesagt, dass es einen Zusammenhang zwischen dem Tod von Michael Dransfeld und der braunen Vergangenheit von Herbert Schürmann geben könnte. Hast du dafür irgendwelche Belege?«

»Wieso ist das auf einmal für dich überhaupt von Belang? Neulich kam dir das noch ziemlich abwegig vor.«

»Sei nicht albern. Ich gehe jedem Hinweis nach, der für meine Untersuchung relevant sein könnte. Ich will nicht lange drum herumreden. Bei der Durchsuchung von Dransfelds Wohnung in Haspe ist ein umfangreiches Dossier mit Recherchen zur NS-Geschichte in Grüneck, speziell über Herbert Schürmann senior, sichergestellt worden.«

»Kann ich das Material sehen?«

»Nein. Das ist unter Verschluss.«

Thomas setzte sein breites Grinsen auf. »Lass mich raten. Beim LKA?«

»Schlaumeier!«

»Und was steht drin?«

»Das weiß ich nicht.«

Thomas brach in schallendes Gelächter aus. »Und jetzt möchtest du mich als inoffiziellen Mitarbeiter anwerben?«

»Ich fürchte, das übersteigt meinen Etat und erpressbar bist du soviel ich weiß nicht. Ich denke eher an einen Informationsaustausch. Was ist daran so komisch?«

»Nichts, und welche Informationen kannst du mir anbieten?«

»Ich habe dir schon eine gegeben.«

»Du meinst den Hinweis auf das Dossier? Das es das gibt, war mir klar. Ich kann mir sogar vorstellen, was drinsteht.«

»Ich bin ganz Ohr.«

Der Kellner brachte das Frühstück. Während sie Kaffee tranken und aßen, redeten sie weiter.

»Michael Dransfeld hat lange vor mir die Unternehmensgeschichte der Firma Herbert Schürmann untersucht. Ihm standen dabei dieselben Quellen zur Verfügung, vor allem im Kreisarchiv. Er wusste, dass sein Vater aufgrund einer Denunziation meines Großvaters verhaftet und ins KZ eingeliefert worden war. Er hat die Quellen eingesehen und die Dokumente kopiert.«

»Woher weißt du das?«

»Das würde zu weit führen. Michael Dransfeld wusste mit Sicherheit, dass der alte Schürmann ein Nazi gewesen ist, als Parteimitglied lukrative Rüstungsaufträge an Land gezogen hat, Zwangsarbeiter ausgebeutet, der Hilfspolizei angehört, Jagd auf entflohene Zwangsarbeiter gemacht hat und von den Alliierten als Werwolf verdächtigt wurde.«

»Wie bitte?«

»Doch sicher. Mein Großvater saß nach dem Krieg einige Monate in Haft, nachdem bei ihm ein Waffenlager gefunden worden war.«

»Im Ernst?«

»Ja, über meinen Großvater mache ich keine Witze. Dransfeld hatte, außer zum Kreisarchiv, Zugang zu anderen Quellen im Dorf, zum Beispiel zu seinem Onkel. Der kennt dort Hinz und Kunz. Wie Herbert Schürmann verdient er sein Geld im Maschinenbau. Er weiß wahrscheinlich sehr gut, welche Geschäfte Schürmann nach dem Krieg gemacht hat. Und darüber müssen wir unbedingt reden.«

»Gern.« Ulrike machte sich eifrig Notizen. »Wie heißt der Mann?«

»Das ist nicht wichtig.«

»So geht das nicht.«

»Ich bin nicht dein Hilfssheriff!«

»Okay, reg dich wieder ab! Schürmann ist also wegen dubioser Waffengeschäfte mit den Behörden in Konflikt geraten.«

»Stimmt, aber zur Anklage kam es nie. Erst der Tod von Herbert Schürmann hat mir die Augen geöffnet. Ich glaube, die braune Vergangenheit der Firma war nur der Ausgangspunkt für Michael Dransfelds Recherchen. Vielleicht hat er Schürmann erpresst. Aber ich glaube nicht, dass er deshalb ermordet wurde. Schürmann hätte über Dransfelds NS-Recherchen nur gelacht. Für 68er wie Dransfeld junior waren die Naziverbrechen eine moralische Hypothek. Für Schürmann und seinesgleichen dagegen war die historische Wahrheit nie ein Problem, denn sie wussten sich in der Bundesrepublik stets in bester Gesellschaft und hatten nichts zu befürchten.«

»Du moralisierst.«

»Vielleicht, aber die Recherche in Grüneck hat mir das Ausmaß der Verstrickung unserer Eltern und Großeltern in die Nazigeschichte erst richtig vor Augen geführt. Aber das wäre ein Thema für einen ganzen Abend. Kurz und gut, ich glaube, dass es jemanden gibt, der mächtiger ist als wir und der den Tod von Michael Dransfeld, vielleicht auch von Herbert Schürmann, auf dem Gewissen hat.«

»Das nenne ich jetzt mal eine These. Und wer soll der große Unbekannte sein?«

»Wenn ich das wüsste, würde ich nicht hier sitzen.«

Der Kellner kam und räumte ab. »Darf ich Ihnen noch etwas bringen?«, fragte er.

»Einen Espresso bitte. Willst du auch einen?«, wandte Thomas sich an Ulrike.

»Nein, danke«, antwortete sie und der Kellner verschwand wieder. »Mit der Nazigeschichte kenne ich mich nicht aus, aber mit großen Unbekannten. Die sind mein Metier. Meinst du, Michael Dransfeld konnte Schürmann mit seinen schmutzigen Auslandsgeschäften erpressen?«

»Wohl kaum. Die Sache hat in den Achtzigerjahren zwar für ziemliches Aufsehen gesorgt und polizeiliche Ermittlungen nach sich gezogen. Das hat meinen Onkel vielleicht einige ausländische Kunden gekostet, das Unternehmen aber nicht ruiniert. Es muss jemand anderes geben, den Dransfelds Recherchen aufgeschreckt haben, und vielleicht bin ich auch auf seiner Abschussliste.«

»Wie kommst du denn da drauf?«

»Seit meiner Rückkehr aus der Ukraine habe ich das Gefühl, observiert zu werden. Als man mir vor dem Haus meiner Mutter die Reifen zerstochen hat, habe ich das noch sportlich und nicht wirklich ernst genommen. Aber jetzt bin ich umso mehr beunruhigt.«

Der Kellner stellte den Espresso auf den Tisch. »Vielen Dank!«, sagte Thomas.

»Welche Anhaltspunkte hast du für eine Observation?«

»Es war zunächst nur ein vages Gefühl. Bei meinem letzten Besuch in Grüneck ist mir ein schwarzer Mercedes aufgefallen. Ich glaube, der Fahrer, ein älterer Typ mit Sonnenbrille, ist mir am Vortag bereits in Hagen begegnet. Da habe ich mich zum ersten Mal beobachtet gefühlt.«

»Entschuldige, aber der Typ, den du beschreibst, entspricht dem Jedermannklischee.« Ulrike konnte sich ein Lächeln nicht verkneifen. »Aber Spaß beiseite, kannst du den Wagen genauer beschreiben?«

»Es war, wie gesagt, ein schwarzer Mercedes, S-Klasse, würde ich sagen. Ach ja, mit einem Bonner Kennzeichen.«

Ulrike erstarrte. »Bist du sicher?«

»Ja, ich habe eine Schwäche für das Fabrikat«, witzelte Thomas, während es Ulrike kalt den Rücken hinunterlief.

»Okay, ich sage dir jetzt etwas, aus Freundschaft und als Polizistin. Lass die Finger von der Sache!« Ihr entschiedener Tonfall duldete keinen Widerspruch.

»Wieso?«, fragte er verwirrt.

»Nimm die Sache bitte nicht auf die leichte Schulter. Auch Herbert Schürmann wurde beschattet. Wir haben an seinem BMW einen Peilsender gefunden und fahnden im Zusammenhang mit dem Unfall nach einer schwarzen Mercedeslimousine mit Bonner Nummer. Das dürfte ich dir eigentlich gar nicht sagen.«

Thomas hatte begriffen. »Okay, mehr will ich gar nicht wissen. Welche Vorsichtsmaßnahmen kann ich treffen?«

»Wie gesagt, halt dich aus der Sache raus. Außerdem schauen wir gleich, ob in deinem Radkasten eine Wanze versteckt ist.«

»Das kannst du vergessen! Das Auto steht in der Nähe meines Büros.«

»Dann nehmen wir uns eben ein Taxi und fahren dahin.« Ulrike war laut geworden.

»Okay, ich habe verstanden, du bist der Bulle. Sofort?«

»Nein, ich habe erst noch ein paar Fragen auf meinem Zettel. Schürmanns Hauptbetätigungsfeld scheint auch heute die Wehrtechnik zu sein. Was waren das für Geschäfte, die ihn ins Fadenkreuz der Ermittler gebracht haben?«

»Kann es sein, dass das LKA dich im Trüben fischen lässt?«

»Auf den Kopf gefallen bist du jedenfalls nicht.«

»Ich habe bloß ein paar Jahre für Politmagazine recherchiert und dabei ein paar Leute kennen gelernt, denen ich nicht im Dunkeln begegnen möchte.«

»Arbeitest du deshalb heute fürs Feuilleton?«

Er zögerte. »Nein, das kann man so nicht sagen. Schau mal ins Fernsehprogramm oder dreh das Radio an. Magazine bringen keine Quote mehr und die meisten wurden bereits abgeschaltet. Das heißt, für Leute wie mich wurde der Markt immer enger.«

»Okay, zurück zu Schürmann. Die Firma produziert Teile für Waffensysteme, Lenkflugkörper und Wärmebildsysteme, all so'n Zeug. Was hast du über die damaligen Ermittlungen in Erfahrung bringen können?«

»Schürmann hat Industriegüter in den Irak geliefert, die militärisch genutzt wurden. Der Staatsschutz hat ab 1987 wegen verbotener Exporte gegen ihn ermittelt. Ich habe im Internet eine ganze Reihe Artikel dazu gefunden. Schürmanns Geschäftspartner, Karl Koll, war die Schlüsselfigur eines Giftgasgeschäftes. Seine Firma hat dreißig Jahre im Irak gearbeitet, die Chemiewaffenfabrik Samara geplant und Schürmann Aufträge in Millionenhöhe verschafft.«

»Was waren das für Aufträge?«

»Bauteile für Artillerie und Raketen, mit denen Giftgas verschossen wurde.«

»Um welche Chemiewaffen ging es?«

»Um Nervengase wie Senfgas. Der Irak setzte dieses weltweit geächtete Giftgas seit Anfang der Achtzigerjahre gegen iranische Truppen ein, ein klarer Verstoß gegen die Genfer Konvention.«

»Wie wurde diese Geschichte publik?«

»1984 konnte eine UN-Kommission dem irakischen Militär erstmals den fortgesetzten Einsatz von Giftgas nachweisen.«

»Hatte das Konsequenzen?«

»Nein, für die Iraker nicht. Sie haben den Gaskrieg ungerührt fortgesetzt. 1986 hat der UN-Sicherheitsrat das Saddam-Regime deshalb verurteilt und eine Liste der beteiligten Firmen veröffentlicht. Doch auch diese Resolution ist folgenlos geblieben. Der Irak war damals das Hätschelkind des Westens und wurde im Krieg gegen die Mullahs tatkräftig unterstützt.«

»Tauchte die Firma Schürmann auf der UN-Liste auf?«

»Nein, aber die Koll KG. Bei einer Razzia in der Firma war das BKA auf diese Geschäftsverbindung gestoßen und hatte Unterlagen über die Beteiligung von Schürmann an dem Giftgasgeschäft sichergestellt.«

»Wann war das?«

»1986, aber die Razzia bei Schürmann wurde erst zwei Jahre später durchgeführt.«

»Wieso?«

»Der Staatsschutz hat sich Zeit gelassen. Schürmanns Rolle im Irakgeschäft ist durch eine Nichtregierungsorganisation, eine NGO, an die Öffentlichkeit gelangt. Dabei ging es um den

Giftgaseinsatz der irakischen Regierung gegen Kurden 1988 in Halabja.«

»Du meinst, das BKA wurde erst aufgrund dieser Veröffentlichung aktiv?«

»Ermittelt wurde angeblich schon ein Jahr vorher. Auffällig war, dass die Razzia zu dem Zeitpunkt stattfand, als das Massaker an den Kurden weltweit für Schlagzeilen sorgte.«

»Das BKA hat eben Sinn für öffentlichkeitswirksame Inszenierungen.«

»Das aus deinem Mund? Das Verfahren gegen Schürmann ist natürlich im Sande verlaufen.«

»Vielleicht haben die Beweise nicht gereicht.«

Thomas lachte. »Waffenhändler kommen meistens mit einem blauen Auge davon. Jedermann weiß, in Deutschland ist der Export von Rüstungsgütern, sensibler Elektronik, Nuklear- und Chemie-Technologie genehmigungspflichtig. Bloß was unterscheidet Rüstungs- von anderen Industriegütern? Da gibt es eine beachtliche Grauzone, die es den Firmen ermöglicht, sensible Güter falsch zu deklarieren. Grundsätzlich ist bei uns jeder Export erlaubt. Es ist kein Zufall, dass die Bundesrepublik heute im globalen Rüstungsbusiness ganz vorne liegt. Die Geschäfte laufen blendend und werden kaum kontrolliert. Nur die Geheimdienste mischen kräftig mit. Aber ich bin kein Rüstungsexperte. Am besten fragst du deswegen mal beim Staatsschutz nach. Da sitzen die Experten.«

»Gute Idee. Ich habe übrigens erfahren, dass Schürmanns Geschäfte seit der Razzia den Bach runtergegangen sein sollen.«

»Möglich, aber die entscheidende Frage ist, wie kommen wir an den großen Unbekannten heran?«

»Wir? Ich führe die Ermittlungen. Du hältst dich ab jetzt da raus!«

»Okay, ich habe verstanden«, versuchte er zu beschwichtigen. »Schürmanns schmutzige Geschäfte sind die interessanteste Spur. Wahrscheinlich war mein Großvater bereits mit von der

Partie, schließlich hat er bereits für die Wehrmacht produziert und diese Geschäfte nach dem Krieg fortgeführt.«

»Wann hat der alte Schürmann die Firma an den jetzigen Seniorchef übergeben?«

»Das weiß ich nicht, mein Großvater starb erst 1989. Er hat die Kontakte wahrscheinlich selbst hergestellt, womöglich aufgrund alter Netzwerke.«

»Was meinst du mit alten Netzwerken?«

»Es ist bloß so ein Gedanke, einige Firmen, die im Irakgeschäft verstrickt waren, haben ihr Know-how im Ersten und Zweiten Weltkrieg erworben.« Thomas dachte nach. »Scheiße!« Er fasste sich an den Kopf. »Wieso bin ich nicht früher darauf gekommen?«

»Was meinst du?«

»Mensch, der Zusammenhang zwischen der Nazizeit, dem Tod von Michael Dransfeld und dem meines Onkels könnte genau hier zu finden sein.«

»Du sprichst in Rätseln.« Ulrike verdrehte die Augen zur Decke.

»Ich meine, es könnte außer Schürmann noch jemand anderen geben, der diese Kontinuität verkörpert. Wahrscheinlich würdest du in der Firma auf diese Person stoßen.«

»Wenn du glaubst, ich könnte mal eben eine Durchsuchung von Schürmanns Geschäftsräumen anordnen, irrst du dich.«

»Schade eigentlich.«

Ulrike rutschte ungeduldig auf ihrem Stuhl hin und her. »Komm, wir zahlen. Ich habe heute noch einiges vor«, drängte sie. »Kannst du ein Taxi bestellen?«

»Klar.« Thomas gab dem Kellner einen Wink. »Ich möchte zahlen«, bat er. »Und rufen Sie uns bitte ein Taxi!«

»Das ist nicht nötig. Der Taxistand ist direkt um die Ecke vor dem Tourismusbüro«, antwortete der Ober.

»Danke!« Thomas ließ sich den Bon geben, zahlte und gab ein großzügiges Trinkgeld. »Komm, wir müssen ein paar Schritte zu

Fuß gehen«, meinte er zu Ulrike. Sie zog sich ihre Lederjacke an und folgte ihm nach draußen.

»Schau, da vorn stehen die Taxis.« Thomas deutete auf die Fahrzeugschlange, die neben dem Eingang zur U-Bahn stand. Ulrike beobachtete aufmerksam die Szenerie vor dem Café. Die meisten Passanten eilten von der Hohen Straße zur Domplatte oder umgekehrt, nur wenige verweilten auf dem Platz vor dem Funkhaus. Ein paar Teenies mit grellen Klamotten alberten herum.

»Ich bin gespannt, ob wir tatsächlich eine Wanze unter meinem Auto finden.« Ulrikes Lachen wirkte etwas gezwungen. »Was ist los mit dir?«, fragte er.

»Ich denke nur über die Geschichte nach«, antwortete sie, während sie an den Taxis vorbeigingen und auf den ersten Wagen in der Parkreihe zusteuerten. Beide stiegen hinten ein.

»Hallo zusammen, wohin fahren wir?«, erkundigte sich der Chauffeur. Es war ein grauhaariger älterer Herr mit einem freundlichen Gesicht und undefinierbarem Akzent.

»Zum Brüsseler Platz bitte«, gab Thomas das Ziel an. Der Taxifahrer drehte, fuhr am Stadtmuseum vorbei Richtung Belgisches Viertel. »Ich bin nur selten im Büro, meistens arbeite ich zu Hause«, erzählte Thomas unterwegs. »Meine Kollegin, mit der ich mir das Büro teile, ist Filmkritikerin und tourt in diesem Jahr von einem Festival zum anderen.«

»Schön.«

»Halt, hier ist es!«, rief Thomas. Er zahlte und ließ sich eine Quittung ausstellen. Ulrike sah sich neugierig um. Die Bänke auf dem Platz waren alle besetzt, auch die Tische vor der Eisdiele.

»Das ist aber eine nette Ecke hier«, meinte sie.

»Ja, das stimmt. Ich fühle mich in diesem Viertel auch sehr wohl.« Er wies auf die Parkreihe neben der mächtigen Kirche, die den Platz beherrschte, und eilte zu seinem Wagen. »Hier, das ist mein ganzer Stolz«, meinte er und streichelte das Heck des roten Daimlers.

»Das ist nicht dein Ernst!«, rief sie aus.

»Ich habe mir das alte Schätzchen einiges kosten lassen«, sagte er cool und zwinkerte ihr zu.

»Na, dann wollen wir mal. Hier«, sagte sie, drückte ihm ihre Umhängetasche in die Hand, zog die Lederjacke aus und reichte sie ihm ebenfalls. Bevor sie sich zum linken Vorderreifen herunterbeugte, um nach dem Corpus Delicti zu suchen, krempelte sie sich die langen Ärmel ihres T-Shirts hoch. Sie untersuchte nacheinander alle vier Radkästen.

»Also, hier ist nirgendwo etwas. Mach doch bitte mal die Motorhaube auf, vielleicht kann ich da etwas finden.«

Thomas schloss den Wagen auf, zog den Hebel, bis vorn an der Motorhaube ein leichtes Knacken zu hören war. Ulrike griff daraufhin in den Spalt, öffnete die Haube und befestigte sie mit der Stange. Anschließend beugte sie sich in den Motorraum und untersuchte die Zwischenräume.

»Fehlanzeige, aber das muss nichts heißen. Am besten, du kommst in den nächsten Tagen zu mir ins Präsidium. Meine Kollegen finden jede Wanze. Erst dann können wir ausschließen, dass dir jemand hinterherfährt, ohne dass du es merkst.« Sie schloss die Haube und hielt ihm ihre beschmierten Hände hin. »Wo kann ich mich waschen?«

»Unser Büro ist direkt um die Ecke. Dort gibt es alles, was du brauchst. Ich schließe nur gerade das Auto ab.«

»Wenn dir ein Ausflug nach Hagen zu umständlich ist, kannst du auch zu deiner Werkstatt fahren und das Ding selbst suchen«, meinte sie auf dem Weg zum Büro.

»Und wie erkenne ich so einen Sender?«

»Kein Problem, ich habe ein Foto von der Wanze, die wir unter Schürmanns BMW gefunden haben. Ich zeige es dir gleich.«

Nachdem Ulrike sich in Thomas Büro gewaschen und frisch gemacht hatte, holte sie den Bericht der KTU aus der Tasche und schlug die letzte Seite auf. »Hier, das ist das Ding.«

»Das sieht eher wie eine handliche Autobombe aus, meinst du nicht auch?«

Ulrike erschrak. »Lass die Scherze! Ich finde, es sieht aus wie ein Funkgerät. Was hier nicht zu sehen ist, sind die Magneten, mit denen der Sender im Radkasten befestigt war.«

»Kann ich mir eine Kopie für meinen Schrauber machen?«

»Streng genommen, nein.«

»Dann mach eine Ausnahme!«

»Wenn du für dich behältst, dass du die Kopie von mir hast.«

»Großes Indianerehrenwort!«, frotzelte er. Sie nahm das Blatt aus der Mappe und reichte es ihm.

»Danke.« Während er sich eine Kopie zog, schaute sie sich neugierig in seinem Büro um, las die Postkarten, die über seinem Schreibtisch hingen und richtete ihr Augenmerk auf das Bücherregal.

Als er mit zwei Blättern in der Hand zurückkam, zeigte sie auf ein Foto, das an der Wand heftete. »Ist das deine Freundin?«, fragte sie.

Thomas lachte. »Nein, das ist meine Kollegin Sabine. Hatte ich dir nicht erzählt, dass ich solo bin? Meinst du, ich hätte sonst Zeit, mich mit den langen Schatten der Vergangenheit zu beschäftigen? Schatten der Vergangenheit dauern eine Ewigkeit«, summte er einen Song.

»Was ist denn ich dich gefahren?«

»Ach nichts, das ist Punk, ein Lied, das mir gerade in den Sinn kommt«, antwortete er.

»Was für ein Lied?«

»Rotzkotz, in den Achtzigern habe ich das ständig gehört. Die Scheibe hieß Farbenfroh oder so ähnlich. Die Gruppe habe ich damals in Hannover sogar live gesehen.«

»Du bist ein komischer Vogel. Aber lass uns noch einmal kurz zusammenfassen. Michael Dransfeld war Sohn eines Naziopfers, hat Material gegen den Vater von Herbert Schürmann gesammelt, der seinen Vater ins KZ gebracht hatte. Aber du hast vorhin gesagt, du glaubst nicht, dass Schürmann mit Dokumenten aus der NS-Zeit erpressbar war.«

Thomas dachte einen Moment nach. »Selbst wenn Dransfeld Beweise für die Beteiligung des alten Schürmann an den Lynchmorden kurz vor Kriegsende besaß, nützten sie ihm wenig, schließlich war der Alte längst tot.«

»Weißt du denn, was damals passiert ist?«

»Anfang April 1945 wurde eine Gruppe entflohener Zwangsarbeiter in Grüneck ermordet. Dieses Verbrechen soll der damalige Dorfpolizist Gercken gemeinsam mit der Landwacht begangen haben. Zeugenaussagen, die ich gesammelt habe, decken sich mit einem Eintrag in der Friedhofsakte, in dem von vier unbekannten Russen die Rede ist, die auf dem Grünecker Friedhof liegen. Ob mein Großvater an dem Mord beteiligt war, ist unklar. Die Opfer sollen einen Bauern auf der Hohen Acht erschossen haben. Vielleicht hat Michael Dransfeld weitere Beweise gefunden, die ich nicht kenne und die Schürmann belastet haben.«

»Weiß man, was nach dem Krieg aus dem Dorfpolizisten geworden ist?«

»Er scheint sich abgesetzt zu haben. Im Polizeidienst der Stadt Balve war er nicht mehr. In Grüneck konnte mir niemand etwas über seinen Verbleib sagen. Aber ich werde der Sache noch einmal nachgehen. Mit etwas Glück finde ich etwas.«

»Halt mich bitte auf dem Laufenden.«

»Das mache ich.«

»Und pass auf dich auf!« Sie umarmte ihn und verließ das Büro.

14

Schürmanns Anwesen lag am Rande eines Neubaugebietes hinter dem Ortseingang von Grüneck. Ulrike ließ den Golf an der Straße stehen. Die zweistöckige Villa mit Pyramidendach war in den Siebzigerjahren gebaut worden, vermutete sie. An der linken Seite befanden sich zwei Garagen. Die Tore waren mit Kupferplatten verblendet, die stark oxidiert waren. Von der Einfahrt führte ein Fußweg aus schweren Granitplatten durch einen Steingarten zu der etwas höher gelegenen Haustür. Die Polizistin betätigte die Klingel. Es dauerte ein paar Minuten, bis eine Frau öffnete. Sie war groß und schlank, stark geschminkt, hatte lange blonde Haare, trug ein enges schwarzweiß kariertes Kostüm und schwarze Lackstiefel. Die Polizistin schätzte sie auf Anfang vierzig.

»Sie wünschen?«, fragte die Dame.

»Ulrike Schrader, Mordkommission. Ich möchte Frau Schürmann sprechen.«

»Sie wollen sicher zu meiner Mutter. Sie hat sich vorhin hingelegt, aber kommen Sie herein«, bat sie und ging voraus ins Wohnzimmer. »Bitte setzen Sie sich.« Sie deutete dabei auf einen weißen Ledersessel. »Ich sehe nach, ob sie wach ist. Darf ich Ihnen etwas zu trinken anbieten?«

»Nein, danke«, erwiderte die Ermittlerin und setzte sich in den Sessel. Der Wohnraum, an den sich ein Esszimmer anschloss, maß mindestens fünfzig Quadratmeter. Er war nur mit einer Sitzgruppe, zwei weißen Ledersofas, dem Sessel und einem kleinen Glastisch möbliert. An den Wänden hingen Kunstdrucke mit Alpenlandschaften, Kirchen und Kapellen. Alles war blitzblank. Schürmanns Tochter kehrte bald darauf zurück und stellte einen Teller mit Selbstgebackenem auf den Tisch.

»Bitte bedienen Sie sich. Meine Mutter kommt gleich herunter«, meinte sie und verließ den Wohnraum.

Es dauerte eine ganze Weile, bis die Witwe endlich kam. Sie war klein, Ende siebzig, ganz in Schwarz gekleidet und stützte sich auf einen Stock. Sie wirkte müde. Die Kommissarin stand auf und reichte ihr die Hand.

»Mein Beileid! Ich bin Hauptkommissarin Schrader und untersuche den Tod Ihres Mannes. Darf ich Ihnen ein paar Fragen stellen?«

»Selbstverständlich«, antwortete Frau Schürmann und nahm auf dem Sofa Platz.

»Sie wurden durch meine Kollegen in Balve bereits über den Unfallhergang informiert, nehme ich an?«

»Ja, Herr Wallmann war heute Morgen hier.«

»Darf ich Sie zuerst um Ihre Personalien bitten.«

»Erika Schürmann, geboren am 15. Mai 1934 in Grüneck.«

»Frau Schürmann, wir haben Grund zu der Annahme, dass Ihr Mann von der Straße gedrängt wurde, bevor er mit seinem Wagen tödlich verunglückt ist. Ein Zeuge hat einen schwarzen Mercedes beobachtet, der sich mit großer Geschwindigkeit vom Unfallort entfernt hat. Wurde Ihr Mann bedroht oder hatte er Feinde?« Die Kommissarin versuchte, den Gesichtsausdruck der Witwe zu ergründen. Die Frau, die ihr mit versteinertem Gesicht gegenüber saß, war ihr jedoch ein Rätsel.

»Sicher gibt es im Dorf Leute, die einem den Erfolg neiden. Aber Feinde? Nein, nicht dass ich wüsste!«

»Waren Sie über die Geschäfte Ihres Mannes auf dem Laufenden?«

»Wissen Sie, wir waren über fünfzig Jahre verheiratet. Ich habe mich kaum für das Geschäftliche interessiert, aber die Sorgen, die kriegt man mit.«

»Welche Sorgen hatte Ihr Mann, als er gestern Morgen das Haus verließ?«

»Es stand ein wichtiges Gespräch beim Landeskriminalamt an.«

»Worum sollte es gehen?«

»Um die Brandermittlungen. Es gab Probleme mit der Versicherung.«

»Welche Probleme?«

»Um diese Dinge kümmerte sich mein Mann. Aber soviel ich weiß, zahlt die Versicherung nicht, solange der Abschlussbericht der Polizei nicht vorliegt, und jetzt ziehen sich die Untersuchungen schon über zwei Monate hin.«

»Steckte das Unternehmen deshalb in finanziellen Schwierigkeiten?«

»Das kann ich nicht beurteilen«, beteuerte Erika Schürmann.

»Hat Ihr Mann mit Ihnen darüber nicht gesprochen?«

»Nein«, erwiderte sie schroff.

»Bei dem Brand wurde ein Mann tot aufgefunden. Sein Name war Michael Dransfeld. Kannten Sie den Toten?«, fragte die Kommissarin und beobachtete dabei Erika Schürmanns Reaktion.

Sie wirkte verunsichert und stockte, bevor sie antwortete. »Es muss ungefähr ein Jahr her sein, dass dieser Taugenichts plötzlich hier auftauchte und meinen Mann sprechen wollte. Herbert war gerade auf Dienstreise.«

»Was wollte Michael Dransfeld?«

Die alte Dame antwortete wieder nicht sofort. »Er behauptete, im Besitz von Unterlagen zu sein, die der Firma große Schwierigkeiten einbringen würden«, sagte sie schließlich.

»Heißt das, Michael Dransfeld hat Ihren Mann erpresst? Hatte er etwas gegen ihn in der Hand?«

»Ach was, alles nur heiße Luft!«

»Ging es Dransfeld um die Rolle Ihres Schwiegervaters während der Nazizeit?«

»Damit hatte mein Mann überhaupt nichts zu tun«, entrüstete sich Frau Schürmann. »Er ging damals erst zur Schule.«

»Immerhin brachte Ihr Schwiegervater Dransfelds Vater ins KZ. Ihr Schwiegervater war damals Hilfspolizist und saß nach dem Krieg wegen unerlaubtem Waffenbesitzes hinter Gittern.«

»Dazu kann ich nichts sagen. Über das Dritte Reich wurde in unserer Familie nie gesprochen.«

»Auch nicht, als Michael Dransfeld unvermutet bei Ihnen aufgetaucht ist und Ihren Mann mit der Nazi-Verstrickung seines Vaters konfrontiert hat?« Erika Schürmann verzog nur den Mund und schwieg. »Warum wandte sich Ihr Mann wegen der Erpressung nicht an die Polizei?«, hakte Ulrike nach.

»Mein Mann wollte Dransfeld ja anzeigen, aber Dr. Gercken war dagegen.«

»Dr. Gercken?«

»Siegfried Gercken ist ein alter Bekannter meines Mannes. Er beriet ihn in geschäftlichen Angelegenheiten und riet ihm von einer Anzeige ab.«

»Warum?«

»Das weiß ich nicht.«

»Kam es deswegen zum Streit zwischen Ihrem Mann und Dr. Gercken?«

»Nein, nicht dass ich wüsste«, antwortete die Witwe knapp.

»In welcher Beziehung standen Gercken und die Firma Schürmann überhaupt?«

»Dr. Gercken ist ein alter Freund der Familie. Er verfügt über ausgezeichnete Kontakte und nutzt seine weitreichenden Verbindungen, um die Firma zu unterstützen.«

»Ein Unternehmensberater?«

»Nein, er war bis zu seiner Pensionierung in leitender Stellung beim Bundeskriminalamt.«

Ulrike fiel aus allen Wolken. Der Name kam ihr bekannt vor. Woher nur? »In welcher Weise unterstützte er das Unternehmen?«, fragte sie.

»Er beriet meinen Mann in geschäftlichen Dingen.«

»Vermittelte er auch Rüstungsaufträge ins Ausland?«

»Dazu kann ich Ihnen beim besten Willen nichts sagen. Wie gesagt, ich habe mich für das Geschäftliche nie sonderlich interessiert.«

Ulrike verlor langsam die Geduld. »Aber es blieb Ihnen nicht verborgen, dass die Wehrtechnik das Hauptgeschäft der Firma ausmachte?«

»Wenn Sie keine weiteren Fragen haben, würde ich mich jetzt gerne zurückziehen.« Die Witwe erhob sich verärgert. »Es war für mich ein sehr anstrengender Tag.«

»Selbstverständlich.« Ulrike steckte den Stift und das Notizheft ein und gab Frau Schürmann ihre Karte. »Hier, Sie können mich jederzeit anrufen«, sagte sie und verabschiedete sich.

Auf der Fahrt ins Präsidium rief sie Schirmer an.

»Wie weit bist du mit den Zeugen?«

»Wallmann hat mit den Nachbarn gesprochen. Außer dem Hinweis auf den schwarzen Mercedes hat sich nichts Neues ergeben. Ich habe die Sekretärin und den Juniorchef befragt. Schürmanns Sekretärin wusste zwar von dem Termin beim LKA, kannte aber weder den Gesprächspartner noch den Grund für das Treffen.«

»Die Witwe sagt, es sei um die Brandermittlungen gegangen. Die Firma scheint in Zahlungsschwierigkeiten zu stecken. Überprüf das bitte mal!«

»Okay, mach ich. Übrigens, der Juniorchef lamentierte über Handwerker, die bei ihm Schlange stünden und Geld wollten.«

»Sag mal, hat Schürmann junior den Namen Siegfried Gercken erwähnt?«

»Nein, wer ist das?«

»Gercken war beim BKA und berät die Firma.«

»Au weia!«

»Möglicherweise zog Gercken bei Schürmanns Waffengeschäften die Strippen.«

»Und was machen wir jetzt?«

»Wenn ich das wüsste. Ruf bitte die Zulassungsstelle an und erkundige dich nach Gerckens Fahrzeugdaten, vielleicht bringt uns das weiter.«

»Okay, sonst noch was?«

»Hast du Schürmanns Handyverbindungen checken lassen?«

»Ja, aber das Ergebnis habe ich noch nicht bekommen.«

»Dann mach der KTU Dampf! Ich spreche mit Brinkmann. Vielleicht kann sie etwas über diesen Gercken in Erfahrung bringen.«

»Welchen Eindruck machte die Witwe?«

»Sie hat den Tod ihres Gatten erstaunlich gelassen aufgenommen. Sie zeigte kaum Interesse dafür, wer ihren Mann ins Jenseits befördert haben könnte.«

»Vielleicht kennt sie den Fahrer des schwarzen Mercedes.«

»Männliche Intuition, Schirmer?«

»Nein, kriminalistisches Gespür.«

»Dann nutz deine imponierenden Fähigkeiten und beschaff uns Schürmanns Verbindungsdaten.«

Kurz darauf rief er tatsächlich zurück. »Herbert Schürmann hat zuletzt eine Bonner Nummer angerufen. Und rate mal, wessen Anschluss das ist!«

»Gerckens?«

»Bingo!«

»Und der Zeitpunkt des Anrufs?«

»Kurz nach Mitternacht.«

Ulrike brauchte nicht lange nachzudenken. »Besorg uns seine Adresse, ruf bitte die Zulassungsstelle an und erkundige dich, ob ein Fahrzeug auf Gerckens Namen zugelassen ist, und frag bei der Chefin nach der Funkzellenauswertung vom Unfallort. Ich bin in einer Dreiviertelstunde im Präsidium.«

Schirmer telefonierte, als Ulrike ins Büro kam.

»Gibt es etwas Neues?«, fragte sie, als er sein Gespräch beendet hatte.

»Die Funkzellenauswertung vom Unfallort liegt vor. Außer Schürmanns Mobiltelefon hat sich ein Prepaid-Handy im nächstgelegenen Funkmast eingewählt, das heißt, der Anrufer wird kaum zu ermitteln sein. Die Uhrzeit stimmt aber ungefähr mit dem Zeitpunkt des Unfalls überein.«

»Okay, was haben wir bisher? Schürmann hat gestern Abend mit Gercken telefoniert. Hast du seine Fahrzeugdaten?«

»Nein.«

Ulrike rollte mit den Augen. Schirmer hatte kapiert. »Okay, okay, ich ruf da sofort an«, sagte er, griff zum Telefonhörer und wählte die Nummer des Straßenverkehrsamtes. »Bingo!« triumphierte er wenig später. »Du hast recht, Gercken könnte unser Mann sein. Er fährt einen Daimler W 210. Das Kennzeichen ist Bonn, SG 234.«

»Hast du die Adresse?«

»Hansestraße 8, Bonn-Bad Godesberg.«

»Okay, dann statten wir dem sauberen Kollegen mal einen Besuch ab. Ich versuche, bei der Staatsanwaltschaft einen Durchsuchungsbefehl zu bekommen und du informierst inzwischen die Spusi. Die Kollegen sollen sich direkt auf den Weg machen.« Ulrike erwischte ihre Vorgesetzte beim Squash. Sie hörte sich den Bericht der Kommissarin geduldig an.

»Welches Motiv sollte der Kollege vom BKA haben?« Vera Brinkmann schien nicht überzeugt zu sein.

»Vielleicht hat er auf eigene Rechnung gearbeitet, ohne Wissen seiner Vorgesetzten. Die Witwe deutete außerdem Differenzen mit Schürmann an.«

»Du weißt, diese Geschichte kann dich den Job kosten. Ich hoffe, du bist dir deiner Sache sicher.«

»Wie sollte ich? Aber wir brauchen unbedingt eine Vergleichsprobe für die Lackspuren, die wir auf Schürmanns Fahrzeug sichergestellt haben, vielleicht finden wir bei Gercken etwas.«

»Okay, ich sehe, was ich tun kann. Außerdem höre ich mich in Wiesbaden um.«

»Danke, Vera.«

Als nächstes versuchte die Kommissarin, Thomas Krüdewagen auf dem Handy zu erreichen. Sie hatte Glück.

»Du schon wieder?«, fragte er.

»Wo steckst du gerade? Bist du unterwegs?«

»Ja, ich bin auf dem Weg ins Staatsarchiv Münster.«

»Was willst du denn da?«

»Ich möchte in den Häftlingslisten der Dortmunder Steinwache nach Zwangsarbeitern und Kriegsgefangenen suchen, die von Grüneck ins Dortmunder Gestapogefängnis eingeliefert wurden.«

»Dann will ich dich nicht aufhalten. Nur eins, sagt dir der Name Dr. Siegfried Gercken etwas?«

Thomas brauchte nicht lange zu überlegen. »Ja, der Grünecker Dorfbulle hieß Gercken. Warum fragst du?«

»Er könnte unser Mann zu sein.«

»Was sagst du da?«

»Mann, der große Unbekannte.«

»Das kann nicht sein. Der Grünecker Gendarmeriemeister müsste längst das Zeitliche gesegnet haben«, erwiderte Thomas.

»Hm, wie dem auch sei. Gercken fährt einen Daimler und hat Schürmann in der Nacht vor dem Unfall auf dem Handy angerufen.«

»Okay.«

»Das ist aber noch nicht alles. Siegfried Gercken war beim BKA und pflegte enge geschäftliche Kontakte mit Schürmann.«

»Ich verstehe –«

Plötzlich war die Leitung tot. Obwohl Ulrike noch mehrfach seine Nummer wählte, meldete sich Thomas nicht mehr. Der Anschluss sei vorübergehend nicht erreichbar, hieß es nur.

»Scheiße!«, schimpfte sie.

»Ist was?« Schirmer war angesichts der Nervosität seiner Kollegin beunruhigt.

»Ich hoffe nicht. Ruf bitte die Kollegen in Münster an. Thomas Krüdewagen ist auf dem Weg ins Staatsarchiv. Sie sollen ihn dort nicht aus den Augen lassen.«

»Muss das sein?«

»Ja, das muss sein. Krüdewagen ist in Gefahr!«

»Du meinst, Gercken ...?«

»Mensch Schirmer! Wir dürfen keine Zeit verlieren. Krüdewagen forscht über einen Lynchmord 1945 in Grüneck. Der Dorfpolizist, der für die Verbrechen an Zwangsarbeitern verantwortlich gewesen sein soll, hieß ebenfalls Gercken. Thomas weiß genauso viel über die schmutzigen Geschäfte Schürmanns wie Michael Dransfeld und der ist bekanntlich tot. Gercken ist nicht dumm und außerdem ein Bulle!«

»Okay Chef.«

Das Landesarchiv war in einem schmucklosen Neubau unweit der historischen Altstadt von Münster an einer Ausfallstraße unterbracht. Das Gebäude hatte man an ein Speicherhaus aus dem vorletzten Jahrhundert angebaut. Thomas stellte seinen Wagen auf dem Besucherparkplatz ab, der hinter dem Komplex an einer kleinen Seitenstraße lag, und wunderte sich nicht über den Streifenwagen, der dort parkte. Einer der Polizisten sah von seiner Zeitung auf, als Thomas aus seinem Wagen stieg. Thomas meldete sich an der Pforte an, zog seine Unterlagen und den Laptop aus der Tasche, sperrte sie in einem der Schließfächer ein, die sich hinter der Garderobe befanden, und begab sich in den Lesesaal. Dort saßen nur zwei Besucher, ein älterer, grauhaariger Herr und eine junge Frau. Sie waren in ihre Arbeit vertieft und schauten nicht einmal auf, als er hereinkam. Thomas stellte seinen PC auf einem Tisch ab, ging in das gegenüber liegende und nur mit einer Glaswand abgetrennte Büro, von dem aus die Archivare die Nutzer beobachten konnten, und legte seine Papiere vor. Der Archivar überflog seine Nutzungserlaubnis.

»Die Erlaubnis bezieht sich auf Aktenbestände des Regierungsbezirks und des Dortmunder Polizeigefängnisses«, erläuterte Thomas sein Anliegen.

»Einen Augenblick bitte«, bat der Archivar und ging ins Hinterzimmer. Wenig später kam er zurück und legte ihm mehrere

Findbücher auf den Tresen. »Verwenden Sie bitte dieses Formular und tragen Sie hier die Signaturen ein.« Der Archivar wies auf die Bestellzettel, die in einem Plastikständer auf dem Tresen steckten.

»Danke.« Thomas nahm sich einen Packen heraus, ging mit den Findbüchern zu seinem Platz und arbeitete sie nacheinander durch. Im Quellenverzeichnis der Bezirksregierung fand er Bestände der Gestapo, der Kripo, der Sittenpolizei, über Polizeigefängnisse, Schutzhaft, die Gendarmerie, die Landwacht und schließlich Entnazifizierungsunterlagen. Thomas bestellte alle Akten, die ihm irgendwie interessant erschienen und legte die ausgefüllten Blätter in das dafür vorgesehene Fach auf dem Tresen. Er wartete eine knappe halbe Stunde, bis ihm eine ältere Dame die ersten Aktenordner auf den Tisch legte.

»Der Rest kommt später«, erklärte sie und ging wieder hinaus. Thomas vertiefte sich in die Papiere. Zuerst arbeitete er die Häftlingslisten der Steinwache durch und glich sie mit den Namen auf seiner eigenen Liste ab, die er seit Beginn seiner Recherche führte und im Computer gespeichert hatte. Im Gefängnistagebuch fand er den Namen des polnischen Zwangsarbeiters Adam Jeziorowski aus Grüneck, dem sein Verhältnis mit einer jungen Deutschen zum Verhängnis geworden war. Er war am 15. Juli 1944 in der Steinwache inhaftiert und zehn Tage später in ein Arbeitserziehungslager eingewiesen worden. Aus der Gruppe, die nach dem Überfall auf den Bauern auf der Hohen Acht festgenommen wurde, entdeckte Thomas niemanden auf der Häftlingsliste.

Er legte die Kladde beiseite und nahm sich die Akten des Regierungsbezirks über die Stadt- und Landwacht vor, schließlich war sein Großvater Hilfspolizist gewesen. Zunächst stieß er auf einen Befehl von Heinrich Himmler aus dem Jahr 1942. Die Hilfspolizei sollte demnach die Gendarmerie bei außergewöhnlichen Ereignissen verstärken, zur Abwehr von feindlichen Kräften, der Aufrechterhaltung der Ordnung in Arbeitslagern, bei Luftangriffen und Katastrophen. »Sie sind mit Waffen aus Privatbesitz auszurüsten, nur in besonderen Ausnahmefällen ist auf Dienstwaffen zurückzugreifen«, hieß es in dem Erlass. Im November 1944 bat der Regierungspräsident den Landrat um Vorschläge für die Belohnung von Hilfspolizisten. Er bezog sich dabei auf einen Landwachtmann, der drei entflohene Zwangsarbeiter dingfest gemacht hatte. Vier Wochen später teilte der Regierungspräsident dem Chef des Arbeitsamtes mit, Angehörige der Stadt- und Landwacht erhielten hundert Reichsmark Belohnung für jeden ergriffenen Kriegsgefangenen oder Zwangsarbeiter (»Ostarbeiter«). »Die Prämie ist steuerfrei.« Thomas dachte an seinen Großvater und schämte sich für ihn.

Er suchte weiter nach Verbindungen zu Grüneck. Hinweise auf den Dorfpolizisten konnte er zunächst nicht finden. Erst Stunden später, kurz bevor das Archiv geschlossen wurde, entdeckte er Gerckens Entnazifizierungsakte. Bei seiner Anhörung im Oktober 1946 hatte sich Siegfried Gercken ahnungslos gegeben. »Den Antrag um Aufnahme in die NSDAP habe ich im Sommer 1941 gestellt, weil es zur Übernahme in den aktiven Dienst der Gendarmerie gefordert wurde. Mir ist nicht bekannt, ob ich tatsächlich Mitglied der NSDAP oder Anwärter war«, behauptete er. Der Ausschuss hatte zunächst Bedenken. Für den Polizeidienst »bedingt tauglich«, lautete der Beschluss. Ein paar Monate später hatten die Sachverständigen ihre Meinung geändert und hoben diesen Spruch auf. Gercken galt nun als »politisch tragbar«. Er war nach dem Krieg offensichtlich wieder zur Polizei gegangen, folgerte Thomas daraus. Um herauszufinden, bei welcher Dienststelle er seine Karriere fortsetzen konnte, hätte er tagelang Akten wälzen müssen. Er fluchte. Schließlich fiel ihm die Spruchkammerentscheidung über Anton Friebe, einen der mutmaßlichen Mörder der auf dem Grünecker Friedhof verscharrten »unbekannten Russen«, in die Hände: »Obwohl nach Verordnung 24 eine Belastung vorliegt, wird mit Rücksicht darauf, dass Friebe innerlich den Zielen der Partei ablehnend gegenüber stand und dies auch nach außen bekundet hat, seine Entlastung als gerechtfertigt angesehen. Der Antragsteller ist 1933 aus sportlichen Gründen der SA-Reiterei beigetreten und dadurch zur Partei als unerfahrener junger Mann gestoßen. Er galt als Mitläufer. Ein Jagdgewehr kann ausgehändigt werden«, hieß es im Protokoll des Entnazifizierungsausschusses vom Februar 1947. Thomas musste lachen. Er notierte sich die Fundstelle, raffte seine Unterlagen zusammen und verließ das Archiv. Draußen machte sich gerade ein Verkehrspolizist an seinem Wagen zu schaffen.

»Hey, was machen Sie da?«, fragte er den Beamten.

»Sind Sie der Halter?«, erkundigte der sich.

»Ja, warum fragen Sie?«

»Sie sollten schleunigst Ihre Scheibenwischer auswechseln.«

»Wie bitte?«

»Sehen Sie hier, die sind völlig abgenutzt. Sie sollten sie erneuern. Ich belasse es heute bei einer mündlichen Verwarnung und sehe von einer Geldbuße ab«, sagte der Bulle seelenruhig.

»Danke«, erwiderte Thomas kleinlaut. Er war verwirrt, stieg in den Benz, ließ den Motor an, rollte vom Parkplatz und fädelte sich in den Berufsverkehr ein. Die Streife folgte ihm, konnte er im Rückspiegel sehen. An der nächsten Ampel bog sie rechts ab.

15

Ulrike und ihr Assistent hatten keine Mühe, Gerckens Adresse im Godesberger Nobelviertel zu finden.

»Donnerwetter«, entfuhr es der Kommissarin beim Anblick der zweigeschossigen Gründerzeitvilla. »So leben also Pensionäre des BKA.« Sie parkten den Golf hinter zwei Streifenwagen, die gegenüber der Einfahrt standen. Als sie ausstiegen, verließen auch die Uniformierten vor ihnen ihre Fahrzeuge.

»Guten Tag, Schrader, Kripo Hagen, und das ist mein Kollege Schirmer.«

»Hallo, das ist POM Grünental, ich bin Hans Vohwinkel und das sind die Kollegen Beyer und Jost. Wir sind zu Ihrer Unterstützung hier.«

»Danke, dann wissen Sie ja Bescheid. Wir warten noch auf den Staatsanwalt und gehen dann rein.« Sie ging zum Tor des Grundstücks und entdeckte Gerckens Namen auf der untersten Klingel. Eine Kamera, die über den Messingschildern in die Wand eingelassen war, überwachte den gesamten Eingangsbereich. Ulrike stierte auf die kreisrunde gläserne Abdeckung des Videoapparates und schüttelte den Kopf.

»Hallo meine Liebe! Bin ich zu spät?«, fragte der Staatsanwalt, der plötzlich neben ihr stand und ein zusammengerolltes Papier in der Hand hielt.

»Ach was! Ist das der Beschluss?«

»Sie wissen ja, auf mich ist Verlass«, meinte er lachend und drückte ihr das Schriftstück in die Hand. »Nach Ihrem Anruf bin ich natürlich auf direktem Weg zum Gericht geeilt. Es war gar nicht so leicht, den Richter zu überzeugen.«

»Niemand ermittelt gern gegen Kollegen.«

»Sie sagen es. Wovor haben die wohl Angst?«, fragte er mit Blick auf die Kamera.

»Das ist mir auch ein Rätsel.« Ulrike drückte die Schelle, doch auf dem Grundstück tat sich trotz wiederholtem Klingeln nichts.

»Hoffentlich ist unser Mann nicht ausgeflogen«, bemerkte Schirmer. Nachdem Ulrike bei der Nachbarin geläutet hatte, sprang das Tor auf. Die Beamten betraten das weitläufige Gelände. Im Hauseingang erwartete sie eine alte Dame in einem rosa Morgenmantel.

»Was kann ich für Sie tun, meine Herrschaften?«, fragte sie freundlich.

»Wir möchten zu Herrn Gercken«, antwortete Ulrike.

»Ja, aber der Herr Dr. Gercken ist außer Haus. Kann ich etwas für Sie tun?«

»Wie heißen Sie?«, fragte Schirmer.

»Marianne Burmeister.«

»Wohnen Sie im Erdgeschoss?«

»Ja, aber warum wollen Sie das wissen?«

»Wir werden die Wohnung von Herrn Gercken durchsuchen«, erklärte Ulrike.

Die Nachbarin erschrak und schüttelte verständnislos den Kopf. »Aber Dr. Gercken –«

Der Staatsanwalt unterbrach die alte Dame. »Gehören noch andere Räume zur Wohnung von Herrn Gercken?«, fragte er streng, ohne sie dabei anzusehen.

»Ja, die Garage und ein Kellerraum.«

»Verfügen Sie über einen Schlüssel für die Wohnung?«, erkundigte sich Ulrike.

»Nein, nur die Putzfrau«, entgegnete die Nachbarin.

Nun schoben sich die Beamten an der fassungslosen alten Dame vorbei in den Hausflur.

»Ich komme später zu Ihnen.« Auch Ulrike ließ sie einfach stehen.

Im Flur standen zwei Uniformierte und bestaunten das Interieur. Der Boden war mit dunkelroten Steinfließen ausgelegt, das Treppenhaus ganz aus Holz und das Flurfenster aus buntem Bleiglas. Auf dem Treppenabsatz im ersten Stock umringten zwei Beamte den Techniker, der ihnen Zutritt zur Wohnung Gerckens verschaffte. Die Kommissarin betrat mit Schirmer und dem Staatsanwalt im Schlepptau die Wohnung. Sie besichtigten zuerst das Wohn- und Esszimmer. Es war zweigeteilt, sehr geräumig und mindestens sechzig Quadratmeter groß. In der Mitte des vorderen Teils stand ein großer Eichentisch. Darum herum waren vier schwarze Stühle mit Lederbezügen gruppiert. Auf dem Tisch standen eine Schale mit Haselnüssen und eine angebrochene Flasche Bordeaux. Der hintere Teil des Raums wurde von einer Sitzgruppe aus zwei übereck stehenden Sofas und einem runden Couchtisch aus Eiche dominiert. Die Fenster reichten bis zum Boden und boten eine herrliche Aussicht auf den Garten.

»Komm, Schirmer, wir verschaffen uns erst einmal einen Überblick.« Zusammen mit ihrem Assistenten verließ Ulrike den Raum. Sie warfen einen Blick in die benachbarte Küche und gingen dann ins Arbeitszimmer.

»Verflixt!«, fluchte die Polizistin. Sie war über ein rotes Rennrad gestolpert, das hinter der Tür an der Wand stand. Der Raum war sonst nur mit einem gläsernen Schreibtisch, einem bequemen Bürostuhl und einem Wandregal ausgestattet, das mit Büchern, Aktenordnern und Papieren vollgestopft war. Während sie Plastikhandschuhe überzog, tauchten hinter ihr zwei Beamte in weißen Overalls und Plastiküberschuhen auf.

»Hallo, heute wieder ganz in Weiß?«, flachste Ulrike.

»Wo sollen wir anfangen?«, fragte einer der Beamten und stellte seinen Metallkoffer auf den Boden.

»Warten Sie, Schirmer, du beginnst am besten gleich hier. Sie kommen bitte mit!«, entschied sie und räumte mit den Männern der Spusi das Feld. Im Flur trafen sie auf den Staatsanwalt.

»So einen Luxus werde ich mir mit meiner bescheidenen Pension nicht leisten können«, meinte er.

»Warten wir's ab«, erwiderte Ulrike. »Ich werde erst mal die Garage in Augenschein nehmen. Vielleicht steht da das Fahrzeug, das wir suchen.«

»Ich will Sie nicht aufhalten.«

Die Ermittler betraten die Garage durch eine unverschlossene Tür, die sich neben dem Kellereingang befand.

»Ach, da ist ja das gute Stück«, freute sich die Kommissarin, als sie den schwarzen Daimler sah. Auf der Beifahrerseite wurden sie schnell fündig. »Hier, von diesem Kratzer bitte einen Abstrich!« Sie deutete triumphierend auf die Schramme, die sich an der rechten Seite des Fahrzeugs entlang zog, verließ die Garage und ballte entschlossen die Fäuste.

»Haben Sie schon etwas?«, fragte der Staatsanwalt, der vor der Haustür stand und rauchte.

»Ja, an Gerckens Mercedes haben wir tatsächlich einen frischen Abrieb entdeckt. Wir sichern gerade die Spuren.«

»Mich wundert, wie sorglos der Mann zu Werke gegangen ist, schließlich hatte er alle Zeit der Welt, um die Spuren zu beseitigen.«

»Stimmt, aber er hat sich wahrscheinlich sicher gefühlt. Oder haben Sie jemals davon gehört, dass gegen BKA-Beamte ermittelt worden ist?« Ein Lächeln huschte um den Mundwinkel des Staatsanwalts. Arroganter Schnösel, dachte Ulrike.

»Was haben Sie sonst noch?«, erkundigte er sich.

»Bisher nichts«, erwiderte Ulrike, ließ ihn stehen und ging zurück ins Arbeitszimmer. Schirmer stand neben dem Techniker, der sich an einem kleinen Tresor im Regal zu schaffen machte.

»Ich glaube, das hier ist etwas«, erklärte er wenig später und blätterte aufmerksam in einem Aktenordner. Ulrike sah Schirmer neugierig über die Schulter. »Beratervertrag zwischen Herbert Schürmann Präzisionstechnik GmbH & Co und Siegfried Gercken«, las sie. In Paragraf eins »Vertragsgegenstand« hieß es: »Der Auftraggeber erteilt dem Auftragnehmer den Auftrag, ihn bei folgendem Vorhaben zu beraten: Ausbau des wehrtechnischen Unternehmensbereichs.«

»Na, das ist ja mal etwas!« Die Kommissarin klopfte ihrem Assistenten anerkennend auf die Schulter.

»Sieh mal, hier ist Gerckens Auftrag genau beschrieben.« Schirmer schlug die Seite um. »Paragraf zwei, ›Leistungen des Auftragnehmers‹, besagt, zur Erfüllung der in Paragraf eins genannten Aufgaben wird der Auftragnehmer insbesondere folgende Aufgaben erbringen: Herstellung von Expertisen, Vermittlung von Geschäftskontakten und Aufträgen. Und unter Paragraf drei ›Vergütung‹: Der Auftragnehmer erhält für seine Leistungen pro Jahr eine Vergütung in Höhe von 120.000 DM sowie eine Provision.«

»Da kommt eine stolze Summe zusammen. Wann wurde der Vertrag geschlossen?«, fragte der Staatsanwalt, der Ulrike ins Haus gefolgt war und das Gespräch aufmerksam verfolgt hatte.

»Im März 1981. Aber das ist noch nicht alles. Wir haben einen leeren Briefumschlag des Schweizerischen Bankvereins mit Poststempel von 1998 entdeckt. Nicht dumm, das schmutzige Geld an der Steuer vorbei direkt in der Schweiz anzulegen. Der Typ war nur zu blöd, die Post wegzuwerfen.«

»Ach was«, widersprach Ulrike. »Der hatte uns schlicht nicht auf der Rechnung.«

»Wenn du meinst.«

»Gibt es Kontoauszüge?«, fragte der Staatsanwalt.

»Nur aus den letzten zwei Jahren«, berichtete Schirmer.

»Zahlungen von Schürmann?«

»Fehlanzeige, ich habe die Auszüge aber bisher nur überflogen.«

»Gut, das Honorar wurde wahrscheinlich schwarz und in bar ausgezahlt«, vermutete Ulrike.

»Ein Fall für die Steuerfahndung und seinen ehemaligen Dienstherrn, nehme ich an«, meinte Schirmer.

»Das BKA lassen wir jetzt erst mal außen vor, verstanden?«, erwiderte die Kommissarin ärgerlich. »Ich leite die Ermittlungen!

Wenn Gercken auf Schürmanns Gehaltsliste stand, könnte er auch für den Tod von Michael Dransfeld verantwortlich sein.«

»Glaubst du im Ernst, Dransfeld ist dem Duo in die Quere gekommen und hat von Gerckens lukrativem Nebenjob gewusst?«, fragte ihr Kollege.

»Das wäre jedenfalls ein Motiv. Weitergabe von Dienstgeheimnissen, Steuerflucht, da kommt einiges zusammen. Wenn die Sache aufgeflogen wäre, hätte Gercken seine Pensionsansprüche verloren. Grund genug, Michael Dransfeld aus dem Weg zu räumen und anschließend die Firma anzustecken. Vielleicht hat Schürmann kalte Füße bekommen, wollte auspacken und wurde auf dem Weg zum LKA von der Straße gedrängt. Fragt sich nur, warum ein so erfahrener Bulle wie Gercken dabei so dilettantisch zu Werke gegangen ist.«

»Vielleicht hat Gercken unter Zeitdruck gestanden und deshalb Fehler gemacht«, überlegte der Staatsanwalt.

»Kommen Sie bitte, schnell!« Der uniformierte Polizeimeister war ganz aufgeregt. »Gercken scheint ein Waffennarr zu sein. Die Kollegen haben in einem Schrank mehrere Handfeuerwaffen, eine Maschinenpistole und – halten Sie sich fest – einen elektronischen Sprengzünder entdeckt.«

»Scheiße, der Mann ist gefährlich«, entfuhr es Ulrike.

»Ich werde Haftbefehl beantragen«, sagte der Staatsanwalt.

»Gut, macht ihr hier weiter! Ich fahre zurück ins Präsidium und versuche, Thomas Krüdewagen zu erwischen. Ich werde langsam unruhig, weil er nichts von sich hören lässt«, meinte Ulrike.

»Wer ist das?«, wollte der Staatsanwalt wissen.

»Ein Journalist, der in der Sache recherchiert.«

»Keine Sorge, die Kollegen in Münster sind an ihm dran«, mischte sich Schirmer ein. »Sie haben keine besonderen Vorkommnisse gemeldet. Krüdewagen hat das Landesarchiv bereits verlassen.«

»Und wieso weiß ich das nicht?«

»Der Anruf kam vor einer Stunde. Ich hatte vergessen, es dir zu sagen«, antwortete Schirmer kleinlaut.

»Toll!« Ulrike kriegte Zustände und verließ wortlos die Villa.

Thomas war der einzige Gast in der Autobahnraststädte Remscheid und glotzte aus dem schmutzigen Fenster, als das Handy piepte. Auf dem Display erkannte er Ulrikes Nummer.

»Hallo, gibt es was Neues?«, fragte er, ohne sich mit der Begrüßung aufzuhalten.

»Können wir uns treffen?«

»Gern.«

»Wo bist du gerade?«

»In Remscheid.«

»Kannst du in einer halben Stunde in dem Café sein, in dem wir uns kürzlich schon einmal getroffen haben?«

»Ist etwas passiert?«

»Wir sprechen später darüber.«

»Du meinst das Café am Wallrafplatz.«

»Ja, genau. Ich bin fast da.«

»Okay, in einer halben Stunde.« Thomas ließ den Kaffee stehen und machte sich sofort auf den Weg. Er brauchte keine halbe Stunde bis zur Zoobrücke. Er bog auf die Rheinuferstraße ab, stellte den Daimler ins Parkhaus unter der Domplatte und stand pünktlich vor dem Café. Der Platz wimmelte von Menschen. Es war kurz vor Geschäftsschluss. Schnäppchenjäger, Touristen und Geschäftsleute eilten durch das kleine Karree zwischen Dom, Hoher Straße und Funkhaus. Ulrike saß draußen, las Zeitung und schien den wunderbaren Herbstabend zu genießen.

»Hallo, schön dich zu sehen«, begrüßte er die Polizistin. Sie legte das Blatt weg und umarmte ihn.

»Ich freue mich auch«, entgegnete sie. Thomas setzte sich neben sie an den Tisch, so dass er das Treiben auf dem Platz beobachten konnte.

»Was ist passiert?«, fragte er und sah sie dabei forschend an.

»Ich mache mir langsam Sorgen«, antwortete sie mit ernster Miene.

»Was darf ich Ihnen bringen?«, unterbrach sie der Kellner, der sie auch beim letzten Mal bedient hatte.

»Eine kleine Apfelschorle, bitte«, orderte Thomas.

»Mir ist kalt. Sollen wir nicht reingehen?«, fragte Ulrike.

»Lass uns noch einen Moment hier sitzen bleiben. Das ist wahrscheinlich einer der letzten Abende, den man dieses Jahr draußen verbringen kann.«

»Dann muss ich mir etwas überziehen.« Ulrike nahm ihre Lederjacke, die sie links neben sich auf den Stuhl gelegt hatte, und zog sie an. »Hast du deinen Daimler wegen der Wanze untersucht?«

»Ich hatte noch keine Zeit, das Auto in die Werkstatt zu bringen.«

»Mann, du spielst mit dem Feuer!«, stöhnte Ulrike.

»Sorry, aber ich hab's verpennt.«

»Das hab ich mir gedacht. Was ist mit der Observation? Hast du immer noch das Gefühl, beobachtet zu werden?«

»Nein, mir ist nichts mehr aufgefallen.«

»Sei bitte auf der Hut. Gercken ist gefährlich. Er hat bei Schürmanns Waffengeschäften mitgemischt und dafür ein fürstliches Honorar eingestrichen, wahrscheinlich an der Steuer vorbei. Der Staatsanwalt wird Haftbefehl beantragen.«

»Habt ihr Beweise?«

»Ja, wir haben in seiner Wohnung einen Beratervertrag aus dem Jahr 1981 sichergestellt.«

»Das muss in etwa die Zeit gewesen sein, als die Firma ins Bagdad-Geschäft eingestiegen ist. Wahrscheinlich hat Gercken den Deal eingefädelt.«

»Das könnte sein. Fakt ist jedenfalls, er hat auf Schürmanns Gehaltsliste gestanden.«

»Kein Wunder, dass die Ermittlungen gegen die Firma im Sande verliefen, wenn die Bullen bei dem Waffendeal mit von der Partie gewesen sind. Interessant wäre, zu erfahren, welche politischen Interessen dahintergesteckt haben.«

»Vielleicht arbeitete Gercken auf eigene Rechnung, ohne Rückendeckung seiner Dienststelle.«

»Wer's glaubt, wird selig!«

»Der Glaube ist etwas für Katholen. Hier geht es um Fakten.« Ulrike unterdrückte ihren Unmut.

»Okay, und was ist mit dem ominösen schwarzen Mercedes? War der tatsächlich in Schürmanns Unfall verwickelt?«

»Wir werten gerade die Lackspuren aus, die wir an Gerckens Fahrzeug sichergestellt haben, und vergleichen sie mit denen an Schürmanns BMW. Die Fahndung nach Gercken läuft bereits.« Ulrikes Handy klingelte und sie ging dran.

»Schrader? … Okay, sehr gut und was steht drin?« Thomas versuchte, sich einen Reim auf das Telefonat zu machen. »Bist du sicher?«, fragte Ulrike ihren Gesprächspartner. »Hm«.

Der Kellner brachte die Apfelschorle.

»Vielen Dank«, sagte Thomas und stand auf. Ulrike schaute ihn fragend an. Er zeigte auf das Café und ging hinein. »Gut, ich sitze gerade mit ihm zusammen. Hast du sonst noch was?« Als Thomas wieder zurückkam, hatte sie das Telefonat gerade beendet. Es dämmerte bereits.

»Lass uns reingehen. Drinnen ist es jetzt wirklich angenehmer«, bemerkte er.

»Gern.« Sie packten ihre Sachen, gingen ins Café und setzten sich an einen der wenigen freien Tische.

»Stressiger Job, den du hast.«

»Ich hab mich daran gewöhnt«, erwiderte sie, ohne weiter darauf einzugehen. »Das war mein Kollege Schirmer. Du hattest übrigens recht mit deiner Vermutung, dass Michael Dransfeld Material über Schürmann sammelte. Es sind mehrere Ordner.

Wir haben das Dossier bei Gercken sichergestellt. Woher er es hatte, ist eine offene Frage. Es reicht jedenfalls bis 1934 zurück.«

»In dem Jahr hat mein Großvater den Betrieb gründet. Kann ich die Unterlagen mal sehen?«

»Das sind Ermittlungsakten in einem Strafverfahren und so lange das nicht abgeschlossen ist …«

»Ist schon gut. Das ist mir geläufig«, erwiderte er genervt und bestellte bei der Kellnerin, die an ihren Tisch getreten war, ein Kölsch.

»Für mich bitte auch eins«, sagte Ulrike. »Schirmer hat die Akten bisher nur überflogen. Es handelt sich um ein ziemlich umfangreiches Dossier, Dokumente, Zeitungsausschnitte, Gesprächsnotizen, Fotos und so weiter. Dransfeld hat sogar Schürmanns Werbematerial gesammelt und scheint sehr gute Kontakte im Dorf gehabt zu haben, auch in der Firma. Es sind Dokumente aus den Achtzigerjahren darunter, in denen die Komponenten und ihre Verwendung beim Bau von Artilleriegeschossen genau beschrieben sind.«

»Das klingt spannend«, meinte Thomas und prostete ihr mit dem Kölsch zu, das die Bedienung inzwischen gebracht hatte.

»Dransfeld hat die ganze Unternehmensgeschichte aufgerollt und besaß auch Material über Schürmanns Vater und Gercken senior.«

»Den Grünecker Dorfpolizisten?«

»Ja genau. Schirmer sagt, der alte Gercken habe seine Altersbezüge von der Bundesverwaltung bezogen, sein Dienstherr war das Innenministerium.«

»Das gibt's doch nicht!«

»Doch, er scheint nach dem Krieg einige Jahre im Ausland gelebt zu haben, als Konsulatsmitarbeiter, in Teheran und Amman. Erst als er in den Ruhestand versetzt wurde, kam er zurück. Gercken hat zuletzt in Meckenheim gelebt und ist Ende der Achtzigerjahre gestorben.«

»Genau wie der alte Schürmann. In Meckenheim saß übrigens die Sicherheitsgruppe Bonn. Das war bestimmt kein Zufall. Schließlich machten etliche Gestapoleute Karriere bei Gehlen, dem späteren Chef des Bundesnachrichtendienstes.«

»Davon habe ich gehört.«

»Ich habe inzwischen Gerckens Entnazifizierungsakte gelesen. Zuerst hatte man Bedenken, ihn wieder in den Polizeidienst aufzunehmen, später wurden diese Vorbehalte aber zurückgestellt.«

»Und die Jungen sind direkt in die Fußstapfen ihrer Väter getreten. Es sieht so aus, dass Dransfeld über Schürmanns BKA-Bagdad-Connection Bescheid wusste.«

»Das heißt, Schürmann und sein Außenhandelsvertreter hatten viele gute Gründe, ihn aus dem Weg zu räumen?«, fragte Thomas.

»Es sieht so aus, Habgier ist ein starkes Motiv. Gercken musste schließlich um seine Altersbezüge bangen, wenn er ohne Wissen seiner Vorgesetzten gearbeitet hat. Durch den Brand bei Schürmann konnte das Duo die Spuren des Mordes an Dransfeld vernichten, das Opfer zum Brandstifter machen und gleichzeitig die marode Firma sanieren, auf Kosten der Versicherung.«

»Schlau eingefädelt.«

»Aber nicht klug zu Ende geführt. Vielleicht hat Schürmann kalte Füße gekriegt.«

»Wie dem auch sei, die Sache entwickelt sich zu einem echten Geheimdienstskandal. Ich fürchte, das BKA wird versuchen, die Geschichte zu vertuschen. Denk daran, dass man dir den Fall frühzeitig aus der Hand genommen hat.«

»Okay, aber jetzt leite ich die Ermittlungen und ich bestehe darauf, dass vorerst nichts nach außen dringt.«

»Das ist nicht dein Ernst! Du willst die Sache unter den Tisch kehren?«

»Quatsch! Nur solange Gercken nicht gefasst ist. Der Mann ist gefährlich, kapierst du das nicht?«

»Schon gut«, versuchte er sie zu beruhigen. »Gibt es in dem Dossier eigentlich Hinweise auf den Lynchmord in Grüneck? Schließlich war das der Ausgangspunkt meiner Recherchen.«

»Davon hat Schirmer nichts erzählt. Er ist aber erst dabei, sich einen Überblick zu verschaffen. Außerdem kennt er die Hintergründe nicht und kann deshalb nicht jedes Schriftstück sicher zuordnen.«

»Ist das alles?«

»Ja, im Moment schon. Wie geht die Sache jetzt für dich weiter, du bist schließlich ziemlich weit gekommen, was die Aufklärung des Mordes an den Zwangsarbeitern in Grüneck angeht? Hast du jemals daran gedacht, deine Rechercheergebnisse der Staatsanwaltschaft zu übergeben?«

»Ja, aber ich habe davon Abstand genommen.«

»Warum?«

»Du weißt, die meisten Verfahren gegen NS-Verbrecher wurden eingestellt. Wenn trotzdem Anklage erhoben wurde, gingen die Täter meistens straffrei aus, aus Mangel an Beweisen.«

»Schon, aber du hast kürzlich etwas gesagt, worüber ich nachgedacht habe. Es ginge nicht unbedingt um die Bestrafung der Täter, sondern um die Anerkennung der Schuld gegenüber den Opfern.«

»Schuld, dabei denke ich an Gottesdienste. Gerechtigkeit trifft es besser. Ich würde aber deshalb in Grüneck nicht den Friedhof umgraben und die Ermordeten exhumieren.«

»Warum nicht? Die forensische Biologie kann heute mit Hilfe der DNA-Analyse –«

»Ach was!«, fiel ihr Thomas ins Wort. »Das ist doch keine kriminaltechnische, sondern eine ganz grundlegende universelle Frage, wie eine Gesellschaft nach einem Genozid weiter existieren kann, denk nur an Südafrika nach der Apartheid oder an Ruanda.«

»Darüber habe ich nie nachgedacht.«

»Es klingt vielleicht etwas pathetisch, aber ich habe in den letzten Monaten viel dazugelernt, zum Beispiel, dass die Menschen damals sehr unterschiedlich mit der Nazi-Barbarei umgegangen sind. Die meisten haben sich zwar auf die Seite der Mächtigen geschlagen, aber einige besaßen die Courage, sich menschlich zu verhalten. Der Vater von Michael Dransfeld war so jemand.«

»Vergiss deinen Großvater und seine Arbeitskollegen nicht.«

»Sicher.«

»Und was machst du jetzt mit dem Zeug, das du gesammelt hast?«

»Gute Frage. Vielleicht sollte man Dransfelds Dossier publizieren.«

»Gute Idee, aber wer liest so etwas?«

»Das weiß ich nicht.«

Ulrike warf einen Blick auf ihre Armbanduhr. »Du, ich muss jetzt leider los und melde mich, sobald es Neuigkeiten gibt.«

»Okay.« Er rief nach der Kellnerin.

»Ich mache das«, bestimmte Ulrike und zahlte. Sie umarmten sich und sie küsste ihn auf die Wange.

»Ich bin sehr gespannt, wie sich die Sache weiter entwickelt.«

»Ja, ich auch. Ich rufe dich an«, versprach Ulrike. Sie trennten sich vor dem Café. Thomas sah ihr nach. Ulrike schaute sich noch einmal um. »Pass bloß auf dich auf«, rief sie ihm zu.

Thomas war ernst geworden. »Versprochen«, flüsterte er.

16

Siegfried Gercken stand vor dem Fotogeschäft schräg gegenüber. Er schien die Auslage zu betrachten. Tatsächlich interessierte er sich nur für die Szene vor dem Café, die er im Spiegel der Schaufensterscheibe beobachtete. Er besaß keine Routine in Observationen, aber Krüdewagen war eine dankbare Zielperson, er achtete kaum darauf, was um ihn herum geschah. Deshalb schenkte er dem untersetzten Mann mit dem leichten, grauen Wollanzug auch keine Beachtung.

Gercken kleidete sich stets in feinen Zwirn und kehrte gern den großen Mann heraus. Er wartete, bis die Begleiterin des Journalisten außer Sichtweite war, und folgte ihm in gebührendem Abstand in Richtung Dom. Er hatte sich nach dem Anruf aus Wiesbaden sofort in seinem GPRS-System angemeldet und innerhalb von Sekunden den Standort des Peilsenders ermittelt. Gercken war daraufhin in die City geeilt, hatte den Mietwagen vor dem Design-Museum abgestellt und nicht lange suchen müssen. Der auffällige rote Mercedes stand auf dem ersten Parkdeck unter der Domplatte. Mit einem Schraubenzieher hatte Gercken das Seitenfenster einen Spaltbreit heruntergehebelt, die Schlinge eingeführt, die Tür geöffnet und das Paket mit dem Kontaktzünder unter dem Fahrersitz deponiert. Niemand hatte ihn beobachtet.

Wie vermutet, hatte Krüdewagen im italienischen Café auf dem Wallrafplatz gesessen. Er war in Begleitung einer Frau, die Gercken bereits zweimal mit ihm gesehen hatte. Es hatte ihn einige Mühe gekostet herauszufinden, dass es sich um die Kriminalkommissarin Ulrike Schrader handelte. Nun eilte Gercken zu seinem Fahrzeug. Er schaltete sein Handy an, loggte sich im GPRS-System ein, überzeugte sich, dass Krüdewagens Mercedes sich nicht bewegt hatte, startete den Golf und fuhr los. Auf der Nord-Süd-Fahrt kamen ihm mehrere Einsatzfahrzeuge der

Feuerwehr entgegen, wenig später folgte ein Streifenwagen mit Blaulicht. Er stieß einen Stoßseufzer aus, steckte sich eine Zigarette an und verschwand im abendlichen Berufsverkehr.

Ulrike traf fast der Schlag, als sie im Autoradio die Meldung von einem Bombenanschlag auf das Auto eines Kölner Journalisten hörte. »Drei parkende Fahrzeuge sind im Parkhaus unter der Domplatte völlig ausgebrannt«, berichtete der Nachrichtensprecher. Thomas!, schoss es Ulrike in den Kopf. Sie wählte seine Nummer. Die Leitung war tot.

»Scheiße!«, schrie sie und schlug mit der Faust aufs Lenkrad. Tränen liefen ihr die Wange herunter. Sie fuhr auf den nächsten Parkplatz und rief Schirmer an.

»Auf Thomas Krüdewagen ist ein Anschlag verübt worden. Ich habe es gerade in den Nachrichten gehört. Frag bitte in Köln nach, ob er überlebt hat, und besorg mir die Adresse des Krankenhauses. Ich wette, es war Gercken.« Sie hatte Mühe, klar zu sprechen, die Tränen wollten nicht versiegen. Schirmer hatte seine Chefin noch nie so aufgelöst erlebt.

»Bist du okay?«, fragte er besorgt.

»Es geht gleich wieder. Ruf bitte so schnell wie möglich zurück«, flehte sie ihn an. »Ich bin auf der A 1 kurz vor der Ausfahrt Burscheid und drehe hier.«

»Ich melde mich gleich. Du kannst dich auf mich verlassen.«

»Danke«, antwortete Ulrike. Sie versuchte, sich zusammenzureißen, und wischte sich die Tränen aus dem Gesicht. Sie schniefte noch ein paarmal, dann startete sie den Wagen. Wenig später nahm sie die Ausfahrt, überquerte die Autobahn und raste auf der Gegenfahrbahn zurück nach Köln.

Eine endlose halbe Stunde später rief Schirmer wieder an. »Thomas Krüdewagen wurde mit schweren Verletzungen ins Krankenhaus eingeliefert«, berichtete er. »Die Klinik liegt ganz in der Nähe des Hauptbahnhofs. Nimm die Zufahrt vom Adenauerufer. Das ist die Rheinuferstraße.«

»Danke, Schirmer.«

»Übrigens, die Ringfahndung ist ergebnislos geblieben. Keine Spur von Siegfried Gercken. Und noch etwas, das BKA leitet die Ermittlungen.«

»Auch das noch.«

Die Kommissarin brauchte keine zwanzig Minuten bis zum Krankenhaus. Sie eilte in die Notaufnahme, zeigte der Schwester in der Anmeldung ihren Dienstausweis und fragte nach Thomas Krüdewagen.

»Der Patient wurde vor etwa einer Stunde eingeliefert und befindet sich im OP«, erklärte sie.

»Können Sie mir etwas über seinen Zustand sagen?«

»Es tut mir leid, Auskunft erteilt nur der behandelnde Arzt. Ich sage ihm Bescheid. Sie können gern im Wartezimmer Platz nehmen.« Ulrike verließ die Notaufnahme und wählte erneut Schirmers Nummer.

»Wie weit bist du mit der Auswertung des sichergestellten Materials?«, fragte sie.

»Ich habe noch nicht alles gelesen. Das Dossier umfasst insgesamt zehn Aktenordner. Darunter sind Unterlagen der Grünecker Gendarmerie bis 1948, der NSDAP-Ortsgruppe, Tagebuchaufzeichnungen von Konrad Dransfeld aus dem KZ, Anträge auf Wiedergutmachung, zwei Zeitzeugenberichte aus der Nazizeit sowie Auszüge aus dem Grünecker Friedhofsbuch.«

»Dann hat Dransfeld dieselben Quellen benutzt wie Thomas Krüdewagen.«

»Dransfeld war außerdem im Besitz eines Untersuchungsberichts der britischen Militärverwaltung über Verbrechen an alliierten Staatsbürgern in Grüneck.«

»Worum ging es dabei?«

»Das habe ich so schnell nicht kapiert, nur dass Schürmann, Gercken und drei weitere Angehörige der Landwacht als Beschuldigte geführt wurden.«

»Kam es zum Prozess?«

»Nein, das Verfahren wurde 1949 eingestellt und Gercken wenig später sogar in den Staatsdienst übernommen.«

»Das gibt's doch nicht!«

»Und das ist noch nicht alles. Gercken heuerte beim BND an und verschaffte Schürmann bereits Ende der Fünfzigerjahre Aufträge aus dem Verteidigungsministerium.«

»Gegen eine Aufwandsentschädigung, nehme ich an.«

»Honorarquittungen habe ich bisher nicht gefunden.«

»Verstehe ich das richtig, du sprichst über den alten Gercken?«

»Genau, sein Sohn scheint in seine Fußstapfen getreten zu sein und hat die erfolgreiche Geschäftsbeziehung seines Vaters mit Schürmann fortgesetzt.«

»Eine wirklich merkwürdige Familienbande. Wie ist Dransfeld nur an diese brisanten Unterlagen gekommen?«

»Sie stammen offensichtlich aus der Firma.«

»Noch etwas?«

»Ja, die Lackspuren an Gerckens Wagen stimmen mit denen überein, die wir an Schürmanns BMW sichergestellt haben.«

»Gute Arbeit, Schirmer. Wenn das alles ist, gehe ich jetzt wieder in die Ambulanz.«

»Ist der Arzt in der Zwischenzeit hier gewesen?«, fragte die Kommissarin an der Anmeldung.

»Nein, ich rufe Sie, sobald der Oberarzt aus dem OP kommt«, versprach die Schwester. Im Warteraum saßen ein älterer Herr mit einem Gips am rechten Arm, eine Frau und ein älteres Paar. Ulrike nahm neben dem älteren Herrn Platz und zog ihr Notizheft und einen Kugelschreiber aus der Tasche. Sie überflog die letzten Eintragungen und dachte über Dransfelds Dossier nach. Dabei fiel ihr Blick auf die junge Frau, die ihr gegenüber saß. Irgendwo hatte sie sie schon einmal gesehen. Ulrike schätzte sie auf Ende dreißig. Sie hatte kurze schwarze Haare, trug eine rosa

Jeansjacke und einen engen, schwarzen Rock. Ihre großen dunklen Augen waren rot unterlaufen.

»Frau Kollart!«, rief die Schwester vom Empfang in den Raum. Alle schauten auf die Krankenschwester, doch niemand reagierte. Schließlich nahm die junge Frau den Kopfhörer ab.

»Haben Sie mich gerufen?«, fragte sie.

»Ja, bitte kommen Sie, der Oberarzt ist jetzt für Sie da!« Die Schwester schaute dabei auch Ulrike an. »Kommen Sie gleich mit, Frau Kommissarin!« Die beiden Frauen sahen sich an. Nun fiel es Ulrike wieder ein, woher sie die Frau kannte.

»Sie sind bestimmt Thomas' Kollegin, mit der er sich das Büro teilt«, meinte sie und gab ihr die Hand.

»Ja, ich bin Sabine Kollart und wer sind Sie?«

»Ulrike Schrader, ich habe mit ihm ein paar Jahre die Schulbank gedrückt und kürzlich mit Ihnen telefoniert.«

»Ach ja, richtig.«

»Sind Sie mit Herrn Krüdewagen verwandt?«, fragte der junge Arzt, der sie in der Tür zum Behandlungszimmer erwartete.

»Nein«, antworteten die beiden Frauen fast gleichzeitig und lächelten sich das erste Mal an.

»Ich bin Sabine Kollart, seine Kollegin.«

»Ulrike Schrader, Mordkommission«, stellte sich die Kommissarin vor. Der Arzt bat sie herein, ohne sich vorzustellen. Frank Bischoff las Ulrike auf seinem Namensschild. An der gegenüberliegenden Wand hingen mehrere Röntgenbilder an einer Lichtleiste. Sie sah auf die Aufnahme von einem Schädel und entdeckte am rechten Bildrand Thomas' Namen. Der Oberarzt zog zwei kleine Hocker hinter einem Vorhang hervor und stellte sie den beiden Frauen hin.

»Bitte setzen Sie sich.«

»Nein, danke«, antwortete Ulrike, während Sabine das Angebot annahm. Der Arzt machte es sich auf dem Schreibtischstuhl bequem und nahm die Patientenkarte in die Hand.

»Der Patient hat ein schweres Gehirntrauma, Rippenbrüche sowie äußere Verletzungen erlitten, die ich nicht alle aufzählen will. Seine Herzfunktionen waren erstaunlich stabil, als er hier eingeliefert wurde. Die Operation ist zwar gut verlaufen, für eine Prognose ist es aber zu früh«, erklärte er. Sabine erstarrte und hielt sich an der Liege hinter ihr fest. Sie war plötzlich ganz weiß geworden.

»Geht es Ihnen nicht gut?«, fragte der Arzt.

»Es geht schon wieder.«

Der Arzt holte ein Glas aus dem Regal über der Spüle, ließ Wasser einlaufen und reichte es ihr. »Hier, trinken Sie!«

»Danke!« Sabine trank einen Schluck und atmete tief durch. Sie berappelte sich langsam wieder.

»Wissen Sie, was passiert ist?«, fragte Ulrike.

»Die Informationen des Notarztes waren etwas bruchstückhaft. Es scheint, als habe Herr Krüdewagen unglaubliches Glück gehabt. Er muss neben dem Auto gestanden haben, als das Fahrzeug in die Luft geflogen ist. Wahrscheinlich wurde er von der Wucht der Explosion erfasst und durch die Luft geschleudert. Ob er von einem Gegenstand getroffen wurde oder ob er sich das Gehirntrauma beim Aufprall auf den Boden zuzog, ist unklar.«

»Darf ich ihn sehen?«, fragte Sabine.

»Sicher, er liegt auf der Intensivstation. Ich begleite Sie dahin«, erklärte er. Sie verließen das Behandlungszimmer und liefen durch den Flur zum Aufzug.

»Weiß man etwas über den Hintergrund der Explosion?«, wandte sich der Arzt an die Kommissarin, als sie vor dem Lift standen.

»Es war ein Attentat, vermutlich im Zusammenhang mit einer Recherche, an der Herr Krüdewagen arbeitete. Mehr kann ich Ihnen dazu leider nicht sagen.«

»Und warum nicht, wenn ich fragen darf?«, schaltete sich Sabine ein. Während Ulrike überlegte, was sie antworten sollte, öffnete sich der Fahrstuhl. Sie traten ein.

»Es tut mir wirklich leid, mir sind die Hände gebunden. Das BKA führt die Ermittlungen.«

»Sie wissen genau, an welcher Story er dran war und dass sie gefährlich war!« Sabine warf ihr wütende Blicke zu.

»Ja, das stimmt«, antwortete Ulrike schuldbewusst. Inzwischen hatte der Aufzug den siebten Stock erreicht.

»Hier ist es«, sagte der Arzt, der den Disput mit ernster Miene verfolgt hatte. Sie verließen den Fahrstuhl und folgten ihm durch eine Tür in die Schleuse der Intensivmedizin. Die Besucherinnen streiften sich grüne Kittel über und versuchten, mit dem Arzt, der ihnen vorauseilte, Schritt zu halten. Vor der nächsten Tür wartete er.

»Nur eine Minute«, erklärte er streng und öffnete die Tür zur Intensivstation. Der Raum war zweigeteilt. Im vorderen Bereich standen vier nur mit Vorhängen voneinander abgeschirmte Krankenbetten nebeneinander. Der kleinere Raum für die Ärzte und das Pflegepersonal war mit Glaswänden abgetrennt. Dort saß eine Krankenschwester vor einem Rechner. Auf der Station war nichts zu hören außer den Geräuschen der Monitore. Eine Krankenschwester eilte mit einer Spritze in der Hand durch den Saal, grüßte den Oberarzt mit einem leisen »Hallo« und verschwand hinter einem Vorhang.

»Warten Sie bitte einen Moment«, bat er seine beiden Begleiterinnen. Er verschwand im Dienstzimmer und kam eine Minute später mit einer Schwester wieder heraus. Sie lächelte und bedeutete ihnen, ihr zu folgen. Ulrike erschrak, als sie Thomas zwischen Monitoren und anderen Apparaten und nur mit einem leichten, weißen Tuch bedeckt auf dem Krankenbett liegen sah. Er war leichenblass, sein Kopf, die Brust, beide Arme und das rechte Bein waren bandagiert.

»Sein Zustand ist stabil«, erklärte die Stationsschwester. Sabine trat näher ans Bett heran und strich Thomas zärtlich über die Wange. Ulrike sah, wie ihr Tränen über die Wangen liefen. Der Arzt gab ihnen mit einem Wink zu verstehen, dass die Minute verstrichen war. Sabine sagte »Tschüs« und verließ die Station. Ulrike und der Oberarzt folgten ihr in den Aufzug. Niemand sprach ein Wort.

»Was meinen Sie, wird er durchkommen?«, fragte Sabine den Mediziner beim Abschied.

»Wie gesagt, eine verlässliche Prognose kann man erst in ein paar Tagen geben.«

*

Vier Wochen nach Attentat auf Kölner Journalisten:

SEK erschießt schwer bewaffneten Ex-Polizisten Siegfried G.

von Eberhard Pötter

Ein Sondereinsatzkommando der Polizei (SEK) hat am Wochenende in der Nähe von Blankenheim ein Ferienhaus gestürmt und den ehemaligen BKA-Beamten Siegfried G. tödlich verletzt. Beim Sturm auf das Haus in der Eifel kam es nach Informationen eines Polizeisprechers zu einem Schusswechsel, bei dem auch ein Beamter des Sonderkommandos schwer verletzt wurde. Siegfried G. wurde im Zusammenhang mit dem Attentat auf den Kölner Journalisten Thomas Krüdewagen gesucht. Der Rundfunkreporter, der inzwischen außer Lebensgefahr ist, arbeitete an einer Veröffentlichung über die illegalen Rüstungsgeschäfte eines Grünecker Unternehmers. Der ehemalige BKA-Beamte soll an dem Unfall, bei dem der Unternehmer kürzlich ums Leben kam, beteiligt gewesen sein. Nach Informationen, die unserer Zeitung vorliegen, war Siegfried G. auch in den lange zurückliegenden Skandal um die verbotenen Rüstungsexporte des Grünecker Anlagenbauers verwickelt. Die

LINKE im Bundestag forderte, die Verstrickung des BKA in den Skandal in einem Parlamentarischen Untersuchungsausschuss zu klären.

Ein Wort zum Schluss

»Mordsgeschäfte« ist mein erster Kriminalroman. Die Geschichte ist fiktiv, doch den Mord an Zwangsarbeitern hat es tatsächlich gegeben. Die Idee, sie zum Ausgangspunkt eines Romans zu machen, stand am Ende einer längeren Recherche über ungesühnte Kriegsendzeitverbrechen in Westfalen. Im Frühjahr 1945 wurden auch im Sauerland zahlreiche Zwangsarbeiter, zum Teil unter Mitwirkung von Tätern vor Ort, ermordet. Gespräche mit Zeitzeugen, Forschungen in Archiven und Recherchen, die Ende der Achtzigerjahre im Zusammenhang mit dem Einsatz von Giftgas gegen Kurden im Nordirak durchgeführt wurden, bilden den Stoff des Krimis.

Mein besonderer Dank gilt Vasyl Deyneko, der als Jugendlicher aus der Ukraine zur Zwangsarbeit ins Sauerland verschleppt wurde, überlebte und mir im Herbst 2007 seine Geschichte erzählt hat. Außerdem seiner Tochter Lida, Maria Ivanytska, die mich ebenfalls auf die ehemalige Kolchose begleitete und übersetzte, sowie Ljuba Sotschka von der Ukrainischen Nationalstiftung, die diese unerwartete Begegnung erst ermöglichte.

Von unschätzbarem Wert war auch die Zusammenarbeit mit den Archiven, dem Historischen Centrum Hagen, dem Institut für Zeitungsforschung Dortmund, dem Kreisarchiv des Märkischen Kreises Altena, dem NS-Dokumentationszentrum ELDE-Haus Köln, dem Landesarchiv NRW, Hauptstaatsarchiv Düsseldorf und Staatsarchiv Münster, dem Stadtarchiv Dortmund, The National Archives Kew, der Ukrainischen Nationalstiftung Kiew und dem Jugendclub Courage Köln sowie den Zeitzeugen vor Ort.

Diese Kriminalgeschichte wäre jedoch nie geschrieben worden ohne den Zuspruch und die tatkräftige Unterstützung von Freundinnen und Freunden.

BITTE BEACHTEN SIE AUCH DIE FOLGENDEN

BUCHHINWEISE

Buchhinweise

Die Göring-Verschwörung

Achim Müller Hale

ISBN: 978-3-86680-678-8

12,00 € [D]

Buchhinweise

Dunkle Tage
Ein Kriminalroman aus dem Berlin der Weimarer Zeit

Gunnar Kunz

ISBN: 978-3-86680-072-4
9,90 € [D]

Buchhinweise

Der Verlobte

Vom Heucheln und Meucheln

Christine Sylvester

ISBN 978-3-86680-757-0

9,90 € [D]

Buchhinweise

Schwarze Dame Tod

Mara Laue

ISBN 978-3-86680-755-6

12,00 € [D]

SUTTON VERLAG

Weitere Krimis und Romane finden Sie unter:
www.sutton-belletristik.de